ANNEMARIE REGEZ

DIE LAGO MAGGIORE MORDE

MORTE ITALIANA Für die Commissaria Roberta Casanova kommen die Ermittlungen im Fall des erwürgten Physiotherapie-Patienten gerade recht, um den Diskussionen mit ihrer Partnerin aus dem Weg zu gehen. Julia wünscht sich Kinder, lieber zwei als nur eins, aber Commissaria Casanova hat keine Lust auf die Mutterrolle. Der Tote in der Physiotherapie bringt zwar willkommene Beschäftigung, aber der Fall ist verzwickt, Beweise fehlen und die Verdächtigen beschuldigen sich gegenseitig. Der Tote war ein unbeliebter Wichtigtuer, dem alle aus dem Weg gegangen sind. Dementsprechend lang ist die Liste der Verdächtigen. Wird der unberechenbare Täter erneut zuschlagen und den Touristen in Locarno, dem Ferienparadies am Lago Maggiore, den Urlaub vergällen?

Commissaria Casanova kämpft für Recht und Ordnung in ihrer geliebten Heimatstadt, aber wird sie in diesem Fall den Sieg davontragen?

Annemarie Regez ist im Berner Oberland aufgewachsen und hat in der Bundeshauptstadt Bern Philosophie, Germanistik und Volkskunde studiert. Sie lebt als freie Schriftstellerin und Bibliothekarin im Kanton Schwyz und verbringt die zweiten Wochenhälften in ihrer Wahlheimat Locarno. »Die Lago Maggiore-Morde« ist ihr erster Kriminalroman um die Commissaria Casanova.

ANNEMARIE REGEZ

DIE LAGO MAGGIORE MORDE

KRIMINALROMAN

GMEINER

Immer informiert

Spannung pur – mit unserem Newsletter informieren wir Sie regelmäßig über Wissenswertes aus unserer Bücherwelt.

Gefällt mir!

Facebook: @Gmeiner.Verlag
Instagram: @gmeinerverlag
Twitter: @GmeinerVerlag

MIX
Papier | Fördert gute Waldnutzung
FSC® C083411

Besuchen Sie uns im Internet:
www.gmeiner-verlag.de

Im Ehnried 5, 88605 Meßkirch
Telefon 07575/2095-0
info@gmeiner-verlag.de

1. Auflage 2023

Lektorat: Claudia Senghaas, Kirchardt
Umschlaggestaltung: U.O.R.G. Lutz Eberle, Stuttgart
unter Verwendung einer Illustration von: © Lutz Eberle
Druck: CPI books GmbH, Leck
Printed in Germany
ISBN 978-3-8392-0471-9

M

Ich habe den Großkotz erwürgt.

Es war nicht geplant, es ist über mich gekommen, ich bereue es nicht.

Ich bereue es nicht.

Aber ich schäme mich. Ich schäme mich sehr.

Ich habe die Grenze überschritten, die kein Mensch überschreiten sollte. Ich habe einem hässlichen, verabscheuungswürdigen Impuls nachgegeben und einen Menschen getötet.

Warum?

Die Mutter aller Fragen: warum?

Die naheliegendste Erklärung liegt bei der allgemeinen Verluderung der Sitten, der zügellosen Gier, der Verachtung jeglichen Anstandes, die sich im Moment in Politik und Gesellschaft breitmachen.

Dazu kommt der Stress, den die Corona-Pandemie verursacht, die allgemeine Ausnahmesituation.

Alles Ausreden.

Ich habe ein Menschenleben ausgelöscht. Aus einem niederen Motiv, aus einem absolut nichtigen Grund heraus habe ich einen Menschen getötet.

Der Großkotz ging mir nämlich auf die Nerven. Er ging mir so was von auf die Nerven.

Und das ist die ganze Wahrheit.

Die ganze Wahrheit, aber kein ausreichendes Motiv, was wiederum – paradoxerweise – meine Chance erhöht, nicht erwischt zu werden.

In dem Buch *Strangers on a Train* von Patricia Highsmith, verfilmt von Alfred Hitchcock, treffen sich zwei Männer in einem Zug. Der eine will den anderen davon überzeugen, für ihn einen Mord zu begehen. Als Gegenleistung würde er für den Fremden im Zug ebenfalls eine Person beseitigen, in dem Fall die Ehefrau, die einer neuen Liebe im Weg steht.

Das geht nicht gut, aber das gehört jetzt nicht hierher, wer die Geschichte nicht kennt, soll sich den Film ansehen oder das Buch lesen. Beides äußerst spannend, kann ich nur wärmstens empfehlen.

Worauf ich hinaus will, ist die Theorie, die der Fremde im Zug aufstellt: Mord wird aufgedeckt, weil Opfer und Täter normalerweise in einer Beziehung stehen, diese Beziehung enthüllt das Motiv, und das Motiv führt zum Mörder. Wenn es jedoch keine Beziehung zwischen Opfer und Täter gibt, dann wird es so gut wie unmöglich, eine Tat aufzuklären.

Ich kann hier verraten, dass ich in keinerlei Beziehung zum Großkotz gestanden habe. Das heißt, ich kannte ihn vom Sehen. Aber das gilt für viele Leute. Locarno ist klein, ständig läuft man sich über den Weg. Umgekehrt kann ich fast sicher sein, dass der Großkotz mich nicht zur Kenntnis genommen hat. Ich gehöre nicht der Sorte Mensch an, der der Großkotz Beachtung schenkt.

1

Davì öffnete die Haustür, schlug die Kapuze seines Hoodies hoch und rannte los in den strömenden Regen. Sein Arbeitsplatz lag gegenüber seiner Wohnung, er musste nur ein paar Dutzend Meter zurücklegen und spürte dennoch an den Schultern bereits die Nässe durch den dicken Baumwollstoff eindringen, als er den Eingang erreichte.

Sein Arbeitgeber war das *Physiotherapie- und Fitnesscenter ICSA*, dessen Name aus dem Akronym aus «In corpore sano« gebildet wurde.

Davìs Tag hatte gut angefangen. So um 8.15 Uhr hatte er sich in Unterhose und T-Shirt auf das Sofa gesetzt, Biscotti in den Milchkaffee getunkt und die Schlagzeilen sowohl im *Corriere del Ticino* als auch im *Corriere del Veneto* gelesen, um darüber auf dem Laufenden zu bleiben, was sich in seiner neuen und der alten Heimat tat. Weil er seinen ersten Patienten erst um 10 Uhr erwartete, konnte er sich Zeit lassen. Zufrieden nahm er zur Kenntnis, dass die Zahl der Corona-Neuinfektionen wieder gesunken war.

Dann klingelte sein Telefon. »ICSA« stand auf dem Display, und Davì war klar, dass es mit der Ruhe vorbei war.

Marco rief an, weil Charlotte sich krankgemeldet hatte, und fragte, ob Davì ihren Patienten um 9 Uhr übernehmen könne. In solchen Notfällen riefen sie immer zuerst ihn an, weil er gegenüber wohnte und am schnellsten da sein konnte.

Davì sagte zu, ohne zu fragen, um welchen Patienten es sich handle, ein großer Fehler, der zweitgrößte Fehler seiner 28 Lebensjahre, wie sich dann herausstellte. Den größten Fehler hatte er mit 18 begangen, als er dem Rat seines Onkels folgte und statt Medizin zu studieren, die Ausbildung zum Physiotherapeuten begann.

Eigentlich schwante ihm schon in dem Moment nichts Gutes, als er Marco am Empfangstresen stehen und beschäftigt tun sah. Davì setzte zu einer Frage an, aber Marco hob die Hand, um ihn zu unterbrechen, tippte auf der Computertastatur herum und sagte schließlich: »Ich habe dir das Dossier ausgedruckt. Ich habe gleich den kleinen Luca und muss noch etwas vorbereiten.« Der Drucker im Büro hinter dem Empfang hatte sich noch nicht in Gang gesetzt, als Marco schon zur Tür hinaus war, auf dem Weg zum Gymnastikraum für Gruppenunterricht und Kindertherapie, der einen separaten Eingang hatte.

Davì, allein gelassen mit seinem Stirnrunzeln, zog sich den nassen Hoodie aus und ging ins Büro, um das Patientendossier aus dem Drucker zu nehmen.

»Merda«, sagte er laut und deutlich, als er den Namen von Charlottes Patienten las, »merda, der Großkotz.«

Kurz vor 9 Uhr stand der Großkotz vor dem Empfang, wie immer mit geschwellter Brust, die Arme seitlich zu einem Bogen gespannt, als ob er es im nächsten Moment mit einem Stier in der Arena aufnehmen müsste. Davì, dem im Tierreich eher die Rolle eines Rehs als eines Stiers zugeteilt würde, versuchte es mit einem möglichst inoffensiven Lächeln. Vergebene Liebesmüh, es war nicht der Tag, an dem der Großkotz seinen Namen Lüge strafen wollte.

»Wo ist Charlotte?«, bellte er Davì an. Und da waren sie schon, die Probleme. Der Großkotz sprach kein Italienisch und Davì nur ein paar Brocken Deutsch.

»Grang«, sagte Davì.

»Was, ›grang‹?«, bellte der Großkotz.

»Grang, malata«, sagte Davì.

»Charlotte ist krank? Da hätte ich ja nicht extra herkommen müssen. Warum habt ihr mich nicht benachrichtigt?«

Davì schaute ihn verständnislos an. Der Großkotz merkte, dass er so nicht weiterkam, machte Anstalten zu gehen – «Diese Sitzung könnt ihr mir nicht berechnen, ist ja nicht meine Schuld« –, hielt dann wieder inne, sagte: »Okay, wenn ich schon mal da bin …«, und ging in den Behandlungsraum, ohne sich darum zu kümmern, ob Davì ihm folgte.

Während Davì die Liege mit einem Spannbetttuch überzog, versuchte er, dem Großkotz zu erklären, dass er noch die Maschine holen müsse. Charlotte behandelte den Großkotz an der Schulter mit einem Kurzwellentherapiegerät, das in einem Raum neben den Garderoben zusammen mit anderen Gerätschaften aufbewahrt wurde.

Davì wusste hinterher nicht mehr, dass er vergessen hatte, die Tür zu schließen. Es ging in dem Moment nur darum, möglichst schnell vom Großkotz wegzukommen und möglichst lange von ihm fernzubleiben.

Der Zufall wollte es, dass die Kabel vom Kurzwellentherapiegerät sich mit denjenigen vom Stoßwellengerät verheddert hatten – irgendjemand hatte es wohl eilig gehabt beim Wegräumen.

Davì schloss die Tür hinter sich und ließ sich alle Zeit der Welt, die Kabel zu entwirren. Der Großkotz würde so oder so motzen, und jede Minute, die Davì nicht mit ihm verbringen musste, war eine gewonnene Minute.

Als er endlich die Kabel der beiden Geräte sauber aufgewickelt und auch die anderen Utensilien ein bisschen geordnet hatte, als es wirklich gar nichts mehr zu tun gab, machte sich Davì auf den Weg, das Kurzwellentherapiegerät auf seinen Rollen vorsichtig und langsam vor sich herschiebend, als ob es sich um das fragile Schaustück eines Konditors aus Schokolade handelte.

M

Ich habe nicht gewollt, dass Davì den Toten findet. Ich mag Davì, und der Großkotz war doch eigentlich Charlottes Patient. Das heißt nicht, dass ich etwas gegen Charlotte habe. Ich hätte auch keine Zeit gehabt, mir zu überlegen, wer den Großkotz wohl finden wird. Außerdem kenne ich Charlotte kaum. Sie spricht fließend Deutsch, wahrscheinlich deutsche Eltern, weshalb ihr die deutschsprachigen Patienten zugeteilt werden.

Auf jeden Fall hatte ich keine Zeit für irgendwelche taktischen Überlegungen. Ich sah die Gelegenheit und habe sie genutzt.

Ich war auf dem Weg ins Training, habe das Gebäude betreten und sah den Großkotz beim Lift stehen. Ich nehme immer die Treppe. Diesmal habe ich mir Zeit gelassen, weil ich dem Großkotz nicht begegnen wollte. Eine Physiotherapie-Sitzung dauert eine halbe Stunde, sie beginnen zur vollen und zur halben Stunde, also habe ich mich im ersten Stock auf den Treppenabsatz gesetzt und bis nach 9 Uhr gewartet, bevor ich in den zweiten Stock hinaufging und *ICSA* betrat.

Am Empfang kein Mensch, in der Palestra, soweit ich sehen konnte, kein Mensch. In diesen ersten Tagen der Wiedereröffnung nach dem Corona-Shutdown trauten sich nur wenige her. *ICSA* hatte Kurzarbeit angemeldet, das Sekretariat war nur ein paar Stunden pro Woche besetzt, und auch von den Physiotherapeuten arbeiteten nur wenige.

Ich war also ganz allein, und als ich an den Behandlungsräumen der Physiotherapie vorbeiging und eine Tür offen stehen sah, machte ich, was jeder normale Mensch gemacht hätte: Ich warf einen Blick hinein.

Der Großkotz lag auf dem Schragen und sagte über seinen Bauch hinweg: »Was gibt's denn zu gaffen?«

Ich konnte den Blick nicht von seinen Turnschuhen lösen: knallrote Dinger mit dicker weißer Sohle und einem Klettverschluss um den Knöchel. Ich hätte bestimmt vermutet, sie seien orthopädisch verordnet, wenn ich nicht zufällig durch einen Dokumentarfilm erfahren hätte, dass so teure Sammlerstücke aussahen. Sammlerstücke, die Tausende von Franken kosten.

»Mach das Fenster zu, es regnet rein!«, befahl er mir, und da ist mir die Sicherung durchgebrannt. Eigentlich erstaunlich, bis dahin hatte ich noch nie größere Probleme mit der Impulskontrolle. Das stimmt nicht. Ich bin äußerst impulsiv. Aber meistens kann ich mich beherrschen.

Er sah so hässlich aus mit seinem himbeerroten Kopf und den schneeweißen Haaren, ein Anti-Schneewittchen gewissermaßen. Ich hatte keine Zeit zu denken. Ich sah seinen roten Kopf und das knallgelbe Springseil, und die beiden mussten einfach zusammenkommen, und ich wollte, dass diese verächtlichen, herrischen Augen aus seinem Kopf quollen und dieser riesige, hässliche Mund mit seinen überweißen Zähnen zum letzten Mal aufgerissen wurde und nichts mehr herauskam und nichts mehr hineinging.

2

Davì stoppte mit seinem Kurzwellengerät vor der Tür des Behandlungsraums Nummer drei. Er sah auf die Uhr: Neun Uhr und sieben Minuten – der Großkotz würde inzwischen vor Wut kochen, dass man ihn warten ließ, – aber Davì würde zum Glück nicht viel von seinem Geschimpfe verstehen. Er nahm sich vor, so zu tun, als ob alles in Ordnung sei, setzte ein strahlendes Lächeln auf und öffnete die Tür.

Der Großkotz war still.

Davì sah ihn nicht an, rollte sein Gerät zu der Liege, wickelte das Kabel ab und bückte sich zu der Steckdose. Aus dem Augenwinkel sah er das knallgelbe Springseil von der Liege herunterhängen. Was zum Teufel, fragte er sich und richtete sich in böser Ahnung zögernd wieder auf.

Der Großkotz war zwar still, bot allerdings kein friedliches Bild. Auch ohne Anatomiekenntnisse hätte Davì sofort gewusst, was hier geschehen war. Der Großkotz war mit einem Springseil aus der Palestra erwürgt worden. Seine Augen quollen aus den Höhlen, sein Mund stand offen, die Zunge hing heraus, und sein Gesicht war nicht mehr himbeerrot sondern heidelbeerblau.

M

Die entsetzlichsten Minuten meines Lebens! Ich habe die Kontrolle verloren, das Seil um seinen Hals geschlungen und dann gab es keinen Weg mehr zurück. Bis er endlich Ruhe gab, bis er aufhörte zu strampeln und zu röcheln!

Mir blieb keine Wahl, ich musste es zu Ende bringen. Das meine ich nicht als Rechtfertigung, es gibt keine Rechtfertigung für meine schändliche Tat. Ich will nur sagen, es wäre völlig unlogisch gewesen, dem Großkotz das Springseil um den Hals zu legen, ihn ein bisschen zu würgen und dann einfach wieder zu gehen. Wenn ich schon die Kontrolle über meine Impulse verliere, dann mache ich nicht auf halbem Weg halt.

Als es dann vorbei war, bin ich in Panik davongerannt. Ich habe niemanden gesehen, ich bin raus, kann mich noch erinnern, dass ich Marco gehört habe, wie er im Therapieraum einem Kind Anweisungen gab – die Türen stehen seit dem Beginn der Pandemie überall offen –, die Treppe hinuntergestolpert, aus dem Haus geflohen, die Straße entlanggehetzt, völlig kopflos, bis ich einer alten Frau begegnete, die, selbst schon unsicher auf den Beinen, einen behinderten Mann mittleren Alters an der Hand führte. Dieser riss sich von ihr los, als er mich sah, fing an zu klatschen und schrie: »Dai, dai, dai! Forza!«

Meine kopflose Flucht in Trainingskleidung wirkte also auf unvoreingenommene Beobachter, als ob ich, leicht überfordert, an einem Volkslauf teilnehmen würde. Ich nahm diese Rolle bereitwillig an, trabte weiter und weiter, gab mich der Illusion hin, meine schreckliche Tat hinter mir lassen zu können, weiter und weiter, bis ich ans Ufer der Maggia gelangte, wo ich anfing, mich an die Hoffnung zu klammern, dass ich mir alles nur eingebildet hatte. Ich folgte dem Fluss laufaufwärts, überholte und kreuzte die Hundehalter, die ihre übliche Gassiroutine absolvierten und mir nicht die geringste Aufmerksamkeit schenkten. Als ich, nach Luft japsend, bei der neu gebauten Fußgängerbrücke anlangte, glaubte ich schon fast, das Erwürgen des Großkotzes sei nur ein übler Albtraum gewesen. Bis ich die Sirenen der Polizeiautos hörte, die von allen Seiten in die Richtung rasten, aus der ich gerade geflohen war. Jetzt erst fühlte ich, wie mir der Schweiß aus den Gummi-Einweghandschuhen lief, die ich vor dem Besuch des Fitnesscenters auf Empfehlung irgendeines Corona-Experten angezogen hatte. Ich zog sie aus und stopfte sie in den nächstbesten Abfallkübel, der vor allem für Säckchen mit Hundekot gedacht war. Meine nassen und aufgeweichten Hände wischte ich an meiner Trainingshose ab.

3

Nach der Entdeckung der Leiche verlor Davì ein bisschen den Kopf. Als Erstes lief er in die Palestra, um nachzusehen, ob die beiden gelben Springseile noch an ihrem Platz waren. Wie zu erwarten war, fehlte eines. Dann rannte er an den Fitnessmaschinen entlang zum Empfang zurück, griff über den Tresen nach dem Telefonhörer, legte ihn aber gleich wieder zurück, als ihm einfiel, dass Marco nebenan war und benachrichtigt werden musste. Als er durch den Flur zum Ausgang hetzte, fiel ihm ein, dass sich der Mörder in einer der beiden Garderoben verstecken könnte, weshalb er nacheinander die Türen der Frauen- und der Männergarderobe aufriss, die beide leer waren. Als er schon draußen im Treppenhaus war, beschloss er, dass es besser wäre, die Türe zu *ICSA* abzuschließen, also musste er wieder hinein, um seinen Schlüssel zu holen. So dauerte es eine ganze Weile, bis Davì im Gruppenraum eintraf, wo Marco versuchte, dem kleinen Luca den Purzelbaum beizubringen, während die Mutter besorgt danebenstand.

Marco war nicht erfreut über die Störung. Davì hatte seine liebe Mühe, ihn dazu zu bringen, das Training zu unterbrechen, zumal er vor Mutter und Kind nicht schildern konnte, was soeben mit dem Großkotz geschehen war. In letzter Verzweiflung zog er Marco am Arm nach draußen, der erst noch protestierte und dann begriff, dass etwas Außergewöhnliches geschehen sein musste.

»Bist du sicher, dass er tot ist?«, fragte Marco, und ob Davì ihm den Puls gefühlt habe.

Davì sagte, das sei nicht nötig gewesen. Der Großkotz sei mausetot. Er musste dann die Tür wieder aufschließen und begleitete Marco bis vor den Behandlungsraum, verzichtete aber gerne darauf, noch einen Blick auf den Patienten zu werfen.

»Dio mio!«, sagte Marco, machte sofort kehrt und musste sich danach an der Wand abstützen. Er beugte sich nach vorn, rang nach Atem wie ein Läufer nach dem Sprint, richtete sich wieder auf und sah Davì erschrocken an: »Hast *du* ihn umgebracht?«

»Nein!«, schrie Davì. »Bist du verrückt geworden?«, aber da wurde ihm auf einen Schlag klar, dass er der Hauptverdächtige war.

M

Ich setze mich erschöpft auf die Bank bei der Fußgängerbrücke, die aus einem halben Baumstamm besteht und hart und unbequem ist. Meine Ellbogen auf die Oberschenkel gestützt, betrachte ich die Abdrücke der Hundepfoten im Sand. Die Sirenen sind eine nach der anderen verstummt. Ich wage nicht, mir vorzustellen, was jetzt bei *ICSA* los ist.

»Hallo, hallo!«, ruft jemand ganz in der Nähe, ich schaue auf, verdammt, ausgerechnet, denke ich und sage ebenfalls «Hallo, hallo«, was aus meinem Mund nur idiotisch klingt, aber dieser Person scheint das nicht aufzufallen.

»Hast du die Sirenen gehört?«, fragt sie. »Da muss etwas passiert sein.«

Ich habe keine Zeit, darauf etwas zu bemerken, weil sich ein Dreiergrüppchen zu uns gesellt. »Ist das hier ein *ICSA*-Treffen?«

Tatsächlich sind wir alle Patienten und Kunden von *ICSA*, es ist nicht außergewöhnlich, dass wir hier am Maggia-Ufer zusammentreffen, ist es doch die zweitliebste Spazierstrecke der Locarnesi nach dem Uferweg zwischen Locarno und Tenero. Auch der Großkotz kann einem hier über den Weg laufen. Also jetzt natürlich nicht mehr.

»Habt ihr die Sirenen gehört?«, frage ich. »So ein Aufgebot habe ich schon lange nicht mehr erlebt.«

Von den Sirenen kommen wir fast automatisch auf die Zeit im Lockdown zu sprechen, die – anders als in der Deutschschweiz – dramatisch verlaufen ist, mit rigoros durchgesetzter Ausgangssperre und Spitälern an der Grenze ihrer Kapazitäten.

Alle sind begierig darauf, ihre Erlebnisse zu erzählen, ich halte mich zurück und tue so, als ob ich zuhören würde. Da fällt mir plötzlich auf, dass mein Mundschutz, den ich beim Betreten des *ICSA*-Gebäudes übergezogen habe, verschwunden ist.

4

Davì wollte als Erstes den kleinen Luca und seine Mutter nach Hause schicken, aber Marco bestand darauf, dass sie alle zusammen auf die Polizei warteten. Er sagte, Luca und seine Mutter seien sein Alibi. Davì wunderte sich über Marcos Umsicht, sie hätte ihm verdächtig vorkommen müssen, wenn ihm dadurch nicht seine eigene Verdächtigkeit vor Augen geführt worden wäre. Er hatte kein Alibi, eher das Gegenteil eines Alibis. Sieben Minuten, in denen ein Mörder lautlos und brutal zugeschlagen hatte, ohne dass Davì glaubhaft erklären konnte, warum er sich so lange im Geräteraum aufgehalten hatte. Oder besser gesagt, seine wahrheitsgetreue Erklärung, dass er so lange wie möglich die Gesellschaft des Großkotzes hatte meiden wollen, würde ihm schon fast ein Mordmotiv eintragen. Ein schwaches zwar, aber immerhin. Außerdem hatte er nichts gehört, nichts gesehen, nichts geahnt.

Nachdem er die Polizei alarmiert hatte, schloss Marco den Haupteingang von *ICSA* ab und befahl Davì nach nebenan in den Gruppentherapieraum.

Dort warteten sie endlose Minuten lang, während die Mutter von Luca Davìs Nerven arg strapazierte, indem sie ununterbrochen lamentierte und bettelte, nach Hause gehen zu dürfen. Der arme kleine Luca würde garantiert einen Schaden davontragen.

Dass er einen Schaden davontragen könnte, vermutete auch Davì, aber nicht, weil er gleich einen aufregenden Polizeieinsatz miterleben würde, sondern weil seine Mutter so ein Spektakel aufführte.

M

Ich verabschiede mich so schnell wie möglich von der Gruppe und gehe den ganzen Weg am Maggia-Ufer entlang zurück, in der Hoffnung, meine Maske zu finden. Etwa in der Mitte finde ich eine. Sie ist bereits in den Sand getrampelt worden und sieht aus, als ob sie schon einige Tage dort liegen würde, außerdem ist sie grünlich und meine war hellblau. Auf dem Trottoir neben dem Campingplatz liegt noch eine, frisch und unberührt, aber schwarz. Ich gehe nach Hause, wo ich es keine zehn Minuten aushalte.

Danach begebe ich mich auf den Spazierweg am Seeufer Richtung Tenero. Zu viele Leute sind nach dem Lockdown unterwegs, ich kehre wieder um. Gehe über die Piazza Grande und lande schließlich vor dem *ICSA*-Gebäude. Das heißt, an der Polizeiabsperrung vor dem Gebäude. Ich frage den riesigen Polizisten, der neben der Tür steht, ob etwas passiert sei. Er sagt, er dürfe keine Auskunft geben, ich solle doch wieder nach Hause gehen.

»Ist etwas mit *ICSA*?«

»Ich kann keine Auskunft geben. Sie können heute nicht trainieren und die nächsten Tage auch nicht.«

Fast hätte ich ihn gefragt, ob man eine hellblaue Hygienemaske gefunden habe.

Ich muss noch in meine neue Rolle hineinwachsen. Aber die Rückkehr zum Tatort oder in die Nähe des Tatorts hat mich irgendwie beruhigt.

Vor drei Jahren habe ich das erste Mal die Physiotherapie von *ICSA* aufgesucht. Marco stand gerade am Tresen, und ich habe ihm mein orthopädisches Problem geschildert und die Physiotherapieverordnung gezeigt, die mir meine Ärztin ausgestellt hatte.

Marco ist der Leiter von *ICSA* Locarno (es gibt noch Filialen in Bellinzona und Lugano), ein ernster Mann Mitte 30, an dem irgendein versteckter Kummer zu nagen scheint. Er hat mir freundlich Auskunft gegeben, und wir haben einen Termin für eine Behandlung vereinbart.

Meine erste Therapeutin war die liebliche Bibiana. Ein Engel mit blauen Augen und blonden Locken. Sie ist so hübsch, nett und liebenswürdig, dass sich alle Leute in sie verlieben. Aber mir hat sie schon beim ersten Mal gezeigt, dass sie auch anders kann. Ich musste vor ihr auf und ab gehen, danach auf einem Bein stehen bleiben, was ich ganze zwei Sekunden lang schaffte. Dann befahl sie mir, den Boden mit den Fingerspitzen zu berühren, ich erreichte ungefähr die Mitte des Schienbeins. Es folgten noch weitere Tests meiner Beweglichkeit und Sportlichkeit, die alle nicht zu Bibianas Zufriedenheit ausfielen. Ihre wunderbar glatte Stirn runzelte sich, die Winkel ihres rosigen Mundes senkten sich zusehends, bis eine nach unten zeigende Mondsichel ihr reizendes Gesicht verunstaltete.

»Wenn wir jetzt nicht sofort etwas unternehmen, wirst du in ein paar Jahren einen Rollator vor dir herschieben«, sagte sie und rollte dabei dramatisch ihre blauen Augen. Das war eine groteske Übertreibung, aber sie verfehlte ihre Wirkung nicht. Ich hörte Bibiana aufmerksam zu, wie sie die nötigen Schritte schilderte, die unternommen werden mussten, um mich vom Schreibtischkrüppel in eine Sportskanone zu verwandeln.

Neun Sitzungen lang stand Bibiana in der Palestra neben mir, gab Anweisungen und schaute zu, wie ich an Gummibändern zog, nach zwei Liegestützen auf den Boden krachte und versuchte, nicht vom Gymnastikball zu fallen, während ich Rumpfbeugen machte. Danach wurde ich an Tiziano, den Fitnesstrainer, weitergereicht.

Groß und blond, natürlich mit athletischer Figur, hörte er mir mit ernster Miene zu, und ich kam mir klein, plump und unscheinbar vor. Er führte mich zu den verschiedenen Maschinen, ich quetschte mich ungeschickt in die verlangten Positionen und machte, was Tiziano mir sagte. Die Übungen machten mir keinen großen Spaß, aber ich muss zugeben, ich fühlte mich mit der Zeit um einiges besser.

Als ich eine Zeit lang beruflich ständig auf Achse war und nicht mehr ins Krafttraining gehen konnte, fiel es mir sehr schwer, wieder damit anzufangen. Auch als Tiziano mich anrief, um zu fragen, warum ich nicht mehr aufgetaucht sei, und ich hoch und heilig versprach, bald wieder loszulegen, konnte ich mein Versprechen nicht einhalten.

So vergingen ein paar Monate, bis ich eines Morgens aus dem Bett stieg und ein Blitz in meinem rechten Knie einschlug. Ich krachte rückwärts auf die Matratze, schnappte nach Luft und hätte mich beinahe der erlösenden Schwärze hingegeben, die mein Blickfeld überschwemmte.

Meine Ärztin diagnostizierte einen Meniskusriss und stellte mir eine Physiotherapieverordnung aus. Also machte ich mich wieder auf den Weg zu *ICSA*.

Marco begrüßte mich sehr freundlich, sah sich mit gerunzelter Stirn die Verordnung an und sagte, dass Bibiana in nächster Zeit keine freien Termine habe. Er werde mich bei Davì einschreiben, einem sehr fähigen und gut ausgebildeten Italiener, der neu bei *ICSA* sei. Ich würde bestimmt zufrieden sein.

Davì war mir sofort sympathisch. Er war herzlich, klug und lustig. Nicht so schön wie Bibiana, eher durchschnittlich, nicht so blond wie Bibiana, sondern schwarzhaarig, mittelgroß und natürlich schlank und sportlich.

5

Als Erstes traf ein Zweiergespann der Polizia Comunale bei *ICSA* ein. Agente Ravelli, eine junge Frau, die so winzig wirkte, dass Davì sich unwillkürlich fragte, ob man in der Schweiz keine Mindestanforderungen an die Körpergröße von Polizisten stellte. Aber vielleicht wirkte sie nur winzig neben ihrem Partner, Agente Chiesa, einem langen Kerl, der auch mit seinen gut 50 Jahren vor Kraft nur so strotzte. Die beiden ließen sich erklären, was passiert war, und informierten sofort die Zentrale, nachdem sie einen Blick auf den Toten geworfen hatten.

Davì, Marco, dem kleinen Luca und seiner Mutter wurde psychologische Betreuung angeboten, die sie jedoch ausschlugen. Danach bat man sie, weiter im Gymnastikraum zu warten.

Davì war kalt, er zitterte und hatte Mühe, seinen Kiefer unter Kontrolle zu halten. Nicht nur der grausige Anblick der Leiche machte ihm zu schaffen. Er hatte Angst. Wie sollte er ohne Zeugen beweisen, dass er den Großkotz nicht erwürgt, sondern die ganze Zeit im Geräteraum herumgetrödelt hatte?

Davì bemerkte, dass Marco ihn beobachtete. Es war nicht schwer, die Gedanken seines Chefs zu lesen. Marco überlegte gerade fieberhaft, ob es möglich wäre, dass Davì den Großkotz umgebracht hatte. Wenn schon sein Chef ihm nicht vollkommen vertraute, was würde dann erst die Polizei aus den Umständen schließen?

Es schien eine Ewigkeit zu dauern, bis die Kriminalpolizei eintraf. Die Mutter des kleinen Luca rief ihren Mann an, der ihr erst nicht glauben wollte, dass im Fitnesscenter jemand getötet worden war, und als er kapierte, dass sie die Wahrheit sagte, brüllte er, für Davì und Marco gut hörbar, sie solle sofort mit dem kleinen Luca nach Hause kommen. Worauf sie lautstark entgegnete, sie werde hier von der Polizei festgehalten und könne nicht einfach weg. Sie könne nichts dafür, und es sei wieder einmal typisch, dass er ihr die Schuld gebe. In diesem Moment fing der kleine Luca wie eine Sirene an zu heulen.

Irgendwann öffnete Agente Ravelli die Tür und sagte zu Davì: »Da Sie den Toten gefunden haben, möchte Sie Commissaria Casanova als Ersten sprechen.«

Davì stand auf und ging unter den lautstarken Protesten der Mutter des kleinen Lucas zur Tür.

Davì war Commissaria Roberta Casanova noch nie

begegnet, hatte aber im *Corriere del Ticino* ein seitenlanges Porträt über sie gelesen. Sie war nicht nur die einzige Frau weit und breit, die eine derartig hohe Position in der Polizei einnahm, sondern lebte dazu noch offen in einer lesbischen Beziehung. Eine Kombination, die im katholisch geprägten Kanton Tessin durchaus eine Schlagzeile wert war. Aufgrund der Beschreibung in der Zeitung erwartete Davì eine übermenschliche Amazone, die allein mit ihrem durchdringenden Blick Verbrecher in die Knie zwang.

Während er der winzigen Agente Ravelli vom Gymnastikraum in Marcos Büro folgte, versuchte er, seiner Nervosität Herr zu werden. Es war unwahrscheinlich, dass die Commissaria ihm glauben würde, wie er nichtsahnend im Geräteraum herumgetrödelt und vom Mord weder etwas gesehen noch etwas gehört hatte. Umso wichtiger, dass er jetzt ruhig blieb. Er war unschuldig und hatte nichts zu befürchten.

Auf das Klopfen der Polizistin kam keine Antwort, und als sie die Tür öffnete, saß auf dem Bürostuhl keine unerbittliche Inquisitorin, er war leer.

»Sie ist wohl noch nicht bereit«, sagte Agente Ravelli, «dann kann ich ja schon mal deine Personalien aufnehmen.«

Davide Lombardi, Alter 29, italienischer Staatsangehöriger, geboren in Treviso, Veneto. Seit einem Jahr wohnhaft in Locarno, Physiotherapeut bei *ICSA*, einem Fitnesscenter mit Physiotherapie und Ernährungsberatung.

Die Fragen nach seinem Namen, Geburtstag und Geburtsort waren einfach genug zu beantworten. Davì zwang sich, ruhig zu atmen, und ihm fiel plötzlich auf, dass Agente Ravelli sehr sympathisch war. Sie war zwar klein, aber überhaupt nicht zierlich. Nicht etwa dick, aber kompakt, voller Energie. Davì, der einen großen Teil seiner Freizeit mit Comiclesen verbrachte, hatte plötzlich das Bild vor Augen, wie sie sich im Kampf gegen die Verbrecher in einen polizeiblauen Vollgummiball verwandelte und die Gegner reihenweise zu Boden knallte.

Dieser kindliche Trost war ihm jedoch nicht lange vergönnt, die Bürotür öffnete sich und riss den schönen Comicstrip in Fetzen. Commissaria Casanova betrat das Büro.

Davìs erster Gedanke war, dass ihre Augen eigentlich ganz normal aussahen, nichts deutete auf einen Röntgenblick oder Laserstrahlen. Die Augen waren braun, die Haare blondiert. Sie trug Jeans und T-Shirt, darüber einen Blazer, praktische Kleidung für eine Frau, die sich nicht gerne mit äußerlichen Kinkerlitzchen abgab. Mit ihrem entschiedenen Auftreten machte sie sogleich klar, dass man es mit einer *donna in gamba* zu tun hatte, einer tüchtigen Frau.

Die Commissaria schenkte jedoch Davì keine Beachtung, sondern wandte sich an Marta. »Mein Ispettore ist auf dem Weg hierher vom Contact Tracing angerufen worden. Er muss in Quarantäne. Ich möchte, dass du ihn vertrittst. Ich werde meinem Vorgesetzten sagen, dass du für den Ispettore aspirierst.«

»Was?«, wollte Marta sagen – niemand konnte wissen, dass sie mit dem Gedanken spielte, sich für die Inspektorenausbildung zu bewerben –, dann realisierte sie, dass die Commissaria ihr zugezwinkert hatte, und sie rief: »Zu Befehl!«

Die Commissaria wandte sich Davì zu, musterte ihn kurz und ließ sich dann von ihm schildern, was sich an diesem Morgen zugetragen hatte.

Davì hatte sich inzwischen gefangen, es gelang ihm, ohne Abschweifungen zu erklären, warum er statt Charlotte den Großkotz hatte behandeln müssen, nur der richtige Name vom Großkotz wollte ihm um keinen Preis einfallen. Also nannte er ihn »den Verstorbenen« und versuchte gleichzeitig, die Patientenakte zu visualisieren, auf der oben links der Name stehen müsste. Irgendetwas Deutsches, Kompliziertes.

Aber Commissaria Casanova schien seine Erinnerungslücke nicht aufzufallen. Sie bat Davì, ihr den Geräteraum zu zeigen und vor Ort zu erklären, warum er so lange gebraucht hatte, die Kabel zu entwirren.

M

Ich habe viel Zeit darauf verwendet zu überlegen, wie ich mich verhalten würde, wenn ich den Großkotz nicht umgebracht hätte, und bin zum Schluss gekommen, dass ich Davì angerufen hätte, um zu erfahren, was los sei.

Ich muss vorausschicken, dass ich kein Mensch mit festen Gewohnheiten bin. Ich gehe zum Training, wann es mir gerade passt. Wenn ich jeden Dienstag um 9 Uhr auf der Matte stünde, dann hätte ich jetzt ein Problem. Aber so kann ich Davì anrufen und fragen, was denn los sei, ich hätte trainieren wollen und man habe mich nicht reingelassen. Natürlich habe ich zuerst den Festanschluss von *ICSA* angerufen und nur den Beantworter erreicht.

Auch bei Davì lande ich erst auf der Mailbox. Zwanzig Minuten später ruft er mich an.

Er ist außer sich, will sich mitteilen, und ich habe leichtes Spiel. Ich erfahre, was ich schon weiß – der Großkotz ist umgebracht worden – und was ich noch nicht weiß: Commissaria Casanova leitet die Ermittlungen.

Im *Corriere del Ticino* war neulich ein seitengroßes Interview mit der Commissaria: Eine lesbische Frau wird Kommissarin der Kriminalpolizei Locarno. Gegen sie werde ich mich also behaupten müssen.

An dieser Stelle muss ich noch einmal wiederholen: Ich schäme mich für diese verabscheuungswürdige Tat, aber ich bereue sie nicht. Und ich werde alles tun, um nicht überführt zu werden.

6

Commissaria Casanova entließ Davì mit dem Hinweis, dass er sich erreichbar halten müsse. Dann ließ sie nach Marco, dem Chef von *ICSA*, schicken.

Marco fragte als Erstes, ob sie nicht den kleinen Luca und seine Mutter gehen lassen könnten. Sie sei nahe an einem Nervenzusammenbruch und könne überhaupt nichts mit den Geschehnissen zu tun haben. Er sei die ganze Zeit mit ihr und dem kleinen Luca im Gymnastikraum gewesen.

Commissaria Casanova nickte und veranlasste, dass die Personalien der Frau aufgenommen wurden und sie danach gehen durfte. Dann ließ sie sich von Marco erzählen, wie sich die Ereignisse an diesem Morgen abgespielt hatten.

Wie zu erwarten, waren Marcos Schilderungen nicht besonders aufschlussreich. Commissaria Casanova konstatierte jedoch, dass sie denjenigen von Davide Lombardi nicht widersprachen. Allerdings hatte Lombardi praktisch nichts über den Ermordeten gewusst. Er hatte sich offensichtlich nicht einmal seinen Namen merken können.

»Wie lange war Herr Leutenegger schon Patient bei Ihnen?«, fragte sie Marco.

»Ein gutes Jahr, schätze ich. Aber wenn Sie es genauer wissen wollen, müsste ich nachschauen.«

»Das können wir nachher noch feststellen. Ist es üblich, dass Patienten so lange zu Ihnen kommen?«

»Ab einem gewissen Alter schon. Da zwickt halt immer wieder etwas. Bei den Jungen sind es meistens Sportunfälle, die sehen wir dann nach der Rehabilitation nicht mehr. Aber es gibt auch Junge mit chronischen Krankheiten, MS und so. Das sind dann auch Dauerpatienten.«

»Woran litt denn Herr Leutenegger?«

»Was soll ich sagen? Er war übergewichtig, hatte einen ungesunden Lebensstil, Probleme mit den Gelenken.« Obwohl sich Marco um einen neutralen Tonfall bemühte, horchte die Commissaria auf. »War er ein angenehmer Patient?«

Marco war offensichtlich hin- und hergerissen, was die Commissaria fasziniert beobachtete. Schließlich seufzte er und sagte: »Was soll's? Sie erfahren es ja doch. Nein, er war kein angenehmer Patient, wir haben ihn nur ›fanfarone‹, Großkotz, genannt. Er hatte Geld, und mit dem Geld meinte er, sich alles kaufen zu können, auch die Jugend. Er bezahlte und wollte dafür Resultate sehen. Natürlich war er selbst nicht bereit, etwas dafür zu tun. Etwa abzunehmen, aufzuhören zu rauchen, Sport zu treiben. Er war Charlottes Patient, weil sie die Einzige war, die mit ihm umgehen konnte. Und auch, weil sie Deutsch spricht.«

»Er war ein unangenehmer Mensch, sagen Sie. Hatte er mit jemandem Streit?«

»Na ja. Alle – Patienten und Physios – gingen ihm, wenn möglich, aus dem Weg.«

M

Es hat zum Glück eine Weile gedauert, bis ich dem Großkotz bei *ICSA* begegnet bin. Er war mit Charlotte in der Palestra und hebelte kraftmeierisch an der Butterfly-Maschine herum. Charlotte versuchte, ihm beizubringen, die Arme gleichmäßig und langsam nach vorne zu bewegen und ebenso gleichmäßig wieder zurückzuziehen. Statt auf sie zu hören, beschwerte er sich, dass sie ihm nicht genügend Gewicht aufgeladen habe.

Ich setzte mich auf den Fahrradergometer, um mich aufzuwärmen, schaute den beiden zu und dachte, dass ich nicht in Charlottes Schuhen stecken möchte.

Bei Charlotte war ich nur in Behandlung, wenn Davì in den Ferien war. Sie gab mir ein Rätsel auf, schien sich von den anderen Physiotherapeuten zu unterscheiden, ohne dass ich hätte benennen können, woran. Als sich die Gelegenheit ergab, fragte ich Davì nach ihr. Ob sie eigentlich Tessinerin sei und warum sie akzentfrei Hochdeutsch spreche.

Davì zögerte, er war keine Klatschbase. In den 30-minütigen Sitzungen sprachen wir über Gott und die Welt. Hin und wieder erzählte er etwas, was andere Patienten gesagt hatten. Aber meistens oberflächliche, allgemeine Sachen, wo man gute Wanderschuhe kaufen konnte oder wo es die beste Pizza in Locarno gab. Über seine Kolleginnen und Kollegen äußerte er sich nie. Nach einigem Abwägen sagte er, Charlotte sei tatsächlich im Tessin aufgewachsen als Tochter deutscher Eltern, und machte dann eine dieser typischen Pausen, die bedeuten, dass man noch viel mehr zu sagen hätte, aber nicht weiß, ob es angemessen ist.

Statt auf Nachfragen setzte ich auf Schweigen und Warten und gewann. Davì druckste etwas herum, sagte schließlich: »Charlotte kommt aus sehr reichem Haus. Ihre Eltern besaßen in Ascona eine Villa am See.«

»Besaßen?«, fragte ich.

»Sie haben in der letzten Finanzkrise alles verloren und sich mit einem Notgroschen nach Spanien abgesetzt. Charlotte war von einem Tag auf den anderen auf sich allein gestellt. Sie hat eine Ausbildung zur Physiotherapeutin gemacht und muss sich nun ihr Brot selbst verdienen, wie wir alle auch.«

Charlotte hatte also mal zur *Jeunesse Dorée* von Ascona gehört. Zu den schönen jungen Leuten, die jeweils am späten Nachmittag ihre Einkaufstüten aus den superteuren Boutiquen in den Restaurants der Seepromenade abladen, mit *Aperol Spritz* beginnen und sich dann die Nacht in einem der Klubs um die Ohren schlagen.

Daran dachte ich, auf dem Fahrradergometer sitzend. Musste es nicht außerordentlich demütigend sein, die Ignoranz und Arroganz eines Großkotzes als seine Physiotherapeutin zu ertragen, wenn man selbst einmal in dessen Kreisen verkehrt hatte?

7

»Wie können wir Charlotte erreichen? Wir müssen unbedingt mit ihr sprechen.«

»Charlotte hat sich, wie gesagt, krankgemeldet. Sie sollte also zu Hause sein.«

»Hat sie sich öfter krankgemeldet?«

»Das kam schon vor. Wenn ich ehrlich bin, meistens, wenn sie einen Termin mit dem Großkotz hatte. Nicht regelmäßig, bloß ab und zu. Ich ließ ihr das durchgehen, schließlich braucht jeder mal eine Pause.«

»Und Sie? Wie war Ihre Beziehung zum Großkotz?«

»Na ja, es ging mir mit ihm wie allen anderen auch. Als er sich das erste Mal anmeldete, bestand er darauf, vom Chef behandelt zu werden. Ich habe versucht, ihm klarzumachen, dass er das Seine beitragen muss, wenn er sich besser fühlen will. Das hat ihm nicht gefallen. Danach hat er uns alle ausprobiert und ist dann bei der armen Charlotte hängen geblieben.«

»Sie sagen, er war unangenehm. Wie hat sich das geäußert?«

»Er hat sich dauernd über alles beschwert. Er fand es eine Zumutung, wenn er warten musste und anderen Patienten begegnete. Behinderte und alte Leute nannte er Krüppel. Ständig kam er mit irgendwelchen Wundertherapien an, von denen er gehört hatte und die wir unbedingt anbieten sollten.«

»Was für Wundertherapien?«

»Ach, so Quacksalberzeugs. Pillen zum Abnehmen,

Geräte, die die Muskeln wachsen lassen, ohne dass man etwas dafür tun muss. Solche Sachen halt.«

»Und wie haben die anderen Patienten auf ihn reagiert?«

»Ich glaube, alle haben ungefähr das Gleiche mit ihm erlebt. Man konnte freundlich auf ihn zugehen und bekam dann irgendeine Bosheit um die Ohren gehauen. Nur junge schöne Frauen wurden nicht beschimpft. Aber sie mussten seine Anmache ertragen. Zum Glück haben wir nicht viele junge schöne Frauen. Wir sind ja ein Physiotherapiecenter und nicht eine dieser Muckibuden.«

M

Wir Patienten von *ICSA* sind wie eine große Familie.

Das ist natürlich sentimentaler Quatsch, aber so hätte ich es gerne. Ich habe nicht viel Familie und bin meistens im Kriegszustand mit ihr. Bei *ICSA* streitet niemand mit mir. Alle sind freundlich. Tiziano, der Fitnesstrainer, ist immer voller Liebe und Verständnis. Hart in der Sache, aber nicht aus Bosheit, sondern weil er nur das Beste für mich will. Und die Physios sind sowieso immer nett. Sie sind darauf programmiert, Mitleid und Hilfsbereitschaft zu zeigen. *ICSA* ist eine Oase der Freundlichkeit.

ICSA war eine Oase der Freundlichkeit, bis der Großkotz aufgetaucht ist.

Nehmen wir einmal Maria Rosa. Sie ist eine alte Dame, die nur noch mithilfe eines Rollators gehen kann. Maria Rosa schiebt also täglich ihren Rollator durch die Palestra von *ICSA*, von Maschine zu Maschine, an denen sie ihre zugegebenermaßen äußerst kümmerlichen Muskeln stärkt.

Wir alle bewundern Maria Rosa für ihre Zähigkeit, Ausdauer und Beharrlichkeit. Sie ist eine geriatrische Superathletin. Bei *ICSA* werden nicht die Kraftmeier und Muskelprotze am meisten bewundert, sondern diejenigen, die das größte Handicap mitbringen. Und da erreicht Maria Rosa eindeutig einen der vordersten Plätze. Sie ist naturgegeben langsam, braucht lange Pausen zwischen den Übungen und steigt nur mit großer Mühe auf die Maschinen und wieder von ihnen ab. Alle nehmen Rücksicht auf Maria Rosa. Alle, bis auf den Großkotz. Er zögert nicht – er zögert*e* nicht –, wenn Maria Rosa zum Beispiel auf dem Weg zum Latzuggerät war, sich vorzudrängen, wenn nötig, sie sogar zurückzustoßen. Tiziano hat sich einmal deswegen mit ihm angelegt, worauf sich der Großkotz beim obersten Chef beschwert hat. Tiziano wurde dann angewiesen, den Großkotz möglichst gewähren zu lassen. Man könne es sich nicht leisten, einen Kunden von solch monetärer Macht zu verlieren.

Das habe ich nicht von Tiziano selbst gehört, sondern bei einem der zufälligen Treffen von *ICSA*-Kunden am Maggia-Ufer. Wir sind nämlich sehr klatschfreudig. Und wir waren uns alle einig: Der Großkotz ist ein Großkotz und zerstört unsere Oase der Freundlichkeit.

8

»*ICSA* wird also von Physiotherapie-Patienten mit einem Behandlungstermin aufgesucht und von Kunden im angegliederten Fitnesscenter, die kommen und gehen, wie es ihnen gerade passt?«, fragte Commissaria Casanova.

»Ja, normalerweise schon«, sagte Marco. »Aber jetzt, so kurz nach dem Lockdown, haben wir nur wenige Patienten oder Kunden im Fitnesscenter. Die Angst, sich anzustecken, ist noch sehr groß. Herr Leutenegger war heute um 9 Uhr der einzige Patient.«

»Aber es hätte jemand zum Trainieren kommen können, ohne dass Sie es gewusst hätten?«

»Ja. Schon. Wir versuchen zwar, den Leuten beizubringen, dass sie sich anmelden sollen, aber die meisten kommen einfach mal vorbei und tragen sich dann in die Liste ein. Aber wie gesagt, viele waren es noch nicht.«

»Marta, wer sichert unten die Eingangstür?«, wandte sich Commissaria Casanova an Agente Ravelli.

»Agente Chiesa.«

»Kannst du ihn kurz ablösen? Ich möchte gerne mit ihm sprechen.«

Während sie auf Agente Chiesa warteten, blätterte die Commissaria in irgendwelchen Unterlagen, und Marco starrte auf das Bild von einer Schildkröte hinter seinem Schreibtisch, dem er normalerweise den Rücken zukehrte und das ihm jetzt ziemlich verstörend und unpassend vorkam, ohne dass er hätte sagen können, warum.

Agente Chiesa klopfte an die Tür und meldete sich

militärisch an, als er den Raum betrat. Marco erhob sich unwillkürlich aus dem Besuchersessel seines Büros, teils weil er annahm, er sei jetzt entlassen, teils weil er der schieren Größe Agente Chiesas etwas entgegensetzen musste. Aus dem Augenwinkel bemerkte er, dass die Schildkröte ihn mit ihrem Blick verfolgte, obschon er sich bewegt hatte und sie nur aus Ölfarbe bestand.

»Agente Chiesa, seit wann haben Sie unten die Tür bewacht?«

»Gleich nachdem wir die Leiche gefunden und die Kriminalpolizei alarmiert haben. Also so etwa seit 9.30 Uhr.«

»Sie haben alle Personen, die zu *ICSA* wollten, zur Befragung abholen lassen?«

»Ja. Bis jetzt war es ja nur einer. Er hat gesagt, er habe einen Physiotermin um 10 Uhr.«

»Das war alles? Eine einzige Person?«

»Ja. Das war der Einzige, der trainieren wollte. Kurz vorher hatte sich noch eine Person genähert und gefragt, was passiert sei. Ich antwortete, ich sei nicht befugt, Auskunft zu geben, und habe sie weggeschickt.«

»Haben Sie die Personalien dieser Person aufgenommen?«

»Nein. Man hat mir gesagt, ich müsse alle Personen zur Befragung schicken, die trainieren wollten. Mir hat niemand gesagt, ich müsse von allen die Personalien aufnehmen.«

Commissaria Casanova holte Luft und zwang sich dann sichtlich dazu, auf eine Zurechtweisung zu verzichten.

»Können Sie die Person beschreiben? Weiblich oder männlich, alt oder jung?«

Agente Chiesa zögerte und sah auf einmal etwas verstört aus. »Ich weiß es nicht.«

»Was wissen Sie nicht?«

»Ich weiß nicht, ob die Person weiblich oder männlich war. Nicht besonders alt wahrscheinlich. Aber mehr kann ich nicht sagen. Sie trug eine schwarze Wollmütze, eine hellblaue chirurgische Gesichtsmaske und ihre Brille war ziemlich angelaufen. Ich konnte ihr Gesicht nicht sehen.«

Die Commissaria sah fast hilfesuchend zu Marco. Was sind das für Zeiten, in denen wir uns so verhüllen müssen? Und wie sollen wir so Polizeiarbeit machen?, interpretierte Marco ihren Blick.

»Was war mit der Stimme? Konnten Sie nicht an der Stimme erkennen, ob die Person weiblich oder männlich war?«

»Durch die Maske hört man nur Genuschel. Für eine Frau ist die Person ziemlich groß gewesen. Aber unmöglich ist es nicht.

Sie hatte eine schwarze Trainingshose und eine rote Regenjacke an. Schwarze Turnschuhe. Die Kleidung war eher männlich, würde ich sagen. Aber die Füße waren nicht auffällig groß.«

»Können Sie mit dieser Beschreibung etwas anfangen?«, fragte Commissaria Casanova Marco.

»Nein«, sagte er, »das ist viel zu vage.«

Aber die Commissaria war nicht überzeugt, dass Marco die ganze Wahrheit sagte.

M

Damit das klar ist: Ich melde mich hier zu Wort, weil ich mir diese schreckliche Sache von der Seele schreiben möchte, habe aber nicht vor, Fehler zu begehen und mich zu verraten.

9

Alois Anderhub, Davìs Patient von diesem Morgen, der pünktlich um 10 Uhr eingetroffen war, musste eine Weile im Gymnastikraum warten, bis er zu der Commissaria geführt wurde.

»Ich muss Ihnen leider mitteilen, dass Herr Leutenegger heute Morgen tot aufgefunden worden ist«, sagte sie auf Deutsch und beobachtete Alois Anderhub scharf. Er reagierte genau so, wie ihrer Erfahrung nach Nichtbeteiligte auf eine Todesnachricht zu reagieren pflegten: mit einer Mischung aus Entsetzen, Sensationsgier und gespielter Betroffenheit. »Das ist ja furchtbar!«, rief er.

Nicht verdächtig, lautete das Urteil der Commissaria, außerdem war er betagt, um nicht zu sagen klapperig, sie traute ihm nicht zu, einen so großen und fetten Brocken wie den Verstorbenen zu überwältigen und zu strangulieren. Dennoch fragte sie ihn, ob er den Verstorbenen persönlich gekannt habe.

»Ja«, antwortete Alois zu ihrer Überraschung. »Wir waren Nachbarn.«

»Nachbarn! Und wie war das nachbarschaftliche Verhältnis?«

»Herr Leutenegger hat vor gut einem Jahr die Villa neben unserem Haus gekauft. Es hat sich schnell herausgestellt, dass er kein einfacher Nachbar ist.«

»Inwiefern?«

»Er war noch keine zwei Wochen eingezogen, als wir von unserem morgendlichen Spaziergang zurückkamen und feststellen mussten, dass Arbeiter unsere wunderschöne alte Palme gefällt hatten. Er hat nicht einmal geleugnet, dass er den Auftrag gegeben hat. Die Palme habe mit dem Geklapper ihrer Blätter seine Nachtruhe gestört. Wissen Sie, wenn der Wind geht, machen die Palmen ja so ein Geräusch, so eine Art Knattern. Aber das kann man doch nicht als Lärm bezeichnen. Für uns ist das die Melodie des Südens!«

Was für ein Arschloch dieser Verstorbene doch war, dachte die Commissaria und bedauerte es, dass sie aus Gründen der Professionalität mit ihrer Meinung gegenüber Herrn Anderhub hinter dem Berg halten musste. »Was haben Sie nach diesem Vorfall unternommen?«, fragte sie stattdessen.

»Wir waren natürlich stinkwütend. Ich habe meinen Neffen – er ist Jurist – gefragt, ob wir etwas unternehmen können, er hat uns abgeraten. Nachbarschaftsstreitigkeiten seien sehr unersprießlich, außer für die Anwälte natürlich. Also haben wir am Ende die Kröte geschluckt.«

»Aber Sie lagen im Streit mit dem Verstorbenen?«

»Wir sind ihm aus dem Weg gegangen. Das hat auch funktioniert. Wir verkehren gesellschaftlich nicht in den gleichen Kreisen. Leutenegger hat sich in der Asconer Schickeria bewegt, wir sind mehr am normalen Leben interessiert. Ich bin zum Beispiel im *Historischen Verein* und engagiere mich für das Gemeindemuseum und das Theater.« Alois verstummte, die Commissaria wartete ab.

»Es war ein Schock für uns, als er plötzlich hier bei *ICSA* auftauchte. Wir sind gerne hier. Ich bin schon seit Jahren in Behandlung, Evelyne nutzt die Palestra, sie ist ja 20 Jahre jünger als ich. Sie kommt immer eine Stunde vor meinem Termin ins Training, dann können wir zusammen nach Hause spazieren. Und plötzlich taucht dieser Leutenegger hier auf. Das war ein Schock.«

»Moment mal«, sagte die Commissaria alarmiert. »Wollen Sie damit sagen, Ihre Frau ist heute eine Stunde vor Ihrem Termin hierhergekommen?«

»Nein, heute nicht«, sagte Herr Anderhub schnell. »Heute ist sie zu Hause geblieben. Sie hat gesagt, die Corona-Situation sei noch zu gefährlich, um zu trainieren.«

Commissaria Casanova konnte sich Alois Anderhubs offensichtliche Nervosität nicht recht erklären. Ihr Gefühl sagte ihr, dass er nichts mit dem Tod von Jacques Leutenegger zu tun hatte, eben weil es ihr zweifelhaft erschien, dass er physisch imstande war, die Tat zu begehen. Aber

Frau Anderhub war 20 Jahre jünger und trainierte regelmäßig. »Was hat Ihre Frau heute Morgen gemacht?«

»Evelyne war den ganzen Morgen zu Hause«, sagte Alois Anderhub bestimmt.

»Und Sie können das bezeugen?«, fragte Roberta Casanova, und es tat ihr fast leid, dass der alte Mann ob ihrer Fragen in Stress geriet.

»Es war ein Morgen wie jeder andere. Nach dem Frühstück war ich ab 8 Uhr in meinem Studio – ich recherchiere gerade über die Stadtgeschichte Locarnos – und Evelyne hat das gemacht, was sie jeden Morgen macht.«

»Das wäre?«

»Sie ging einkaufen und machte ihre Yogaübungen.«

»Wir werden das überprüfen müssen«, sagte die Commissaria und wunderte sich über Herrn Anderhub, der angefangen hatte, an seinen Ärmeln herumzuzupfen. Offenbar ein unkontrollierbarer Tick, der auf Anspannung schließen ließ.

»Sie waren also beide bis, sagen wir mal 9.30 Uhr daheim, dann haben Sie das Haus verlassen, um zur Physiotherapie zu gehen?«

»Nein!«, rief Herr Anderhub. »Wir waren nur bis 8.45 Uhr zu Hause, danach ging ich spazieren und Evelyne joggen, an der Maggia.«

»Kann das jemand bezeugen?«

»Wir haben *ICSA*-Leute getroffen«, sagte Herr Anderhub.

10

Davì, der zusammen mit Marco im Gymnastikraum wartete, sah, wie Alois Anderhub mit gekrümmtem Rücken und unsicheren Schritten die Physiotherapie verließ. Der alte Mann tat ihm leid. Er war seit kurzem sein Patient mit allerlei Altersbeschwerden und redete gerne über seine Geschichtsforschung. Er hatte als promovierter Historiker beim Bundesamt für Statistik in Bern gearbeitet und war mit seiner Frau nach Locarno gezogen, als er pensioniert wurde. Evelyne Anderhub, eine geborene Bernasconi, hatte ihre Kindheit in Locarno verbracht. Sie lebten jetzt im Elternhaus von Evelyne, eine Art Déco-Villa, die Evelynes Großvater, der Architekt war, in den 30er-Jahren entworfen hat. Alois Anderhub hatte ihm auch von dem Streit mit dem *Fanfarone* erzählt. Für sie sei es unerträglich, ihn als Nachbarn zu haben, gerade weil sie die Villa liebten und auf keinen Fall ausziehen wollten. »Wir sitzen in der Falle«, hatte Alois zu Davì gesagt.

M

Der Tarnung halber muss ich behaupten, dass ich keinen persönlichen Kontakt mit dem Großkotz hatte, aber auch mir ist er außerhalb von *ICSA* ein paarmal unangenehm aufgefallen.

Einmal war ich auf einer Wanderung auf dem Römerweg von Ascona nach Brissago. Im Gewirr der Straßen von Ronco sopra Ascona haben meine Begleitung und ich uns verirrt. Wir hielten an, um einen Schluck Wasser zu trinken und uns zu beraten, als ein beleibter Herr mittleren Alters in einem gelben Poloshirt mit aufgestelltem Kragen, Bermudashorts und Adiletten neben dem weißen BMW vor einer der Villen auftauchte. Meine Begleitung stürzte sich gleich auf ihn und fragte auf Italienisch nach dem Wanderweg nach Brissago. Der Dicke musterte uns abschätzig und sagte auf Deutsch, dass wir dieser Straße weiter folgen sollten, sie führte direkt nach Brissago, er kenne sie ganz genau, weil das seine Joggingstrecke sei. Wir bedankten uns, machten uns auf den Weg, der dann steil und endlos bergauf ging – worauf meine Begleitung irgendwann schweratmend hervorstieß: »Wenn das die Joggingstrecke von diesem Dicksack ist, dann fresse ich seinen – keuch – BMW – keuch – ungesalzen.« Wir sind dann irgendwann doch noch in Brissago angekommen, aber der Großkotz ist mir im Gedächtnis geblieben.

Ein paar Wochen später stand ich vor dem Lebensmittelgeschäft *Quattro venti*, das vor allem mit einer großen Auswahl an Gemüse- und Käsesorten glänzt. Ich sprach mit einem schwarzen Pudel, der dort angebunden warten musste, als eine Dame im Pelzmantel daherkam und sich auf einen freien Parkplatz direkt vor dem Lebensmittelgeschäft stellte. Ich verstand erst, was vor sich ging, als ein kleiner Fiat 500 heranfuhr, um auf diesem Parkfeld zu parkieren. Die Dame im Pelzmantel winkte die verdutzte Fahrerin mit herrischer Geste weg, kurz darauf fuhr ein weißer BMW vor, die Dame machte Platz, der BMW fuhr in die Parklücke, und ihm entstieg der Großkotz. Der Pudel und ich schauten fassungslos zu, wie die beiden im *Quattro venti* verschwanden.

An dieser Stelle möchte ich erwähnen, dass der Übername auf meinem Mist gewachsen ist. Auf Italienisch habe ich ihn »fanfarone« getauft.

11

Nachdem Herr Anderhub aus der Befragung entlassen worden war, traf Tiziano, der Fitnesstrainer, ein. Die Commissaria erfuhr nichts Neues von ihm. Er gab sofort zu, dass der Großkotz zu den unangenehmen Kunden gehört hatte. Ansonsten schien er der Commissaria unverdächtig und hatte auch ein Alibi. Seine Freundin, die von zu Hause aus arbeitete, und ein Stapel von ihm gebügelter Wäsche würden bestätigen, dass Tiziano den ganzen Morgen in seiner Wohnung verbracht hatte. Im Hinausgehen fragte Tiziano, ob bereits jemand Frau Leutenegger benachrichtigt habe.

Die Commissaria schaute den Fitnesstrainer verdutzt an und gab die Frage an Agente Ravelli weiter.

Marta Ravelli schüttelte erschrocken den Kopf. »Es tut mir leid. Von Angehörigen war bis jetzt noch nicht die Rede.«

»Bei manchen Toten denkt man als Erstes an trauernde Hinterbliebene, dieser hier gehört ganz offensichtlich nicht dazu«, sagte die Commissaria und wandte sich an Tiziano. »Wie können wir Signora Leutenegger erreichen?«

»Die Adresse sollte auf dem Patientenblatt stehen.«

Die Commissaria wühlte in den vor ihr liegenden Papieren. »Kein Festnetz, nur seine Handynummer. Gut – dann machen wir uns mal auf den Weg. Marta, du fährst. Wir statten erst Frau Leutenegger und dann Charlotte, der Physiotherapeutin, die sich krankgemeldet hat, einen Besuch ab.«

Die Commissaria erkundigte sich bei den Beamten vom kriminaltechnischen Dienst, die dabei waren, den Behandlungsraum akribisch zu untersuchen, nach dem Stand der Arbeit, gab Agente Chiesa, der unten die Tür bewachte, noch einmal Anweisung, die Personalien aller Leute, die sich für *ICSA* interessierten, aufzunehmen, und setzte sich dann neben Agente Ravelli auf den Beifahrersitz des Streifenwagens.

Die Villa des Großkotzes, ein Betonklotz aus den 70er-Jahren, lag ein Stück die Via ai Monti hinauf, eine ruhige Straße, die oberhalb der Altstadt nach Orselina führte. Bemerkenswert war das Nachbarhaus im Art Déco-Stil, die Villa der Anderhubs, wie der Commissaria bewusst wurde, als sie den Stumpf der abgesägten dicken Palme bemerkte, der wie ein Mahnmal der unerhörten Verstümmelung aus dem sonst harmonischen Garten ins Auge stach.

Auf ihr Klingeln meldete sich niemand in der Villa Leutenegger, also versuchten sie es nebenan bei den Anderhubs.

Evelyne Anderhub öffnete. Sie wirkte verstört und nervös auf die Commissaria, was vielleicht normal war. Sie konnte nicht sagen, wie Frau Leutenegger zu erreichen wäre, sie habe sie schon eine Weile nicht gesehen. Soweit sie wisse, sei die Frau, die bei ihm wohne, nicht die Ehefrau – da gäbe es keine –, sondern die Schwester des Verstorbenen, und sie sei häufig abwesend.

Die Commissaria bat Evelyne Anderhub, die Aussage über ihr Alibi zu bestätigen und sofort Bescheid zu sagen, falls Frau Leutenegger auftauche.

Danach fuhren sie im Streifenwagen zu Charlottes Adresse in Solduno, eine Fahrt, die nur wenige Minuten dauerte. Sie parkierten vor dem Mehrfamilienhaus, in dem Charlotte wohnte. Es stammte aus den 70er- oder 80er-Jahren des vergangenen Jahrhunderts und hätte einen neuen Anstrich vertragen. Marta sah daran hoch und dachte, dass es, ähnlich wie Charlotte, schon bessere Tage gesehen haben musste.

Sie fanden die Haustür offen und stießen im dritten Stock auf Charlottes Namen. Die Commissaria drückte die Klinge, und sie lauschten auf die Stille, die dem schrillen Ton nachhallte. Aber Charlotte öffnete so abrupt, dass sie beide zusammenzuckten. Sie war verschwitzt, trug eine Jogginghose und hielt eine Wasserflasche in der Hand.

Also nicht krank, dachte die Commissaria, genau wie ihr Chef vermutet hatte. Sie stellte sich und Agente Ravelli vor und fragte, ob sie eintreten dürften.

»Ist etwas mit meinen Eltern?«, fragte Charlotte, kaum dass sie das Wohnzimmer betreten hatten.

Interessant, niemand von *ICSA* hat sie vorgewarnt, dachte die Commissaria, oder sie ist eine geniale Lügnerin. Sie wartete einen Moment ab, bevor sie Charlotte erklärte, was geschehen war. »Deshalb müssen wir Sie fragen, wie Sie den heutigen Morgen verbracht haben.«

»Ich war joggen«, sagte Charlotte.

»Sie haben sich krankgemeldet.«

»Ja. Ich habe mich krankgemeldet. Es gibt Tage, da kann ich Herrn Leutenegger nicht behandeln. Es geht einfach über meine Kräfte. Sie wissen, wie man ihn bei *ICSA* inoffiziell nennt?«

Die Commissaria nickte.

»Ich habe eine unausgesprochene Abmachung mit Marco. Der Großkotz – also Herr Leutenegger – ist mein Patient, aber wenn mir nicht danach ist, dann darf ich blaumachen.«

»Hmm«, machte die Commissaria, «jetzt ist er auf Ihrem Behandlungstisch stranguliert worden. Haben Sie eine Erklärung dafür?«

»Er war eine äußerst unangenehme Person. Er wird irgendjemanden bis aufs Blut gereizt haben.«

»Wollen Sie damit sagen, Ihr Kollege Davide Lombardi, der heute für Sie eingesprungen ist, könnte die Nerven verloren und Herrn Leutenegger stranguliert haben?«

»Nein!«, Charlotte schrie erschrocken auf. »Davì ganz bestimmt nicht. Er ist *un pezzo di pane,* eine Seele von Mensch.«

»Ich nehme an, Sie bekennen sich auch nicht schuldig. Wer käme denn sonst infrage bei *ICSA*?«

»Niemand. Es war ganz sicher niemand von *ICSA*. Ich würde für alle dort die Hand ins Feuer legen.«

M

Da ich nicht sehr gesellig bin, hole ich mir meine Dosis Zwischenmenschlichkeit, sooft es geht, bei *ICSA*.

Manchmal höre ich nur den Gesprächen zu, die sich häufig ums Essen drehen. Es ist eine sehr südländische Variante der Motivation, dass man sich an der Beinpresse abmüht und gleichzeitig vom Rehrücken schwärmt, den man am Sonntag zu sich nehmen wird. Vor allem Erasmo, ein pensionierter Bäcker, der nach einem Herzinfarkt vom Arzt ins Fitnesstraining geschickt worden ist, erzählt gerne vom Essen. Er ist schon ein halbes Jahr bei *ICSA* und hat kein Gramm abgenommen. Ich kann mir gut vorstellen, wie er sich nach dem Training an den Mittagstisch setzt und Risotto und Luganighe genüsslich mit einem Glas Rotwein hinunterspült. Er hat es sich schließlich verdient. Ich kann mir auch gut vorstellen, wie seine Frau ihn dazu ermuntert, sich richtig zu stärken, weil sie Angst hat, dass er sich zu viel zumutet und auch, dass er tatsächlich seine ungesunden Lebensgewohnheiten ändert und sie mitziehen muss. Erasmo hat mir erzählt, was für eine gute Köchin sie ist.

Erasmo unterhält sich besonders gerne mit Antonella. Sie ist um die 60 und versucht ebenfalls abzunehmen. Auch sie hat nicht viel Erfahrung mit Körperertüchtigung, was sich auch an ihrem Tenü ablesen lässt. Über die Wellen ihres Bauches spannt sich schwarze Spitze, und die elastische Caprihose ziert Leopardenprint. So ein Outfit findet man nicht im Sportgeschäft, sondern in der Lingerie-Abteilung der Warenhäuser. Gut möglich, dass sie noch nie ein Sportgeschäft betreten hat.

Antonella macht mir auch sonst große Freude. Ihr Training ist ein Drama, an dem möglichst viele teilhaben sollen. Wenn sie eine Maschine besteigt, macht sie das mit der Attitüde eines Mount-Everest-Bezwingers. Und wenn sie dann loslegt, verzieht sie das Gesicht mit einer Leidensmiene, wie sie nur eine aussterbende Generation der südländischen Mütter beherrscht. Am Anfang hatte ich sogar Mitleid mit ihr. Ich vermutete, man habe ihr viel zu viel Gewicht aufgeladen, wenn sie sich derart quälen müsse. Dem ist aber nicht so. Antonella vergisst ihr Leiden sofort, wenn jemand ein Schwätzchen mit ihr hält, dafür legt sie dann auch gerne eine Trainingspause ein.

Es gibt aber auch ernsthaftere Sportler bei *ICSA*. Allen voran Leo. Ich kann sein Alter nicht schätzen, weil er so ausgezehrt ist. Wohl älter als 40, aber wahrscheinlich jünger als 60. Genau wie Antonella leidet er auch sehr beim Training, aber ihm würde es nie einfallen, eine Pause für ein Schwätzchen zu machen. Er befindet sich ständig in der Vorbereitungsphase für irgendeinen Triathlon, Marathon oder mindestens Halbmarathon, und da sollte man ihm besser nicht in die Quere kommen. Nur er selbst steht sich dabei im Weg. Tiziano stellt sich jeweils neben ihn, fragt ihn nach seinem Trainingspensum und versucht, ihn davon zu überzeugen, es etwas langsamer angehen zu lassen. Leo hat sich vor ein paar Monaten durch exzessives Training einen Ermüdungsbruch im Wadenbein zugezogen. Dabei war er früher total unsportlich. Das ist aber kein seltenes Phänomen und gilt auch für andere. Simone Falchetto zum Beispiel hat sich während ihrer Schulzeit vor dem Sport gedrückt, wann immer sie konnte, jetzt rennt sie täglich zehn Kilometer. Und Evelyne Anderhub verwandelte sich aus einem schöngeistigen Couchpotato in eine exzessive Trainingsmaschine, kaum hatten sich bei ihr erste Alterszipperlein gezeigt.

12

Kaum hatte die Commissaria auf dem Beifahrersitz des Streifenwagens den Sicherheitsgurt eingeklickt, klingelte ihr Telefon. Es war der Polizist, der das Haus der Leuteneggers bewachen sollte, mit der Meldung, dass er eingetroffen sei. Er habe geklingelt, aber die Schwester des Toten sei offenbar immer noch nicht zu Hause.

»Ich werde sogleich einen Hausdurchsuchungsbefehl beantragen. Wir werden wohl die Tür aufbrechen müssen. Halten Sie sich inzwischen im Hintergrund. Es könnte sein, dass Frau Leutenegger die Flucht ergreift, wenn sie Polizei vor ihrem Haus sieht. Und melden Sie uns sofort, wenn sich etwas tut.«

»Wer weiß, vielleicht ist die Schwester einfach einkaufen gegangen«, sagte die Commissaria zu Marta, die keine Anstalten machte loszufahren. »Oder sie hat einen Ausflug ins Physiotherapiecenter gemacht, ihren Bruder erwürgt und ist danach verstört in der Stadt herumgeirrt?«

Als Marta und die Commissaria wieder beim *ICSA*-Gebäude ankamen, wurden sie an der Eingangstür von Agente Chiesa vorgewarnt. Ein Mann sei an ihm vorbeigestürmt und habe einen ziemlichen Aufstand gemacht, als man ihm mitteilte, dass er heute nicht trainieren könne.

Leonardo Bevilaqua, seines Zeichens Hobbysportler, der die Kontrolle über seine Leidenschaft verloren hatte, schäumte vor Wut. Man hatte ihm nicht gesagt, was geschehen war, nur, dass er heute und die nächsten Tage nicht würde trainieren können.

Die Commissaria bat ihn in Marcos Büro und erklärte ihm, warum er unverrichteter Dinge würde nach Hause gehen müssen.

Die Todesnachricht schien ihn kurz aus dem Takt zu bringen, aber dann war er gleich wieder genervt, als ihm klar wurde, dass sein Training tatsächlich ausfallen würde.

Er behauptete, den Toten nur vom Sehen zu kennen. Sie hätten vielleicht das eine oder andere Mal kurz miteinander gesprochen, aber sonst hätten sie keinen Kontakt gehabt.

»Was haben Sie heute Morgen gemacht?«

»Was soll das jetzt? Brauche ich etwa ein Alibi?«

»Diese Frage müssen wir allen stellen. Also: Wo waren Sie heute Morgen?«

»Ich war joggen an der Maggia. Das mache ich jeden Morgen, wenn es die Arbeit erlaubt.«

»Kann das jemand bezeugen?«

»Ja. Auf dem Rückweg – Tiziano hat mir geraten, das letzte Stück nicht mehr zu rennen, sondern zügig zu gehen – auf dem Rückweg habe ich *ICSA*-Leute getroffen. Wir haben die Sirenen gehört und uns gefragt, was wohl passiert sei.«

Die Commissaria nickte und notierte die Namen. An Leonardo fiel ihr neben seiner nur knapp gebändigten Aggressivität vor allem sein schlechter Teint auf. Der Mann war weit über 40 und hatte Pickel wie ein 16-Jähriger. Das erinnerte die Commissaria an irgendetwas. Hatte sie davon gelesen oder in einem der vielen Dokumentarfilme gesehen, mit denen sie sich die schlaflosen Nächte verkürzte? Es konnte wichtig sein oder auch nicht, aber meistens lohnte es sich, diesen Signalen aus dem Unterbewussten nachzugehen. »Was ist mit Ihrer Haut?«, fragte sie und überrumpelte damit den aggressiven Sportsfreund, sodass er ein paar Sekunden nach Worten ringen musste.

»Das geht Sie einen Scheiß an.«

Die Commissaria musterte ihn kalt. Dann sagte sie, es sei gut, er könne gehen, worauf Leonardo Bevilaqua aufstand und sich lammfromm trollte. Wenn Davì diese Szene hätte beobachten können, dann hätte er daraus geschlossen, dass er Zeuge ihres legendären Blicks geworden war.

Die Commissaria blieb sitzen und gab in die Suchmaschine auf ihrem Tablet »Akne durch Sport« ein. Ein paar Klicks weiter wusste sie, was das Signal aus ihrem Unterbewusstsein bedeutete: Akne bei älteren Sportlern konnte ein Zeichen von Anabolikamissbrauch sein.

M

Ich muss jetzt etwas tun. Ich halte es nicht mehr aus. Die Ungewissheit.

Was könnte ich unternehmen?

Mich anonym melden? Die Commissaria auf eine falsche Fährte führen?

Natürlich nicht. Erstens fehlt mir dazu die Kaltblütigkeit, und zweitens wäre es einfach nur dämlich. Diese Sorte superschlauer Krimineller, die mit der Polizei Katz und Maus spielen, gibt es nur in der Fiktion.

Andererseits muss man, um zu gewinnen, oft einfach nur frech genug sein.

Oder dämlich genug.

Bleiben wir realistisch. Ich bin nicht frech und schon gar nicht dämlich.

13

»Ich möchte noch einmal mit Marco reden«, sagte die Commissaria zu Agente Ravelli.

Kurz darauf klopfte Marco an die Bürotür und trat ein.

»Ich habe gerade mit Ihrem Kunden, Leonardo Bevilaqua, geredet. Kann es sein, dass er Anabolika nimmt?«

Marco schien überrascht, aber die Commissaria konnte

nicht sagen, ob ihn die Frage überraschte oder die Tatsache, dass Leo Anabolika nehmen könnte.

»Ich habe mir vorgenommen, ihn darauf anzusprechen«, sagte er schließlich. »Mir ist seine schlechte Haut aufgefallen und dass er plötzlich nicht mehr ganz so hager ist, fast ein wenig aufgedunsen. Als Physiotherapeuten sind wir geschult, die Zeichen zu erkennen. Aber das hat doch bestimmt nichts mit dem Tod von Herrn Leutenegger zu tun?«

»Im Moment wissen wir noch gar nichts. Alles kann mit dem Tod von Herrn Leutenegger zusammenhängen. Wenn Leonardo Bevilaqua Anabolika nimmt, können Sie sich dann vorstellen, woher er sie hat?«

»Aus dem Internet, woher denn sonst?«

»Hmm«, brummte die Commissaria. »Haben Sie denn noch andere Patienten oder Kunden, die Sie verdächtigen, illegale Substanzen zu konsumieren?«

»Bei Simone habe ich manchmal das Gefühl, dass sie etwas nimmt. Aber bestimmt nicht Anabolika. Und vielleicht sind es auch nur Stimmungsschwankungen. An einem Tag redet sie kein Wort und spult ihr Programm ab, am nächsten plappert sie ausgelassen mit allen.«

»Simone? Ist sie Deutsche?«

»Ich glaube nicht. Ihr Nachname ist Falchetto, und sie spricht akzentfrei Italienisch. Vielleicht fanden es die Eltern einfach lustig, ihr einen Vornamen zu geben, der im Italienischen männlich ist. Keine Ahnung.«

»Und weiter?«

»Was, weiter?«

»Weitere Kunden oder Patienten, die illegale Substanzen konsumieren könnten.«

»Giorgia vielleicht. Sie ist Mitte 20 und stark übergewichtig. Seit einem halben Jahr versucht sie abzunehmen, aber es geht nur ganz langsam voran. Sie hat sich neulich erkundigt, ob es nicht Tabletten gebe, die ihr helfen könnten. Und Matteo. Er ist noch keine 20, sehr schmächtig und unsicher. Meiner Erfahrung nach ist er prädestiniert dafür, Anabolika auszuprobieren.«

»Und Herr Leutenegger? Hat er sich für leistungssteigernde Präparate interessiert?«

»Komisch, es wäre mir nie eingefallen, ihn mit so etwas in Zusammenhang zu bringen. Aber jetzt, wo Sie fragen – wie ich Ihnen schon gesagt habe, war er ständig auf der Suche nach einem Wundermittel und wollte immer wieder, dass wir dieses oder jenes ausprobieren. Allerdings waren das immer sogenannte Naturheilmittel. Ihm war sehr wichtig, dass alles auf pflanzlicher oder natürlicher Basis war.«

Sie wurden durch ein Klopfen an der Tür unterbrochen. »Es ist wieder jemand eingetroffen, der trainieren will«, meldete Agente Ravelli.

14

»Simone Falchetto«, sagte die Commissaria. »Kommen Sie herein und setzen sich.«

»Mein Name wird eigentlich Simon ausgesprochen, französisch. Meine Mutter stammte aus Genf. Aber egal, hier nennen mich alle Simone. Können Sie mir bitte sagen, was los ist?«

»Herr Leutenegger wurde heute Morgen tot aufgefunden«, sagte die Commissaria.

»Der Großkotz?«

Die Commissaria schaute Simone überrascht an. War sie frech oder einfach unbedarft?

»Entschuldigung«, sagte Simone. »Das war wohl etwas pietätlos. Aber Sie haben bestimmt auch schon herausgefunden, dass Herr Leutenegger sich nicht gerade beliebt gemacht hat.«

»Haben Sie den Verstorbenen näher gekannt?«

»Nein. Ich habe ihn ab und zu in der Palestra gesehen. Man grüßt sich und wünscht sich ein schönes Wochenende, aber ich kann mich nicht erinnern, dass ich länger mit ihm gesprochen hätte. Auf jeden Fall weiß ich gar nichts über seine Lebensumstände. Er ist mir nur durch sein Gehabe aufgefallen und seine Rücksichtslosigkeit.«

»Kommen Sie immer um diese Zeit ins Training?«

»Ich habe keine festen Zeiten. Ich trainiere zwar fast täglich, aber manchmal komme ich am Morgen nicht aus dem Bett, da wird es dann eher Mittag oder Nachmittag.

Manchmal bin ich um 7 Uhr hellwach und dann stehe ich schon um 8 Uhr hier auf der Matte.«

»Und heute? Waren Sie zufällig schon einmal hier? So um 9 Uhr herum?«

»Nein. Heute habe ich ausgeschlafen. Wieso fragen Sie mich das? Ist er um 9 Uhr ermordet worden?«

»Was haben Sie gemacht, nachdem Sie ausgeschlafen haben?«

»Ich bin spazieren gegangen. So um 9 Uhr herum war ich an der Maggia.«

»Gibt es dafür Zeugen?«

»Ja«, sagte Simone sichtlich erfreut. »Ich habe *ICSA*-Leute getroffen.«

Nachdem Simone Falchetto von Agente Ravelli hinausbegleitet worden war, lehnte sich die Commissaria in Marcos bequemem Bürostuhl, dessen Rückenlehne federnd nachgab, zurück. Ihr Instinkt sagte ihr, dass keine der Personen, die sie bis jetzt befragt hatte, verdächtig war. Niemand hatte ein einleuchtendes Motiv. Unangenehme Menschen wie Jacques Leutenegger gab es in Hülle und Fülle und die wenigsten wurden umgebracht. »Leider«, war die Commissaria versucht hinzuzufügen.

Sie stand auf und ging zum Fenster. Der Blick ging direkt auf das gegenüberliegende Hochhaus. Auf dem Balkontisch im zweiten Stock stand ein gut gefüllter Aschenbecher neben einer Bierdose.

Julia wird das Rauchen aufgeben müssen, wenn sie schwanger werden will, dachte die Commissaria. Es war fraglich, ob sie es schaffen würde. Sie ertappte sich sogleich bei einem Hauch von Hoffnung. Ihre Partnerin Julia redete in letzter Zeit ständig davon, Kinder zu wollen. Die Commissaria hatte nie einen starken Wunsch nach Kindern verspürt, und als sie nach dem Studium der Rechtswissenschaften bei der Polizei gelandet war, schien es keine Alternative zwischen Kindern oder Karriere zu geben. Sie hatte sich sofort für die Karriere entschieden. Jetzt, mit 40 Jahren, fühlte sie sich zu alt für die Strapazen der Kinderaufzucht.

Sie zwang ihre Gedanken zurück an die Arbeit, und ihr fiel ein, dass Julia Jacques Leutenegger sehr wahrscheinlich kannte. Sie war im deutschsprachigen Milieu von Ascona aufgewachsen, das hieß, dass sie nicht nur den Toten, sondern auch Charlotte kennen würde, zumal die beiden ungefähr gleich alt waren. Das konnte hilfreich sein. Oder auch nicht. Sie durfte nicht mit ihrer Partnerin über ihre Arbeit reden, und weil Julia Journalistin war, geriet die Commissaria automatisch in Verdacht, wenn von der Polizei etwas an die Medien durchsickerte, das nicht für die Öffentlichkeit bestimmt war.

Die Commissaria seufzte, drehte sich vom Fenster weg, und da fiel ihr das Bild von einer Schildkröte auf, das hinter dem Schreibtisch hing. Die uralten Reptilienaugen, die schon alles gesehen hatten, starrten so durchdringend, dass sich Roberta Casanova auf einmal unsicher und mutlos fühlte.

Um die Schildkröte nicht mehr anschauen zu müssen, setzte sie sich wieder an den Schreibtisch, rollte aber ein paarmal unwillkürlich die Schultern, weil sie sich einbildete, deren animalische Präsenz im Rücken zu fühlen.

Ein Arschloch war umgebracht worden. Keiner und alle waren verdächtig. Keiner und alle hatten ein Motiv. Das Zeitfenster für die Tat war so schmal, dass nur der hagere italienische Physiotherapeut namens Davide Lombardi hindurchpasste. Und dieser wiederum passte ganz und gar nicht zu den möglichen Täterprofilen. Offensichtlich war die Tat entweder von einer impulsiven Person, die sich nicht im Griff hatte, begangen worden, oder das pure Gegenteil war der Fall: von einer Person, die bis aufs Kleinste alles geplant hatte. Beide Szenarien verlangten nach einem auffälligen Persönlichkeitsprofil. Aber Davide Lombardi wirkte so normal und unauffällig wie Panettone an Weihnachten. Und auch wenn er irgendwelche wahnhaften Charakterzüge geschickt verborgen hätte, blieb immer noch die Frage nach dem Motiv.

Durch die Pandemie war die allgemeine Stimmung gereizt, aber das reichte doch nicht aus, jemanden umzubringen, weil er die Beinpresse zu lange belegte oder Nachbars Palme umsägen ließ oder einfach ein rücksichtsloses Arschloch war. Einzig der mögliche Anabolikamissbrauch führte in eine Richtung, in der sich zu ermitteln lohnen könnte. Später würde sie noch die beiden jungen Leute, die Marco ihr genannt hatte – die Commissaria blätterte in ihren Notizen –, Giorgia und Matteo befragen. Falls Jacques Leutenegger Handel mit illegalen Substanzen betrieben hatte, war es denkbar, dass er auch bei *ICSA* Kunden angesprochen hatte. Aber das familiäre Umfeld hatte immer Priorität. Sie mussten jetzt die Schwester finden. Commissaria Casanova sprang aus dem weichen Bürosessel hoch und ging zur Tür, ohne das Bild von der Schildkröte eines Blickes zu würdigen.

M

Ich habe mich ganz normal benommen. Also abgesehen davon, dass ich zweimal um den Tatort herumgeschlichen bin. Ich war in der *Migros*, kaufte meine üblichen Dinge – Brot, Salat, Käse. Bezahlte wie üblich an der Selbstverbuchungskasse. Dann tat ich so, als ob ich arbeiten würde. Ich saß zwei geschlagene Stunden vor dem Computer am Schreibtisch, las meine Mails, löste Sudokus, löschte und ordnete Dateien. Ich behielt die Kontrolle. Mein Gehirn wollte mir allerhand Streiche spielen. Mir Schuld einreden. Aber ich behielt die Kontrolle. Wenn man sich vorstellt, wie die Neuronen feuern oder eben nicht feuern, dann hat alles keine Bedeutung. Dann zählt nur die Kontrolle. ctrl s – ctrl c – ctrl v.

15

»Haben wir jetzt endlich die Schwester erreicht?«, fragte die Commissaria in die Runde, während gleichzeitig ihr Telefon anfing zu klingeln.

Es war der Polizist, der vor dem Haus des Verstorbenen postiert war. Dort war nicht die Schwester, sondern eine Putzhilfe eingetroffen, die über einen Schlüssel verfügte.

»Wartet, wir kommen sofort!«, rief die Commissaria ins Telefon und machte Agente Ravelli ein Zeichen.

Zehn Minuten später fuhr der Streifenwagen auf den Vorplatz des Hauses Leutenegger. Neben dem Polizisten in seinem stahlblauen T-Shirt und der dunkelblauen Hose, an deren Gürtel unzählige Täschchen für allerlei Gadgets befestigt waren, stand eine kleine Frau mit asiatischen Gesichtszügen, die Augen voller Angst. »Sie spricht kein Italienisch, nur ein bisschen Englisch. Ich glaube, sie ist neu, wenn ich sie richtig verstanden habe.«

Die Commissaria bat sie auf Englisch um den Schlüssel und sagte zu ihr, sie solle draußen warten, bevor sie zu dritt das Haus betraten.

Es war totenstill in dieser Villa, deren Einrichtung erwartungsgemäß die Handschrift von Profis trug: viel Creme- und Pastellfarbiges, modern, aber nicht zu modern, dazu das eine oder andere antike Stück. Aus dem Rahmen fiel einzig ein großes offenes Schuhgestell mit Dutzenden teuren Marken-Sneakers.

Im Erdgeschoss war nichts Überraschendes, es bestand vor allem aus einem großen Wohn-Essraum, einem Gäste-WC und einem Fernsehraum mit einem breiten Liegesofa vor ein paar Quadratmetern schwarzen Flachbildschirms. Auf einem Beistelltischchen standen drei leere Dosen *Diet-Coke*.

Im Obergeschoss befanden sich die Schlafzimmer. Das erste war unbenutzt, das Bett nicht bezogen, das zweite gehörte offenbar dem Verstorbenen, jedenfalls lag viel Männerkleidung neben dem ungemachten Bett. Im dritten Schlafzimmer fanden sie eine Frau im Bett, die keine Regung zeigte. Als die Commissaria ihren Puls prüfte, gab sie ein leises Grunzen von sich, ließ sich aber auch durch kräftige Klapse auf die Wange nicht aufwecken.

»Wir brauchen einen Arzt«, sagte die Commissaria, und Agente Ravelli griff zum Telefon.

16

Die Befragungen der anderen Mieter im *ICSA*-Gebäude hatten nichts ergeben. Niemand hatte etwas gesehen oder gehört. In der Zahnarztpraxis auf der gleichen Etage gegenüber vom Physiotherapiecenter waren sowohl die beiden

Zahnärztinnen als auch die Dentalhygienikerin und die Assistentinnen zur Tatzeit, kurz nach 9 Uhr, mit Patienten beschäftigt. Im ersten Stock befand sich eine Versicherung, deren Mitarbeiter alle im Homeoffice arbeiteten. Die Befragungen der Nachbarn in den beiden Hochhäusern gegenüber war noch im Gang. Man konnte zwar nie wissen, vielleicht gab es hier Leute, die den ganzen Tag aus dem Fenster sahen und jede Bewegung beobachteten, aber die Commissaria hatte realistischerweise keine großen Hoffnungen. Außerdem konnte, wer sich auskannte, das Gebäude durch einen der anderen Eingänge betreten und über die gemeinsame Tiefgarage das Treppenhaus von der Ecke, an der sich *ICSA* befand, erreichen. Wie es aussah, würden sie auf die Ergebnisse der Spurensicherung und die Aussagen der Leute aus dem persönlichen Umfeld angewiesen sein. Ein narzisstischer Machtmensch wie Jacques Leutenegger mit wenig Empathie und viel Geld, um sich alles und jeden kaufen zu können, hatte bestimmt jede Menge Feinde.

Die Commissaria rief den Informatikspezialisten an, um sich zu erkundigen, wie weit die Auswertung der Handydaten des Toten sei. Sie hatten in einer der Taschen seiner Trainingsjacke ein goldenes *iPhone 11 Pro Max* gefunden.

Man hatte das Handy mithilfe der Gesichtserkennung entsperren können, auch wenn es wegen des verzerrten Ausdrucks des Toten einige Versuche erfordert hatte. Das sei die gute Nachricht, sagte der Informatikspezialist. Die schlechte Nachricht sei die Anzahl der Kontakte: 1.141. Jacques Leutenegger habe wohl jede Telefonnummer, der er in den letzten zehn Jahren begegnet sei, auf seinem Handy gespeichert. Wenigstens beschränke sich die Anrufliste auf ein paar Dutzend Nummern. Die Commissaria werde so bald wie möglich die entsprechenden Listen zugeschickt bekommen.

»Cavolo«, sagte die Commissaria und steckte ihr Handy in die Gesäßtasche. Sie fragte sich, wie sie es anstellen sollten, eine Liste mit 1.141 Kontakten zu überprüfen, um sogleich wieder von Marta Ravelli aus diesen unersprießlichen Gedanken gerissen zu werden.

»Hier ist noch jemand, der trainieren möchte.«

Die Commissaria musterte den dünnen hübschen Jüngling, den Marta allen Covid-Berührungsverboten zum Trotz am Arm zur Tür hereinführte.

Die Commissario öffnete einladend die Tür zu Marcos Büro und bat den jungen Mann, Platz zu nehmen.

»Sie heißen?«

»Leone Matteo.«

»Trainieren Sie schon lange bei *ICSA*?«

»Seit drei Monaten. Eigentlich kann ich es mir nicht leisten. Aber was ist überhaupt los? Warum ist hier überall Polizei?«

»Es hat einen Todesfall gegeben.«

»Was? Wer ist gestorben? Tiziano?«

»Tiziano?« Die Commissaria blätterte in ihren Notizen. »Sie meinen den Fitnesstrainer? Warum denken Sie, dass er gestorben sein könnte?«

Matteos bleiches Jünglingsgesicht färbte sich tiefrot. »Ich denke gar nichts. Es ist nur der erste Name, der mir eingefallen ist. Wer ist denn tot? Doch nicht einer der Physiotherapeuten?«

»Nein«, sagte die Commissaria und beobachtete Matteo genau. »Einer der Kunden. Jacques Leutenegger. Kannten Sie ihn?«

Matteos Gesichtsfarbe hatte sich wieder normalisiert, was sich bei der Erwähnung des Großkotzes nicht änderte.

»Ja, ich bin ihm ein paarmal beim Training begegnet.«

»Wie würden Sie Ihre Beziehung zu dem Toten benennen? Waren Sie Freunde, Bekannte oder gar Feinde?«

»Wir waren gar nichts. Ich gebe mich nicht mit solchen Typen ab.«

»Was haben Sie heute Morgen gemacht?«

»Brauche ich etwa ein Alibi? Verdächtigen Sie mich?« Matteo klang nicht empört, eher sensationslüstern.

»Sie sind nicht verdächtiger als alle anderen. Aber wir müssen gründlich vorgehen, das verstehen Sie doch?«

»Alles klar. Natürlich. Ich war heute Morgen joggen an der Maggia. Danach war ich zu Hause.«

»Arbeiten Sie denn nicht?«

»Ich gehe ins Liceo, hier in Locarno. Aber heute hatte ich keinen Bock.«

»Soso. Kann das jemand bezeugen?«

»Nein. Ich wohne bei meiner Mutter, und sie war arbeiten.«

»Das heißt, wenn Sie die Schule nicht geschwänzt hätten, hätten Sie jetzt ein Alibi.«

Matteo zuckte unbeeindruckt die Schultern.

»Das wäre es vorerst. Agente Ravelli wird noch Ihre Personalien aufnehmen. Besten Dank.«

Die Commissaria sah den beiden hinterher, dann verschränkte sie die Finger und drückte die Handrücken gegen den Mund. Das war ihre Denkposition.

Höchstwahrscheinlich unschuldig. Auffällig war nur gewesen, dass er Tiziano erwähnt hatte. Dem musste sie noch nachgehen.

Schon wieder klopfte es an der Tür. Agente Ravelli brachte die nächste *ICSA*-Kundin, die zum Trainieren gekommen war.

Giorgia Nardini setzte sich auf den Stuhl, der vielleicht noch warm von Matteos magerem Hintern war. Giorgias Hintern konnte man allerdings nicht als mager bezeichnen. Der Commissaria fiel ein, dass Marco ihr von einer übergewichtigen jungen Frau erzählt hatte, die sich nach Tabletten zum Abnehmen erkundigt hatte. Sie blätterte wieder in ihren Notizen und fand zwei Namen: Giorgia, die vor ihr saß, und Matteo, der gerne mehr Muskeln hätte und vielleicht Anabolika ausprobierte.

»Ich muss Sie als Erstes fragen, wo Sie heute Morgen waren«, sagte die Commissaria zu Giorgia und schaute streng.

»Ich war bei der Arbeit. Ich bin Sekretärin bei der *Immobilienagentur Lavizzari*«, antwortete Giorgia, sichtlich selbstzufrieden, dass sie nichts zu verbergen hatte.

»Ab wann?«

»Ab 8.30 Uhr.«

»Kann das jemand bezeugen?«

»Mein Chef? Meine Bürokollegin?«

»Das werden wir nachprüfen«, sagte die Commissaria und machte erleichtert ein Häkchen hinter Giorgias Namen.

17

Commissaria Roberta Casanova nahm einen Schluck *Single Malt* und stellte das Glas zurück auf den Couchtisch. Es war nach 22 Uhr, sie war gerade nach Hause gekommen und hundemüde. Ihre Partnerin Julia saß ihr gegenüber im Schneidersitz auf dem dänischen Lesesessel und nippte an einem Burgunder. »Und? Gibt es etwas, was du mir erzählen kannst?«, fragte sie und langte nach vorne, um ihr Glas ebenfalls abzustellen.

»Ich möchte dir ganz viel erzählen, aber ich befürchte, ich darf nicht. Allerdings könntest du mir vielleicht eine große Hilfe sein. – Ach, was soll's. Wir haben ein Tötungsdelikt, ein Albtraum, keine Zeugen, keine Spuren und keine valablen Verdächtigen. Als Angehörige haben wir bis jetzt nur eine Schwester, die sich um die Tatzeit herum ins Koma gesoffen hat mithilfe einer Flasche Vodka und ein paar Benzos. Sie ist im Krankenhaus und wieder ansprechbar, aber nicht vernehmbar. Sie bricht in Weinkrämpfe aus, wenn ich sie etwas fragen will.«

»Du kannst mir wohl nicht sagen, wer der Tote ist?«

»Wir werden morgen entscheiden, wann wir die Medien informieren.« Die Commissaria griff zum Glas, nahm einen winzigen Schluck, stellte das Glas wieder ab. »Ich sage dir, wer er ist. Weil ich dir natürlich vertraue und weil ich vermute, dass du ihn kennst.«

»Was? Ich kenne ihn? Komm schon, rück raus!«

»Sagt dir der Name Jacques Leutenegger etwas?«

Julia überlegte. »Irgendwie schon, woher sollte ich ihn kennen?«

»Ascona. Er hat lange dort gelebt, ist etwa vor einem Jahr nach Locarno gezogen.«

»Im Moment komme ich nicht drauf. Ist ja schon spät. Vielleicht fällt es mir morgen ein.«

Die Commissaria ließ sich den letzten Tropfen ihres Whiskys auf der Zunge zergehen und stemmte sich dann vom Sofa hoch. »Ich muss jetzt ins Bett.«

»Ich rauche noch eine Zigarette und trinke meinen Wein aus, dann komme ich nach.«

Ja, rauche und trinke, solang du noch darfst, dachte die Commissaria hämisch und schämte sich sogleich dafür.

M

Ich habe nicht gut geschlafen.

Ich habe fast gar nicht geschlafen.

Wenn ich eingeschlafen bin, hat mich der Pavor nocturnus bald wieder aufschrecken lassen.

Wenn ich wach lag, hat die Leere der Nacht, Vacuum

nocturnum, alle Ängste, Schuldgefühle, Scham und, ja, auch Reue angesaugt und auf meine Brust gepresst. Zweimal war ich in Versuchung, die Commissaria anzurufen und zu gestehen.

Jedes Mal bin ich aufgestanden und habe Liegestütze gemacht, bis ich zusammenklappte. Aber sobald ich mich wieder erschöpft ins Bett zurückgeschleppt hatte, war ich bald wieder hellwach.

Ich bin ein netter Mensch.

Ich habe mein Leben lang versucht, ein netter Mensch zu sein.

Können Sie sich vorstellen, wie das ist?

Können Sie sich vorstellen, wie das ist, wenn der Schimmelpilz in einem wächst?

Der Schimmelpilz, der diese Gereiztheit verursacht. Diese Gereiztheit, die zu unterdrücken so viel Kraft kostet, und der Schimmelpilz, den ich seit meiner Geburt bekämpfe, und der doch immer wieder nachwächst.

Ich habe Angst. Ich habe nicht Angst, erwischt zu werden. Ich habe Angst, dass ich den Kampf gegen den Schimmelpilz verloren habe. Meine Tat war ein Durchbruch. Es hat früher schon Durchbrüche gegeben, aber nicht so schlimme, ich habe mich immer wieder erholt.

Ich werde versuchen zu kämpfen. Ich habe immer gekämpft, vielleicht erhole ich mich auch dieses Mal.

Seit der Morgen heraufgedämmert ist, geht es mir besser.

Ich gehe jetzt joggen an die Maggia.

18

Marta hatte ihren Partner bei der Frühschicht nicht im Stich lassen wollen, obschon sie zu höheren Aufgaben berufen worden war. Deshalb saßen die Agenti Chiesa und Ravelli an diesem Morgen zusammen im Streifenwagen auf der Piazza Grande und beobachteten das Treiben. Viel gab es nicht zu sehen, der Corona-Schock saß noch tief, und erst wenige Leute wagten sich wieder nach draußen. Ab und zu flatterte eine der Brotkrümel pickenden Tauben auf.

»Wer, denkst du, hat ihn umgebracht?«, fragte Marta Ravelli ihren Kollegen.

»Weiß nicht, die haben doch alle ein Alibi. Außer dem italienischen Physiotherapeuten. Aber ich fresse meinen Hut, wenn er es gewesen ist. Der ist doch harmlos.«

»Ist dir das nicht merkwürdig vorgekommen? Die geben sich alle gegenseitig ein Alibi. Das kommt mir vor wie im *Mord im Orientexpress.*«

»Du meinst, sie haben sich zusammengetan und alle gleichzeitig diesen Leutenegger stranguliert?« Agente Chiesa lachte. Dann stellte er sich den kleinen Behandlungsraum vor, in den vier, fünf oder sogar noch mehr Leute, das konnten sie ja nicht wissen, hineindrängten, dem Leutenegger das Sprungseil um den Hals wickelten und dann Seilziehen übten. Sofort griff er nach seinem kleinen schwarzen Notizbuch und fing an zu schreiben. Agente Ravelli beobachtete ihn eine Weile und fragte schließlich: »Wann verrätst du mir endlich, was du da ständig notierst?«

Agente Chiesa murmelte, er sei noch nicht so weit, sie werde es schon erfahren, wenn die Zeit reif sei. Dann klappte er das Notizbüchlein zu und sagte: »So – ich finde, wir sollten wieder mal am Ufer der Maggia patrouillieren.«

Sie fuhren im Schritttempo los über die Piazza Richtung See, vorbei am Casino, entlang des Largo Zorzi, dann bogen sie rechts ab auf die Straße zum Lido. Sie passierten das gläserne Bad und Wellnesscenter, das einen gerahmten Blick auf die Bergkette des Gambarogno bot, den Parco della Pace mit den riesigen alten Bäumen und Seeanstoß, den Kamelienpark und den Campingplatz. Langsam fuhren sie den Spazierweg zum Damm hoch und ebenso langsam wieder hinunter, und danach schlich der Streifenwagen fast lautlos am sandigen Ufer der Maggia entlang, ein monströser weißer Fremdkörper, ein außerirdisches Raumschiff unter Hunden, Menschen, Eichelhähern und Eichhörnchen.

Weil sie am Steuer sitzen konnte, genoss Marta Ravelli die Fahrt. Sie gab nicht gern die Kontrolle ab, und wenn Agente Chiesa gefahren wäre, hätte sie ständig befürchtet, im Sand stecken zu bleiben. Sie genoss die erstaunten Blicke der Spaziergänger, sie genoss dieses Dahingleiten auf Terrain, das anderen Fahrzeugen verboten war.

»Schau mal, dort!«, rief plötzlich Agente Chiesa. »Da sind sie ja alle.«

Marta Ravelli hatte sich auf den Weg konzentrieren müssen und sah erst jetzt das Grüppchen von fünf Leuten unter der großen Eiche stehen. Als sie näher heranfuhr, drehten sich alle zum Streifenwagen um und bildeten eine feindselig anmutende Front. Da waren sie tatsächlich alle: Alois und Evelyne Anderhub, Simone Falchetto, Leonardo Bevilaqua, Charlotte und ein zierlicher junger Mann, dem sie noch nicht begegnet war.

»Was machen wir?«, fragte Agente Chiesa. »Halten wir an?«

»Auf jeden Fall«, sagte Agente Ravelli und trat auf die Bremse.

M

Jetzt holen sie mich ab, war mein erster Gedanke, als der Streifenwagen plötzlich am Maggia-Ufer auftauchte. Gleichzeitig fühlte ich, dass es den anderen nicht besser ging. Wie das sprichwörtliche Kaninchen starrten wir auf die weiße Schlange mit dem orangefarbenen Streifen und rührten uns nicht.

Der Streifenwagen hielt tatsächlich an, und die beiden Polizisten, die ich gestern bei *ICSA* gesehen hatte, stiegen aus. Der Große und die Kleine. Sie näherten sich langsam mit diesen bedeutungsvollen Schritten, die sie entweder in der Polizeischule lernen oder die vielleicht von selbst entstehen, durch das Gewicht der zahlreichen Ausrüstungsgegenstände, die sie am Gürtel tragen. Gravitas!

Sie grüßen, wir schauen gespannt, niemand wird verhaftet.

»So sieht man sich wieder«, sagt der Große.

»Treffen Sie sich jeden Morgen hier oder haben Sie sich verabredet«, die Kleine.

Wir reden durcheinander, sagen, dass wir uns zufällig getroffen haben, und klingen alle schuldig.

Als sie wieder einsteigen und weiterfahren, verabschiede ich mich und mache mich in zügigem Tempo, wie es mir Tiziano geraten hat, auf den Heimweg. Kurz bevor der Weg wieder auf den Damm hinaufführt, sehe ich zwei Waldarbeiter in neonorangefarbener Schutzkleidung, auf dem Kopf Helme mit aufgesetztem Gehörschutz wie Mickey-Mouse-Ohren, die mit verzücktem Gesichtsausdruck eine mächtige Eiche auf dem Maggia-Damm bestaunen.

Ich folge ihrem Blick und bin nicht überrascht, das herzigste, zierlichste, agilste aller hiesigen Tiere in den Ästen herumturnen zu sehen: ein schwarzes Eichhörnchen mit einem weißen Bauch. Ich habe noch nie jemanden gesehen, dem sie nicht ein Lächeln auf die Lippen zaubern. (Nicht zu vergleichen mit den ursprünglich in den USA heimischen grauen Eichhörnchen. Diese sind viel plumper gebaut, ihre Farbe ist unscheinbar, der Schwanz längst nicht so buschig, und verglichen mit den süßen schwarzen Knopfaugen unserer Eichhörnchen sind die der grauen fast schon glubschig zu nennen.)

Eichhörnchen sind zauberhaft, denke ich. Aber während ich weitergehe, fällt mir wieder ein, wie ich einmal den Kampf eines Eichhörnchens mit einer Elster beobachtet habe. Der Schauplatz war eine alte freistehende Kiefer, die beiden droschen aufeinander ein und waren unbeschreiblich laut. Sie schrien in Todesangst oder irrsinniger Wut.

Ich verstand nicht, ob die Elster ihr Nest mit Eiern oder Jungvögeln verteidigte oder ob die Elster das Eichhörnchen angriff, um ihm die Jungen zu stehlen. Die Verwandlung von einem niedlichen Kuscheltier in eine lärmende Kampfmaschine kann ich nicht vergessen. Darum denke ich auch jetzt, als ich schon an dem schwarzen elfengleichen Wesen, das zwei gestandene Männer in Entzücken versetzt hat, vorbeigegangen bin, dass es sich plötzlich verwandeln könnte, mich wutschnaubend anspringen und mir mit seinen scharfen kleinen Zähnen Bisse zufügen könnte, als ob meine Fingerkuppen aus Haselnüssen bestünden.

Schon bald würde ich an Tollwut sterben.

Le apparenze ingannano.

Bilden Sie sich ja nicht ein, ich sei eine zuverlässige Quelle. Ich tue alles, um meine Spur zu verwischen.

19

Während die Agenti Chiesa und Ravelli am Maggia-Ufer patrouillierten, trank Commissaria Casanova ihren vierten Espresso. Sie wartete auf den Bericht der Pathologie, auf die Auswertung der Kriminaltechnik, auf die Auswertung der Handydaten.

Warten.

Warten war nicht ihre Stärke. Aber ohne die Erkenntnisse der Kriminaltechnik würde sie im Moment nicht vorankommen.

Ausgerechnet jetzt, ganz am Anfang der Ermittlungen, war es besonders ungünstig, dass sich ihr Ispettore in Quarantäne hatte begeben müssen. Marta war ihr zwar schon mehrmals als überaus fähige Polizistin aufgefallen, aber noch stand nicht fest, ob sie auch der anspruchsvolleren Aufgabe gerecht werden würde. Ihre Überlegungen wurden vom Informatikspezialisten unterbrochen, der ihr auf dem Weg zum Kaffeeautomaten mitteilte, dass er ihr soeben die Standorte der Handys von den Leuten geschickt habe, die in das Tötungsdelikt Leutenegger involviert waren.

Die Commissaria öffnete sofort die Nachricht und überflog die Daten der Handy-Ortung. »Ecco!«, rief sie. »Die zwei haben uns angelogen. Leonardo Bevilaqua und die Physiotherapeutin Charlotte Kleinschmidt haben beide gesagt, sie hätten zur Tatzeit an der Maggia gejoggt. Laut ihren Handydaten sind sie aber zu Hause gewesen.«

»Fitnesstracker«, sagte der Informatikspezialist im Hinausgehen.

»Fitnesstracker«, wiederholte die Commissaria für sich. »Klar, wer regelmäßig trainiert, hat heute einen Fitnesstracker. Aber muss man da nicht das Handy dabeihaben?« Sie sprang von ihrem Sessel hoch und lief dem Informatikspezialisten hinterher. »Funktionieren denn Fitnesstracker auch ohne Handy?«, rief sie ihm zu.

Er drehte sich um und sagte: »Es gibt solche und solche. Wenn du dein Training verfolgen willst, ohne immer das Handy dabeizuhaben, dann kaufst du dir einen, der unabhängig von einer App funktioniert.«

Die Commissaria schnaubte unwillig und kehrte zurück zu ihrem Computer.

Ihr Herz machte einen Sprung, als sie entdeckte, dass Simone Falchetto zur Tatzeit in der Nähe des Tatorts gewesen war und nicht kurz nach 9 Uhr an der Maggia gejoggt war, wie sie ihnen erzählt hatte. Aber die Enttäuschung folgte auf dem Fuß. Simone wohnte in einem der Hochhäuser bei der Physiotherapie, daher konnte sie die Wahrheit gesagt haben.

Alle waren dort gewesen, wo sie sein sollten. Und der Rest benutzte wohl Fitnesstracker, dachte die Commissaria. Scheiß Fitnesstracker. Aber dann entdeckte sie die Sensation. Das Handy von Romy Leutenegger war nicht, wie sie gesagt hatte, den ganzen Morgen zu Hause geblieben. Es hatte sich um 8.45 Uhr von der Via ai Monti herunter bewegt über die Piazza Grande bis in die Nähe des Tatorts. Und zwanzig Minuten danach wieder zurück.

Das war's dann wohl. Die Schwester war die Mörderin.

Was zuerst wie ein komplizierter Fall ausgesehen hatte, entpuppte sich jetzt als gewöhnliche innerfamiliäre Beziehungstat.

Roberta Casanova überlegte kurz, dann griff sie zum Telefon und rief den Staatsanwalt an.

»Der Fall ist so gut wie geklärt«, sagte sie. »Aber mein Inspektor ist in Quarantäne, und ich brauche Ersatz. Ich habe da eine sehr aufgeweckte Polizistin, Marta Ravelli, sie könnte ihn vertreten. Sie ist Aspirantin für die Inspektorenausbildung.«

Marta, die neuernannte Hilfsinspektorin, wartete neben dem Streifenwagen in der Tiefgarage des Polizeigebäudes. Commissaria Casanova stieg mit ihr in den Wagen, und sie fuhren ins Spital zu Romy Leutenegger. Zwar hätte sie schon wieder entlassen werden können, aber dann war sie völlig zusammengebrochen, als sie begriff, dass ihr Bruder gestorben war.

Romy Leutenegger lag bleich mit geschlossenen Augen im Bett. »Buongiorno, Signora«, sagte die Commissaria, »wir haben noch ein paar Fragen an Sie.«

Romy riss die Augen auf und schaute konsterniert von Marta zur Commissaria und zurück. »Was wollen Sie von mir? Mein Bruder wurde ermordet. Diesen Verlust werde ich nie mehr überwinden. Lassen Sie mich in Ruhe! – Oder haben Sie etwa seinen Mörder gefunden?« Erwartungsvoll hob sie den Kopf.

»Leider nicht«, sagte die Commissaria. »Wie gesagt, wir haben ein paar Fragen an Sie. Die Positionsbestimmung Ihres Handys hat ergeben, dass Sie zur Tatzeit in der Nähe des Tatorts waren. Haben Sie eine Erklärung dafür?«

»Keine Ahnung.« Romy Leutenegger schien auf einmal hellwach. Sie biss sich auf die Lippen, langte nach dem Handgriff, der über ihrem Kopf baumelte, und zog sich hoch. Ein Manöver, das offensichtlich dazu diente, Zeit zu gewinnen.

»Wahrscheinlich hat mein Bruder mein Handy mitgenommen. Das hat er manchmal gemacht, damit ich nicht abhaue. Ohne Handy kommt man heutzutage nicht weit.« Sie schien sichtlich zufrieden mit ihrer Erklärung.

»Dann hätten wir es doch bei ihm gefunden.«

»Vielleicht hat es der Mörder mitgenommen?«

»Vielleicht liegt es hier neben Ihnen auf dem Nachttisch?«

Alle drei starrten auf das goldene *iPhone*, von dem das weiße Kabel zu einer Steckdose hinter dem Bett führte.

Marta überlegte, wie sie selbst die Befragung weiterführen würde, konnte sich aber nicht entscheiden zwischen Empörung und Mitleid.

»Signora Leutenegger«, sagte schließlich die Commissaria, «ich beschuldige Sie nicht, Ihren Bruder getötet zu haben. Aber Sie müssen uns sagen, wo Sie zur Tatzeit waren und was Sie gemacht haben.«

»Ich war noch nie in dieser Physiotherapie. Ich weiß nicht mal, wo sie ist. Ich war daheim«, sagte Romy und biss sich trotzig auf die Lippen. »Fragen Sie doch die Anderhubs, die haben mich bestimmt gesehen, sie sind ums Haus geschlichen, vielleicht haben sie auch mein Handy gestohlen und meinen Bruder umgebracht.«

»Sie müssen vorsichtig sein mit solchen Beschuldigungen. Anderhubs könnten Sie anzeigen, wenn sie davon erfahren. Signora Leutenegger, wenn Sie uns weiterhin belügen, dann müssen wir Sie zur Vernehmung mitnehmen. Sie machen sich damit sehr verdächtig, und wir müssen wissen, wo Sie gewesen sind.«

»Ich war zu Hause«, sagte Romy weinerlich. »Und jetzt brauche ich Ruhe. Sehen Sie denn nicht, dass ich fix und fertig bin?« Sie drückte auf den Klingelknopf, wie um zu bestätigen, dass das Gespräch für sie beendet war.

Die Commissaria schaute die Patientin nachdenklich an, dann schien sich ihr Blick nach innen zu richten, sie rührte sich nicht mehr, bis es Marta unangenehm wurde. Sollte sie eingreifen, etwas sagen, etwas tun? Zum Glück ging die Tür auf, und eine Pflegefachfrau kam herein, fragte, ob Frau Leutenegger etwas brauche, und die Commissaria erwachte aus ihrer Starre. Sie schaute fragend zu Marta, schien sich zu besinnen, wo sie war, und sagte zu Romy und der Pflegefachfrau: »Frau Leuteneger, Sie müssen Ihren Aufenthaltsort der Polizei melden, wenn Sie das Krankenhaus verlassen. Und Sie müssen auf jeden Fall in Locarno bleiben. Wir werden herausfinden, wo Sie zur Tatzeit waren.«

20

Romy Leutenegger schaute tränenblind aus dem Fenster ihres Krankenhauszimmers auf die deprimierende Farbkombination des Nebengebäudes aus milchkaffeebraunen Lamellenstoren über terrakottafarbenen Fassadenplatten. Sie hatte so lange geweint, dass sie sich ganz hohl fühlte und sich wünschte, dass sie am gestrigen Morgen die ganze Packung Schlaftabletten im Vodka aufgelöst hätte und nie mehr aufgewacht wäre. Man hatte ihr mitgeteilt, dass in ihrem Blut drei Promille Alkohol und ein viel zu hoher Benzodiazepinspiegel nachgewiesen worden waren. Ihr Bruder sollte tot sein, ermordet, was ihr völlig unmöglich erschien. Man hatte ihr nicht gesagt, wie er getötet worden war, und ihre leicht entzündbare Fantasie ließ sie grausame Szenen ausmalen. Ihr Bruder im Treppenhaus der Physiotherapie von Drogensüchtigen zu Tode geprügelt und in einer Blutlache liegen gelassen, die bis ins Erdgeschoss tropfte. Oder seine Therapeutin Charlotte, die Grund genug hatte, ihn zu hassen, manipulierte eines dieser wunderwirkenden Geräte, von denen er ihr erzählt hatte, sodass er, minutenlang zuckend und mit Schaum vor dem Mund, an Stromstößen verreckt war. Aber die unerträglichste Vorstellung von allen: wie er um sein Leben flehte, sich wand und bettelte.

Unerträglich, aber aufdringlich. Kaum schloss sie die Augen, erschien das Bild ihres um sein Leben winselnden Bruders, und sie war gezwungen, sie wieder aufzureißen.

Unerträglich, weil ein Teil von ihr das Bild genoss.

Jacques war ihr großer Bruder, der sie von klein auf an die Hand genommen hatte, während die Eltern um das Überleben der von ihrem Vater geerbten Schuhfabrik kämpften. Eine Aufgabe, die beide auf unterschiedliche Weise überforderte. Der Vater war psychisch nicht geeignet, die Verantwortung für die Führung einer großen Firma zu übernehmen. Die schwere Last der Tradition dreier erfolgreicher Generationen erdrückte den labilen Mann.

Der Mutter, Rosemarie, fehlte es dagegen zumindest am Anfang am Rüstzeug, und es gelang ihr nicht immer, sich in der Männerwelt durchzusetzen. Sie stammte aus einem soliden Bundesbeamtenhaushalt und fühlte sich früh zu Höherem berufen. Als Jugendliche hatte sie von einer Karriere als Schauspielerin geträumt, als sie aber im Tanzkurs Jean-Jacques Leutenegger begegnete, schien ihr die Perspektive, Gattin des zukünftigen Fabrikbesitzers, des Herstellers von Schweizer Luxus-Schuhen, realistischeres Glück zu versprechen, als nach Paris abzuhauen, um mit Alain Delon Filme zu drehen.

Jean-Jacques Leutenegger seinerseits war von seinem Vater gedrängt, um nicht zu sagen gezwungen worden, sich endlich in stabile Verhältnisse zu begeben, sprich zu heiraten. Das war seine Ultima Ratio, diesen verweichlichten Sohn, der nichts zu Ende bringen konnte und nur dank eines teuren Internats mit 21 doch noch einen Maturabschluss gemacht und sich danach fünf Jahre lang an der Universität Sankt Gallen herumgetrieben hatte, endlich auf den richtigen Kurs zu bringen, damit das Familienunternehmen weitergeführt wurde.

Jean-Jacques Leutenegger und Rosemarie König heirateten 1969 in der Berner Heiliggeistkirche und feierten danach standesgemäß im Hotel *Schweizerhof*.

Vor der Hochzeit war Rosemarie doch noch zu einer Reise nach Paris gekommen, allerdings nicht, um Alain Delon zu treffen, sondern um mit ihrer Mutter das Hochzeitskleid auszusuchen.

1970 wurde Jacques junior geboren, drei Jahre später seine Schwester Romy. Nur fünf Wochen nach ihrer Geburt starb der Großvater und Firmenchef, und Jean-Jacques Leutenegger musste unvorbereitet und völlig überfordert die Leitung des Schuhimperiums übernehmen. Seine Frau Rosemarie, die immerhin eine kaufmännische Ausbildung genossen hatte, ging ihm zur Hand und erwies sich mit der Zeit als fähigere Chefin. Der kleine Jacques und Baby Romy wuchsen in der Obhut von Kindermädchen auf und verbrachten viel Zeit mit ihrer Großmutter väterlicherseits, einer Fabrikantengattin alter Schule, die ihnen vor allem Standesdünkel beibrachte. Daher wusste

Romy schon im Kindergarten, in welchen Geschäften man einkaufte und in welchen nicht. In der Schule fiel ihr als Erstes auf, dass sie die Einzige war, die teure Kinderschuhe aus der väterlichen Fabrik trug.

An die Großeltern mütterlicherseits konnte sich Romy nicht erinnern. Es hatte ein Zerwürfnis gegeben, aus welchem Anlass, hatte sie nie erfahren. Es war, als ob sie nie existiert hätten. Auch ihre Eltern waren ständig abwesend, aber Romy dachte sich nichts dabei, sie kannte es nicht anders. Sie und Jacques klammerten sich an die jeweiligen Kindermädchen und vor allem aneinander.

Die erste Katastrophe ihres Lebens geschah, als sie zehn Jahre alt war und Jacques in dasselbe Internat geschickt wurde, das seinem Vater mit Ach und Krach zur Matura verholfen hatte. Romy konnte die Trennung nicht verkraften, sie weinte den ganzen Tag, ging nicht mehr zur Schule, oder wenn sie dazu gezwungen wurde, schickten die Lehrer sie wieder nach Hause. Die Eltern waren ratlos, das Kindermädchen hilflos, und die Großmutter sagte, sie solle sich zusammenreißen. Schließlich drohte Romy mit Selbstmord, was ihre Mutter, der Theatralik nicht fremd war, nicht beeindruckte, dafür umso mehr ihren Vater, der seit dem Tod seines Vaters mit Depressionen kämpfte. Das Ganze endete mit einem Sieg von Romy. Jacques wurde aus dem Internat zurückgeholt und kehrte erst drei Jahre später, als seine Schwester alt genug war mitzugehen, dorthin zurück.

Die Internatsjahre würde sie im Rückblick als die letzte unbeschwerte Zeit in ihrem Leben bezeichnen. Die Geschwister fügten sich perfekt ins Internatsleben, sie waren hübsch, sportlich, beliebt und sie waren unter ihresgleichen. Romy entdeckte das Theaterspielen und machte im Filmklub mit. Als sie davon ihrer Mutter erzählte, erfuhr sie, dass sie nach Romy Schneider benannt worden war. Darauf besorgte sie sich die Filme, in denen ihre Namensgeberin mitspielte, auf Videokassette, und nachdem sie sich jeden einzelnen immer wieder angesehen hatte, wollte sie Schauspielerin werden.

Ihr Leben im Internat war mit der Zeit so gefestigt, dass ihr die Abwesenheit ihres Bruders in den letzten drei Jahren nichts mehr ausmachte.

Die richtigen Schwierigkeiten begannen nach der Matura. Romy zog vorerst wieder in ihrem Elternhaus ein, bewarb sich bei verschiedenen Schauspielschulen und wurde abgelehnt. Jacques bekam sie kaum zu Gesicht, er trieb sich irgendwo als BWL-Student herum. Und sie musste feststellen, dass es mit der Ehe ihrer Eltern nicht zum Besten stand. Es hatte mit dem schlechten Geschäftsgang zu tun und der düsteren Gemütslage ihres Vaters. Sie verbrachte die Tage vor dem Fernseher und war auf dem besten Weg, in eine Depression zu schlittern, als die Fernsehpremiere von *Pretty Woman* ausgestrahlt wurde. Romy war wie elektrisiert und begriff auf einen Schlag, was sie zu tun hatte: Sie musste nach Los Angeles ziehen, dort würde sie sich verwirklichen können. In den popeligen europäischen Schauspielschulen hatte sie nichts verloren, sie wurden ihr nicht gerecht.

An ihre Zeit in Los Angeles dachte sie nicht gerne zurück, obschon sie sich damals stark fühlte, stärker als danach jemals wieder.

Es stellte sich als viel schwieriger heraus, in die richtigen Kreise zu kommen, als sie sich vorgestellt hatte. Sie hatte sich vorgenommen, möglichst viel Zeit in den Luxus-Geschäften am Rodeo Drive zu verbringen, bis Julia Roberts auftauchte, mit der sie dann völlig ungezwungen über die Vor- und Nachteile von *Gucci* gegenüber *Hermès* plaudern würde.

Julia Roberts war nicht aufgetaucht, und Herumlungern wurde von den Sicherheitsleuten am Rodeo Drive nicht toleriert.

Obschon sie große Hoffnungen in die amerikanische Mentalität gesetzt hatte, ihr Showtalent zu erkennen, wurde der Unterricht in der privaten Schauspielschule ihr auch nicht gerecht. Man verlangte mehr Tiefe in ihren Darbietungen, mehr Aufrichtigkeit, mehr Leiden. Sie beobachtete ihre Mitstudentinnen und kam zum Schluss, dass diese aus Quellen schöpften, die ihr fremd waren. An einem Abend voller Selbstmitleid – was konnte sie schließlich dafür, dass sie nie materielle Not, Herabsetzung oder gar sexuellen Missbrauch erfahren hatte – kaufte sie im Liquor Store an der Straßenecke eine Flasche *Baileys*, das einzige alkoholische Getränk, das ihr schmeckte, und trank und weinte, bis sie einschlief. Am nächsten Tag war sie zwar verkatert, aber dieses kleine private Drama zusammen mit dem Alkohol hatte eine neue Euphorie in ihr geweckt. Sie würde Erfahrungen aufholen, wild und gefährlich leben, sie würde es allen zeigen.

In diesem Moment ihres Lebens hätte sie die Unterstützung ihres Bruders benötigt. Er hätte sie gewarnt. Im Gegensatz zu ihr wusste er um die Schwere der Depressionen und das Ausmaß der Alkoholabhängigkeit ihres Vaters und fürchtete nichts mehr, als erblich vorbelastet zu sein. Dass seine Schwester gefährdet sein könnte, war ihm nicht in den Sinn gekommen, weil sie bis zu ihrem Aufenthalt in Los Angeles nicht mit alkoholischen Eskapaden oder psychischen Problemen aufgefallen war. Als er herausfand, dass nicht er die Veranlagung geerbt hatte, sondern seine Schwester, war es schon fast zu spät.

An einem Vormittag erreichte ihn ein Anruf von der Notaufnahme des *Cedars-Sinai Medical*, seine Schwester sei mit einer Überdosis *MDMA*, besser bekannt unter dem Namen *Ecstasy*, eingeliefert worden, und Jacques buchte sofort den nächsten Flug nach Los Angeles, um das erste Mal seine Schwester zu retten. Viele weitere Male sollten folgen.

Jetzt war es vorbei.

Jacques war tot und würde nie mehr zu ihrer Rettung herbeieilen. Niemand würde sie mehr auf Schritt und Tritt kontrollieren, niemand würde sie mehr in Entzugskliniken unterbringen, sie war frei und allein.

Ein angenehmer Schwindel erfasste sie, dem sie sich gerne in dem sicheren Spitalbett hingab, bis sich leise eine unangenehme Erinnerung einschlich, da war doch etwas gewesen, was denn nur? Die beiden Polizistinnen fielen ihr wieder ein. Sie hatten behauptet, sie sei in der Stadt gewesen, in der Nähe von Jacques' Physiotherapie. Sie konnte sich nicht erinnern. Sie hatten auch gesagt, sie habe eine Flasche Wodka getrunken. Ihr Bruder hatte immer dafür gesorgt, dass kein Alkohol im Haus war, also musste sie ihn wohl selbst besorgt haben.

War es möglich, das sie vorher ihren Bruder umgebracht hatte? Natürlich nicht. Auf keinen Fall. War sie wütend auf ihn gewesen? Hatten sie gestritten?

Der Alkohol und die Beruhigungstabletten hatten jede Erinnerung gelöscht. Der gestrige Tag war ein schwarzes Loch, eines der vielen schwarzen Löcher, ihr Leben war ein Löchersieb, alle Aussetzer waren beängstigend gewesen, aber nicht so beängstigend wie das hier. Sie konnte sich nicht mehr auf ihre Sinne verlassen, vielleicht war sie fähig zu töten, vielleicht hatte sie den Verstand verloren. Sie bekam keine Luft mehr, je heftiger sie atmete, umso weniger Sauerstoff schien in der Luft. Röchelnd wie eine Asthmatikerin, drückte sie auf den Klingelknopf.

21

»Wenn wir schon in der Gegend sind, können wir noch schnell zu Anderhubs fahren«, meinte die Commissaria, als sie sich anschnallte. Vom Krankenhaus waren es nur ein paar Hundert Meter die Via dei Monti hinauf. Die Parkplätze vor Leuteneggers Villa waren von den Wagen der Spurensicherung belegt. Marta parkte vor dem Haus der Anderhubs. Die Commissaria stieg aus. Statt auf das Haus zuzugehen, überquerte sie die Straße, als ob sie mehr Abstand bräuchte. Sie ließ ihren Blick zwischen den beiden Nachbarhäusern hin und her schwenken und blieb schließlich an dem brutalistischen Betonklotz der Leuteneggers hängen. Wieder schien es Marta, als ob sie in eine Art Trance versinke. Sie beeilte sich, die Straße ebenfalls zu überqueren, und stellte sich neben die Commissaria. Sie schaute hinüber zu dem verwitterten Sichtbetonwürfel mit den spärlichen schlitzartigen Fenstern, die dem Haus etwas Abweisendes verliehen. Daneben wirkte die vanillefarbene Villa der Anderhubs mit den lindgrünen Fensterläden wie eine Einladung zu ewigen Sommerferien. Marta gab sich alle Mühe, aber mehr als das Offensichtliche, dass diese Nachbarn wohl kaum das Heu auf der gleichen Bühne hatten, konnte sie nicht ausmachen.

»Los geht's«, sagte die Commissaria und wechselte hinüber, um bei den Anderhubs zu klingeln.

Evelyne Anderhub öffnete so schnell, dass sich vermuten ließ, sie habe den Streifenwagen gesehen und dann hinter der Tür gewartet. Sie bat die Polizei herein und führte sie in ein lichtdurchflutetes Wohnzimmer, das durch drei in einen Bogen auslaufende französische Türen wie ein Wintergarten wirkte. Marta und die Commissaria setzten sich auf ein elegantes schwarz-weißes Art-Déco-Sofa, während Evelyne Anderhub auf einem Lesesessel Platz nahm.

Sie fragte, wie es Romy gehe, ob sie bald nach Hause könne. Wie großzügig diese Frau ist, dachte Marta. Statt sich um sich selbst Sorgen zu machen, wenn die Polizei vor der Tür steht, gilt ihr erster Gedanke der Nachbarin.

»Wir sind nicht wegen Frau Leutenegger gekommen. Wir sind hier, um Sie zu Ihrem Alibi zu befragen«, sagte die Commissaria barsch.

Ach so, dachte Marta, ich bin auf ein Ablenkungsmanöver hereingefallen. Sie schert sich nicht um Romy, sie wollte nur von sich ablenken.

»Ihr Mann, Alois Anderhub, hat ausgesagt, Sie seien normalerweise um 9 Uhr morgens in die Palestra zum Trainieren gegangen, wenn er seine Physiotherapie um 10 Uhr hatte. Das war gestern der Fall. Er hat aber behauptet, Sie seien gestern nicht in der Palestra gewesen. Warum nicht?«

»Ach, gestern mussten wir am Morgen noch etwas erledigen.«

»Was mussten Sie erledigen?«

»Gartenarbeit.«

»Was für Gartenarbeit?« Die Commissaria klang ein bisschen gereizt.

»Wir mussten die Rabatten vorbereiten für den Sommerflor.«

»Warum hat Ihr Mann das nicht erwähnt? Er hat ausgesagt, Sie seien wegen der Ansteckungsgefahr nicht in die Palestra gekommen.«

»Das stimmt ja auch. Mir ist es zu gefährlich. Deshalb haben wir beschlossen, die Zeit für Gartenarbeit zu nutzen.«

Die Commissaria musterte sie mit ihrem berühmten scharfen Blick und sagte schließlich: »Haben Sie gesehen, wie Herr Leutenegger das Haus verlassen hat?«

»Nein. Wir waren auf der anderen Seite des Hauses. Aber ich habe gehört, wie er weggefahren ist.« Jetzt wird sie nervös, dachte Marta.

»Wann war das?«

»Ich habe nicht auf die Uhr geschaut. 8.30, 8.45 Uhr?«

»Haben Sie gesehen, wie seine Schwester das Haus verlassen hat?«

»Ja. Sie ist kurz nach ihm gegangen.«

»Auch mit dem Auto?«

»Nein, zu Fuß.«

»Wenn Sie doch auf der anderen Seite des Hauses waren, warum haben Sie Frau Leutenegger gesehen und ihn nicht?«

»Das war Zufall. Ich musste die Gartenschere holen und da habe ich sie gesehen.«

Die Antworten kamen schnell und nervös. Zu schnell und zu nervös, dachte Marta. Irgendetwas stimmte nicht bei den Anderhubs.

»In welche Richtung ist sie gegangen? Hinauf nach Orselina oder hinunter in die Altstadt?«

»Hinunter in die Altstadt natürlich. Was sollte sie in Orselina? Und warum fragen Sie mich das alles? Sie wird ja kaum ihren Bruder umgebracht haben.«

»Wieso denken Sie das?«

»Er hat ihr immer wieder geholfen und sich um sie gekümmert. Ich hatte den Eindruck, die beiden haben sich aneinander geklammert. Sie waren wie Pech und Schwefel.«

»Hmm«, machte die Commissaria. »Ihr Mann hat mir bereits erzählt, dass Herr Leutenegger ein schwieriger Nachbar war. Glauben Sie, er hat sich noch andere Leute zu Feinden gemacht? Ich denke an Leute, denen er mehr als nur eine Palme weggenommen hat.«

»Er war kein angenehmer Zeitgenosse und er hat eine Menge Schaden angerichtet. Am besten fragen Sie Charlotte.«

Charlotte? Warum Charlotte?, dachte Marta und erwartete, dass die Commissaria sich nicht mit diesen Andeutungen abspeisen lassen würde. Sie würde doch jetzt nachbohren, klarstellen, dass eine Polizeibefragung kein Teekränzchen sei, aber die Commissaria begnügte sich mit einem ihrer durchdringenden Blicke und schnellte dann unvermittelt von dem stilvollen Sofa hoch, um aufzubrechen.

Als sie sich an der Haustür von Evelyne Anderhub verabschiedeten, kam gerade ihr Ehemann Alois nach Hause. Er hatte den Vormittag in der Bibliothek mit Forschungsarbeit verbracht. Die Commissaria nahm die Gelegenheit wahr, ihn noch einmal zu fragen, was er am Tatmorgen gemacht habe. Er wirkte erschrocken: »Habe ich diese Frage nicht bereits beantwortet?«

»Doch, schon. Aber ich möchte es gerne noch einmal von Ihnen hören«, beruhigte ihn die Commissaria.

»Wir waren spazieren. An der Maggia.«

»Sind Sie sicher? Von wann bis wann?«

»Ich weiß nicht.« Alois sah fragend zu seiner Frau. »So von 9 Uhr an. Um 10 Uhr musste ich ja dann in die Physiotherapie.«

»Und vor 9? Was haben Sie vor 9 Uhr gemacht?«

Alois schaute wieder zu seiner Frau, und die Commissaria bemerkte Angst in seinem Blick. »Ich weiß nicht mehr. Ich nehme an, wir haben gefrühstückt.«

»Gefrühstückt? Sie haben gar nicht im Garten gearbeitet?«

Jetzt hellte sich die Miene von Herrn Anderhub auf. »Natürlich, jetzt erinnere ich mich. Wir haben im Garten gearbeitet. Die Beete für den Sommerflor vorbereitet.«

Nachdem das Ehepaar Anderhub zugesehen, wie die Polizistinnen in den Streifenwagen stiegen, und abgewartet hatte, bis sie losfuhren, drehte sich Alois Anderhub seiner Frau zu und sagte: »Evelyne, Liebes, haben wir nicht am Montag im Garten gearbeitet?«

M

Ich renne bis ans Ende der Via Respini. Beim Toilettenhäuschen kommt ein Mann heraus, schwarz, T-Shirt von einer Reinigungsfirma, violette Einweghandschuhe, Wischmopp. Ich kann einen Zusammenstoß nur mit einem gewagten Sprung zur Seite vermeiden, mein Knie jault auf. »Sie sind ja ein wandelndes Klischee!«, schreie ich ihn im Schreck an. Drei Schritte weiter tut es mir leid. So geht es mir oft. Irgendwann werde ich in meiner Unbeherrschtheit etwas Unentschuldbares tun, habe ich gedacht. Dann ist mir eingefallen, dass ich ja schon etwas Unentschuldbares getan habe.

Während ich auf dem Kiesweg den Damm hinauftrabe, versuche ich, an nichts zu denken.

Es misslingt.

Ich bin um 4 Uhr aufgewacht und habe den Fernseher eingeschaltet. Was denken sich die Programmverantwortlichen dabei, um diese Zeit so etwas wie *Bekenntnisse eines Serienmörders* zu senden?*

Da war dieses Monster namens Bernard Giles, der sagte, er habe nicht einfach eines Morgens beschlossen, ein Mörder zu werden, dazu seien verschiedene Umstände zusammengekommen.

Das leuchtete mir ein. Anderes weniger.

Er sagte: Während ich es tat, stand ich völlig unter Strom.

---

* Bekenntnisse eines Serienkillers: Der Anhalter-Mörder und Bernard Giles

Man kann wirklich sagen, es war, als ob die Luft vibrierte. So lebendig fühlte ich mich.

Bei mir war das gar nicht so. Ich fühlte nichts als reine, lähmende Panik. Aber vielleicht liegt es daran, dass Bernard Giles Elektriker ist.

In Panik versetzte mich auch folgende Aussage:

Du tust Dinge, weil dich ein innerer Mechanismus dazu antreibt. Wenn du eine ganz bestimmte Neigung zu etwas hast und gibst diesem Drang immer wieder nach, immer wieder, dann übernimmt er dein Wesen völlig.

War meine Tat nur der Anfang? Hatte ich es immer in mir gehabt, das Töten? Würde es weitergehen, ohne dass ich etwas dagegen tun könnte?

Man sagt, wer einmal getötet hat, tut es wieder.

Ich griff zur Fernbedienung und zappte herum. Überall wurde gemordet und ermittelt, überall Real Crime, Täterjagd, spektakuläre Kriminalfälle – ist die Welt verrückt geworden? Oder geht es mir wie schwangeren Frauen, die überall nur noch schwangere Frauen sehen?

Ich habe mir folgende Fakten notiert:

Laut der Polizei haben Serienmörder häufig die Fähigkeit, in der Menge zu verschwinden. Ich muss zugeben, ich weiß, wie das geht.

Bei Serienmorden handelt es sich in 78 Prozent der Fälle um Sexualverbrechen. Nun, das trifft zu 100 Prozent nicht auf mich zu.

Strangulation ist die häufigste Tötungsmethode. Das trifft zu 100 Prozent auf mich zu.

In mehr als der Hälfte der Fälle entfernen die Mörder mehrere Gegenstände vom Tatort. Trifft zu 100 Prozent nicht auf mich zu. (Im Gegenteil. Vielleicht habe ich etwas zurückgelassen: die Maske!)

Mörder sind – sagen die Ermittler – Gewohnheitstiere. Sie haben bestimmte Vorgehensweisen, auf die sie immer wieder zurückkommen, wenn es ihnen möglich ist. Dazu kann ich zu diesem Zeitpunkt nichts sagen.

Und was irgendwie absurd anmutet: Laut Polizei haben Serienkiller einen sehr tiefen Ruhepuls. Trifft auf mich zu, aber doch nur, weil ich viel Sport mache.

Drei von fünf Treffern, einmal unentschieden.

Die Aussagen von Bernard Giles, der junge Autostopperinnen mitgenommen, vergewaltigt und getötet hat, treffen allerdings ganz und gar nicht auf mich zu:

»Als ich ein Kind war, waren meine Lieblingsfilme die Monsterfilme. Ich stand immer auf der Seite des Monsters. Es hatte ein gutes Herz, aber es riss Leuten die Köpfe ab.«

Als ich ein Kind war, konnte ich nicht einmal *Heidi* schauen, ohne Albträume zu bekommen.

Giles wusste schon im Alter von sechs Jahren, dass er irgendwann ein Mörder werden würde.

Nichts hätte mir ferner gelegen im Alter von sechs Jahren.

»Ich wollte noch mal töten, es war wie eine Leidenschaft, die dich einfach packt und all deine Gedanken bestimmt. Ich nutzte jede Minute, um nach neuen Gelegenheiten zu suchen.«

Gewohnheitstier hin oder her, ich glaube nicht, dass ich noch einmal töten will.

Und die Polizei fand heraus, dass Giles später an seine Tatorte zurückkehrte: »Ich wollte sehen, wie weit der Zerfall fortschritt. So wie es Kinder interessiert, einen verwesenden Hund zu betrachten.«

No comment von meiner Seite.

Niemand hat den Schimmelpilz erwähnt. Das erfüllt mich mit Hoffnung.

22

»Und? Wohin als Nächstes?«, fragte Marta, nachdem sie sich angeschnallt hatte.

»Du hast doch Frau Anderhub gehört, jetzt besuchen wir noch einmal Charlotte.«

»Was ist?«, fragte die Commissaria, da Marta keine Anstalten machte loszufahren. »Du denkst, die Anderhubs sind nicht ganz sauber? Traust du ihnen die Tat zu?«

»Ich weiß nicht. Vielleicht?«

»Hmm. – Los jetzt, wir fahren nach Solduno und schauen, ob wir Charlotte zu Hause erwischen.«

Es war nur eine kurze Fahrt, die Via ai Monti hinunter, ein Stück der Via Valle Maggia entlang und dann nach links in das Gewühl der Quartierstraßen von Solduno.

Sie erwischten Charlotte vor ihrem schäbigen Wohnblock, dessen einst sonnengelber Anstrich unter den Schwärzungen der Luftverschmutzung und den Verwitterungsspuren des Regens fast verschwunden war. Auch wenn sie sich ein Lächeln abquälte, war es deutlich, dass sich Charlotte nicht freute, die Polizei wiederzusehen. »Können wir es kurz machen? Wie Sie sehen, wollte ich gerade joggen gehen«, sagte sie und deutete entschuldigend auf ihr Outfit.

»Wir halten es so kurz wie möglich. Aber hier auf dem Trottoir können wir Sie nicht befragen. Können wir das bitte in Ihrer Wohnung machen?«, sagte die Commissaria, und Marta versuchte sich Formulierung und Tonfall einzuprägen. Freundlich, aber bestimmt.

Auch Charlotte blieb freundlich, bot ihnen sogar zu trinken an, obschon sie es ja eigentlich eilig hatte, mit ihrem Training zu beginnen.

Die Commissaria lehnte dankend ab. »Wir möchten gerne, dass Sie uns schildern, wie Ihre Beziehung zu Herrn Leutenegger war.«

»Aber das habe ich Ihnen doch schon alles erzählt. Er war nicht mein liebster Patient, und manchmal war es mir zu viel, aber ich war auch ein bisschen geschmeichelt, dass ich als Einzige mit ihm umgehen konnte.«

»Sie haben ihn nur als Patienten gekannt? Keine persönliche außerberufliche Beziehung?«

»Ich bin in Ascona aufgewachsen. Mit deutschen Eltern. Da kann es schon sein, dass ich ihm das eine oder andere Mal begegnet bin.«

»Aber Sie waren nie bei ihm zu Hause oder gemeinsam essen oder etwas in der Art?«

»Gott bewahre, nein. Er war mein Patient, aber sonst wollte ich nichts mit ihm zu tun haben.«

»Schade, dass Sie uns nicht helfen können«, sagte die Commissaria mit leisem Vorwurf.

»Tut mir leid. Haben Sie noch weitere Fragen? Ich möchte wirklich gerne los.«

Als sie wieder im Streifenwagen saßen und beobachteten, wie Charlotte trabend um die Ecke verschwand, konnte die Commissaria nicht mehr an sich halten. »Was ist das bloß für ein Fall? Keine Zeugen, keine Spuren, niemand weiß etwas, keine Verdächtigen.«

»Oder alle sind verdächtig«, sagte Marta und fragte sich, ob sie *Mord im Orientexpress* gegenüber der Commissaria erwähnen sollte. Lieber nicht, entschied sie, sonst hält sie mich noch für unprofessionell.

»Kann es sein, dass Romy Leutenegger ihren Bruder stranguliert hat? Was meinst du?«, fragte die Commissaria.

»Ich glaube, es wäre ihr zuzutrauen. Psychisch angeschlagen, wie sie ist. Ich vermute sogar, sie traut es sich selbst zu. Nur das Motiv sehe ich nicht. Andererseits braucht sie vielleicht kein Motiv. Vielleicht war es eine psychotische Episode, und als sie realisierte, was sie getan hatte, kaufte sie eine Flasche Vodka und soff sich danach ins Koma.«

»Könnte sein. Wenn ihr Bruder bei einer häuslichen Auseinandersetzung mit einem Küchenmesser getötet worden wäre, dann wäre sie natürlich die Hauptverdächtige. Aber sich in die Physiotherapie reinschleichen und abwarten, bis die Gelegenheit günstig ist, das passt nicht zu einer Tat in geistiger Umnachtung.«

»Vielleicht haben wir Glück und die Spurensicherung findet ihre DNA. Sie hat behauptet, sie sei noch nie bei *ICSA* gewesen.«

»Ja, vielleicht haben wir Glück.« Die Commissaria klang nicht besonders zuversichtlich. »Auf jeden Fall müssen wir die *ICSA*-Leute danach fragen. Wenn Romy gelogen und zum Beispiel ihren Bruder hin und wieder abgeholt hat, dann wären DNA-Spuren von ihr wertlos.«

»Ich hatte nicht den Eindruck, dass sie Romy kennen. Tiziano, der Fitnesstrainer, war der Einzige, der von ihr gewusst hat. Er hat sie in der Stadt mit ihrem Bruder gesehen. Allerdings hat er sie für die Ehefrau gehalten.«

»Die *ICSA*-Leute wissen mehr, als sie uns sagen. Sie wollen Davì schützen, vielleicht auch Charlotte. Vielleicht auch ihre Patienten und Kunden. Vielleicht haben sie alle zusammen den Großkotz erwürgt?«

»Wie in *Mord im Orientexpress*«, sagte Marta eifrig.

»Wie in *Mord im Orientexpress*«, sagte die Commissaria und lachte.

23

Als Commissaria Casanova nach Hause kam, telefonierte ihre Partnerin Julia auf der Terrasse und rauchte dazu eine Zigarette.

Roberta winkte ihr zu und ging zum Kühlschrank. Sie

hatte außer drei Espressi am Morgen und einem Sandwich, das ihr Marta besorgt hatte, noch nichts zu sich genommen. Als sie sich mit einem Teller, beladen mit Mortadella, in Öl eingelegten Artischocken, Tomaten und einer Scheibe Maggia-Brot, an den Tisch setzte, hatte Julia ihr Telefongespräch beendet und setzte sich zu ihr. »Ich habe heute allerlei für dich herausgefunden.«

Die Commissaria, beschäftigt mit dem Belegen des Brotes mit Mortadella, sah erschrocken auf. »Ich habe dich doch gebeten, vorsichtig zu sein. Solang wir noch keine Resultate vorzuweisen haben, möchten wir die Öffentlichkeit nicht informieren.«

»Ich bin vorsichtig. Keine Angst. Aber ich darf doch eine alte Schulfreundin anrufen und ein bisschen Klatsch austauschen? Wir sind vom Hundertsten ins Tausendste gekommen, und sie hat sich fast von selbst an dieses schräge Geschwisterpaar erinnert, die ›Schuhfabrik-Erben‹ hat sie sie genannt. Wenn es dann offiziell bekannt wird, werde ich sie anrufen und sagen, was das für ein unglaublicher Zufall sei, gerade eben hätten wir noch von den Leuteneggers gesprochen, und jetzt sei er tot!«

»Okay«, sagte die Commissaria mit vollem Mund.

»Eigentlich hätte Jacques Leutenegger das Familien-Schuhimperium erben sollen, aber er war noch nicht einmal mit seinem Studium fertig, als sein Vater alles verkauft hat. Ein kluger Schachzug, wie sich dann herausgestellt hat, weil es nach dem Verkauf mit der Firma bergab ging. Die Produktion in der Schweiz wurde bald viel zu teuer, man verpasste den Anschluss an die neusten Trends und so weiter. Aber nach dem Verkauf hatten die Leuteneggers ein richtig großes Vermögen. Jacques Leutenegger ist so ums Jahr 2000 herum nach Ascona in die Ferienvilla der Familie gezogen. Die Eltern sind offenbar früh verstorben. Er hat sich mit Börsenspekulationen beschäftigt und sich um seine Schwester gekümmert. Sie ist immer wieder ausgerissen, nach Paris, Berlin oder London, und er hat sie dann wieder aus dem Alkohol- und Drogensumpf geholt. Das weißt du wahrscheinlich alles schon, aber jetzt kommt der Hammer. Jacques Leutenegger hat seinen reichen Freunden großzügig Anlegetipps gegeben. Die haben sich über die Gewinne gefreut, und Jacques war dadurch ziemlich beliebt bei der Asconer Schickeria. Aber dann kam 2008 die Finanzkrise. Die Tipps von Jacques Leutenegger erwiesen sich für viele als fatal. Die Gierigsten, die am meisten auf die lukrativen Gewinne der Börsenwetten gesetzt hatten, verloren ganze Vermögen. Am schlimmsten traf es die Kleinschmidts, die alles verloren haben und jetzt mehr schlecht als recht in Spanien leben. Ich kenne sie. Ihre Tochter Charlotte war mit mir im Liceo.«

»Moment mal«, unterbrach die Commissaria. »Charlotte Kleinschmidts Eltern haben wegen Jacques Leutenegger ihr Vermögen verloren?«

»Ja! Was ist? Kennst du sie?«

»Sie war seine Physiotherapeutin.«

»Ja und? Deswegen muss sie nicht gleich eine Mörderin sein.«

»Ich darf wirklich nicht mit dir darüber reden. Aber danke, das sind wichtige Informationen.«

»Es gibt noch mehr. Vor einem Jahr sind die Leuteneggers nach Locarno gezogen. Jacques soll sich am Knattern der Palmblätter im Garten des neuen Nachbarn gestört haben, und er habe veranlasst, dass die Palme gefällt wurde. Stell dir vor!«

»Das ist aber nicht wirklich ein Mordmotiv«, sagte die Commissaria, ohne zu erwähnen, dass sie das mit der Palme schon wusste. Sie wollte Julias Eifer nicht bremsen. Auch weil ihr die investigative Journalistin lieber war als die Frau, deren biologische Uhr tickte.

»Wer weiß? Wenn diese Nachbarn Psychopathen sind. – Nein, ist doch ziemlich unwahrscheinlich. Alles in allem scheint dieser Jacques ein ziemliches Arschloch gewesen zu sein. Wenn man bedenkt, dass er mit dem goldenen Löffel im Mund geboren wurde und einiges mit seinem Leben hätte anfangen können.«

24

Romy Leutenegger lag wach in ihrem Spitalbett. Man hatte ihr ein Beruhigungsmittel gegeben, das ihre Trauer und die Entzugserscheinungen lindern sollte. Es hatte nicht gereicht, um sie in den komatösen Schlaf, den sie herbeisehnte, den einzigen, den sie gelten ließ, zu versetzen. Sie versuchte, ihre Gedanken zu etwas Schönem, Positivem zu lenken, aber sie landete immer wieder bei der zweiten großen Katastrophe in ihrem Leben. Nicht die Zeit in Los Angeles, die sie eher wie eine Rolle in einem zeitgenössischen Theaterstück erlebt hatte. Nein, die zweite Katastrophe, die im Gegensatz zur ersten, die nur kurz dauerte und mit der Rückholung von Jacques aus dem Internat beendet war, für immer ihr Leben zerstörte. Sie war sich sicher, dass sie nach den kalifornischen Eskapaden wieder Tritt gefasst, ein Studium angefangen, geheiratet, ein normales Leben geführt hätte. Wenn nicht der Vater ohne Wissen der Familie und speziell ohne Wissen der Mutter, die zwar pro forma nur Beraterin war, aber de facto die Entscheide fällte, die Firma verkauft hätte. Es hatte angefangen mit der Erkrankung der Mutter. Brustkrebs, sie wurde operiert, es folgte eine mehrmonatige Behandlung mit Chemotherapie und Bestrahlungen. Sie erholte sich gut, galt am Ende als geheilt, aber diese im Vergleich kleine Katastrophe leitete die große ein. Der Vater nutzte die krankheitsbedingte Abwesenheit der Mutter, um den Firmenverkauf einzuleiten. Ihm war die Firma eine riesige Last, während sie der Mutter zur Lebensaufgabe geworden war. Es stellte sich heraus, dass sie schon lange um den Verkauf gestritten hatten.

Die Mutter überlebte den Verrat ihres Ehemannes nur um ein knappes Jahr. Und Jean-Jacques Leutenegger musste feststellen, dass es nicht nur die Last der Firma gewesen war, die ihn niedergedrückt hatte. Seine Depressionen wurden nach dem Verkauf nicht besser, jetzt waren es die Schuldgefühle, die an ihm nagten. Kurz nach dem Tod seiner Frau erschoss er sich unter der Eiche, die zu Ehren seiner Geburt im Park des Stammhauses Leutenegger gepflanzt worden war.

Den Kindern blieben nur ein großes Vermögen und das Gefühl existenzieller Sinnlosigkeit. Das war es jedenfalls, was Romy empfand. Ihr Bruder schien vor allem wütend zu sein.

In dem Moment erkannte sie, flach auf dem Rücken im Spitalbett liegend, in einem Moment großer Klarheit, dass ihre Sucht nicht nur einem angeborenen schwachen Willen entsprang, wie sie immer geglaubt und darin von Jacques bestätigt worden war. Es ging auch darum, diesen Moment zu reproduzieren, als Jacques in Los Angeles an ihrem Krankenhausbett aufgetaucht war und sie gerettet hatte. Jacques hatte sich in dem Moment von einem oberflächlichen, selbstbezogenen und sorgenlosen Jüngling in eine fürsorgliche Vaterfigur verwandelt. Romy erfuhr die gleiche Geborgenheit, die er ihr schon als Kind verschafft hatte, und Jacques brauchte eine Aufgabe im Leben, und Romy war seine Aufgabe.

Diese für alle Außenstehenden triviale Erkenntnis erschütterte Romy derart, dass sie ein paar Minuten in eine totale Erstarrung fiel. Dann keimte die Hoffnung in ihr auf, dass sie und Jacques neu beginnen könnten, dass sich die fatale Verstrickung lösen lasse, dass sie beide eine zweite Chance haben könnten. Erst als sie nach dem Telefon auf dem Nachttisch langte, um Jacques anzurufen, erinnerte sie sich, dass ihr Bruder nicht mehr lebte. Bevor sie von einem Strudel bodenloser Leere in den Abgrund gezogen wurde, drückte sie auf den Klingelknopf.

25

Am nächsten Tag erhielt die Commissaria die ersten Ergebnisse der Spurensicherung. Ein Fitnesscenter als Tatort war ein Albtraum für die Polizei. Zumal man während des Lockdowns eine Tiefenreinigung und Desinfektion vorgenommen hatte. Am Sprungseil fanden sich keine Spuren. Der Täter oder die Täterin hatte entweder Handschuhe getragen oder das Seil abgewischt. Nicht genug damit, auch das Opfer hatte Handschuhe getragen, an denen sich keine brauchbaren Spuren fanden. Und die Chlorlösung, die in diesen Zeiten überall zum Desinfizieren gebraucht wurde, vernichtete alle DNA-Spuren.

Im Behandlungsraum fand sich zwar brauchbares Material, aber das stammte von Charlotte, Davì, dem Opfer und zwei weiteren Patientinnen, die aufgrund ihrer Gebrechlichkeit nicht als Täterinnen infrage kamen.

Die Auswertungen der Spuren aus der Palestra, von den Fitnessgeräten und -maschinen würden noch einige Zeit in Anspruch nehmen, aber die Commissaria hielt es für äußerst unwahrscheinlich, dass sie zur Lösung des Falls beitragen würden. In der Palestra verkehrten alle und hinterließen dementsprechend Spuren. Spuren, die nichts bewiesen.

Die Commissaria wandte sich den Auswertungen des *iPad* des Toten zu, denen sie vorher nur flüchtige Aufmerksamkeit geschenkt hatte, weil sie auf den ersten Blick nichts Interessantes gefunden hatte. Er war eindeutig nicht ein Mann des Schriftlichen gewesen. In seiner Mailbox fand sich fast nur ungeöffnete Werbung, während seine Anrufliste zeigte, dass er ständig am Telefon hing. Auch Textnachrichten hatte er selten und einsilbig beantwortet, vermutlich weil er es vorgezogen hatte anzurufen.

Die Auswertung seiner Browserdaten hatte ergeben, dass er nach Sneakers, Naturheilmitteln und einem Grill gesucht hatte. Auch viele Symptome von Krankheiten und Suchmitteltherapien hatte er gegoogelt.

Nichts Überraschendes. Aber mit dem Grill war doch etwas gewesen? Die Commissaria blätterte in den Anruflisten und fand mehrere Telefonate mit einer Firma, die Grillgeräte verkaufte. Jacques Leutenegger hatte sich für einen Grill interessiert. Was soll's, dachte die Commissaria, irgendwo muss ich anfangen, und wählte die Nummer.

Wenige Minuten später beendete sie das Telefonat um die Erkenntnis reicher, dass es Grills gab, die so teuer wie ein Mittelklassewagen waren und dass diese von Leuten wie Jacques Leutenegger gekauft wurden.

Sie sah sich Bilder von diesem Luxusgrill im Internet an und erinnerte sich, das Modell im Garten der Leuteneggers gesehen zu haben. Allerdings hatte sie es für eine seltsame Drachenskulptur gehalten. Der Grill war bezahlt und zwei Tage vor dem Mord geliefert worden, aber es war ihr nicht ersichtlich, wie diese Anschaffung mit der Tat in Verbindung stehen könnte.

Commissaria Casanova sah sich weitere Seiten im Internet an, denen Jacques Leuteneggers Interesse gegolten hatte. Er hatte zahlreiche medizinische – seriöse und dubiose – Seiten konsultiert. Woraus sie schloss, dass er entweder krank war oder ein Hypochonder. Dann klickte sie sich durch reihenweise mehr oder weniger hässliche Turnschuhe, von denen behauptet wurde, sie seien sehr selten. Aus dem Rahmen fielen die Seiten vom *Jazz-Festival Ascona* und von der Flüchtlingshilfe des *UNHCR*. Dass er sich über das *Jazz-Festival* erkundigt hatte, war nicht weiter überraschend. Jemand wie Jacques Leutenegger würde sich bestimmt an so einem Anlass sehen lassen. Die Commissaria sah sich trotzdem die Seite an, schließlich war es noch etwas zu früh im Jahr, um sich über das Programm zu informieren, falls das Festival überhaupt durchgeführt werden konnte. Sie klickte den Link an, der *Bands and Artists* hieß und aus dem vergangenen Jahr stammte. Ein bildschirmfüllendes Bild von Leonardo Bevilaqua erschien. Er spielte Gitarre mit geschlossenen Augen und wurde als Mitglied der Band *Autostrada* bezeichnet.

Die Commissaria starrte auf das Bild, versuchte, irgendeine Bedeutung, einen Zusammenhang zu erhaschen. War das nicht ein Zeichen, das der Tote ihr hinterlassen hatte? Einen deutlichen Fingerzeig: Schau hier, das ist mein Mörder! Du musst ihn nur noch verhaften. Sie schüttelte den Kopf. Manchmal fürchtete sie, es könnte ein Zeichen einer psychischen Krankheit, die Vorstufe zu einer Psychose sein, wenn ihr diese Momente der Prüfung, wie sie sie nannte, aufgedrängt wurden. Es war, als ob die Intuition die Herrschaft übernahm und sie zwang, sich einem normalerweise flüchtigen Gefühl zu stellen, es sich ausbreiten zu lassen und eine Entscheidung zu fällen. Marta hatte es offenbar bemerkt und wunderte sich sicher schon. Apropos Marta, wo blieb sie überhaupt? Es war schon 8.30 Uhr, und sie sollte doch die Social-Media-Kanäle durchkämmen nach Spuren des Opfers und Verbindungen zu möglichen Tätern.

Marta traf zehn Minuten später ein, nachdem sich die Commissaria entschieden hatte, Leonardo Bevilaqua genauer auf den Zahn zu fühlen.

»Wo bist du gewesen?«, fragte die Commissaria.
»Joggen an der Maggia.«

26

Marta war früh aufgewacht und unter dem Einfluss eines lebhaften Traumes erschien ihr plötzlich ein klarer Auftrag: Sie musste sich das Vertrauen von jemandem von *ICSA* erschleichen. Sie musste erfahren, was man vermutete und wen man verdächtigte, sie musste an den Klatsch herankommen, den die Leute der Polizei nicht verraten würden. Deshalb zog sie ihre Sportbekleidung und Laufschuhe an, verließ ihr Elternhaus in Minusio und wandte sich auf dem Uferweg für einmal nicht nach Tenero, sondern in die Gegenrichtung zur Maggia-Mündung.

Die ersten Sonnenstrahlen wärmten ihren Rücken, ein leichter Wind aus den Bergen schubste sie vorwärts, der See glänzte dunkelblau und geheimnisvoll. Noch waren auf dem beliebten Spazierweg nur wenige Leute unterwegs, ein paar Hundehalter und andere Läufer. Die Welt wäre perfekt, dachte Marta, wenn nicht die Pandemie mit ihrem unsichtbaren Gift die Luft verpesten würde. Die Großmutter hatte sich bereits impfen lassen, aber ihre Eltern würden noch eine Weile warten müssen, und solang fürchtete Marta, die Krankheit, die für sie mit großer Wahrscheinlichkeit nicht gefährlich war, nach Hause zu tragen. Und solang diese Gefahr nicht gebannt war, wurde Marta immer dann, wenn die Welt und das Leben besonders schön waren, hinterrücks von Niedergeschlagenheit befallen.

Heute jedoch hatte sie eine Aufgabe vor sich, auf die sie sich konzentrieren konnte, und die Bedrückung hielt nicht lange an. Sie trabte an der Anlegestelle der Lago-Maggiore-Schiffe vorbei, unter den Alleebäumen am Hafen entlang, quer durch die Giardini Jean Arp, vorbei am Lido, und als sie schließlich am Ende der Via Respini auf den Damm hoch und wieder hinunter ans Ufer der Maggia lief, beschloss sie, bei der Eiche, wo sie zusammen mit Agente Chiesa die Versammlung der *ICSA*-Leute bemerkt hatte, eine Pause einzulegen. Sich auf die Lauer zu legen wäre der treffendere Ausdruck. Sie behielt das Ufergelände auf beiden Seiten im Auge, und immer, wenn jemand auftauchte, machte sie ein paar Stretching-Übungen zur Tarnung.

Tatsächlich brauchte sie nicht lange zu warten, bis ein junger Mann mit Zipfelkappe und einem grazilen, antilopengleichen Laufstil in der Ferne auftauchte. Davì, der Physiotherapeut, stellte Marta mit geschultem Auge fest und lief los, ihm entgegen. Kurz bevor sie sich kreuzten, blieb Marta mit dem Fuß an einer Baumwurzel hängen und stürzte Davì praktisch vor die Füße. Dieses Manöver war relativ ungefährlich, weil sich Marta eine Sandkuhle ausgesucht hatte, um sich fallen zu lassen.

Davì reagierte, wie sie erwartet hatte, blieb sofort stehen und fragte, ob sie sich wehgetan habe. Seine professionell besorgte Miene hellte sich auf, als er Marta erkannte.

Dank dem Sand und dem Falltraining, das zu ihrer Ausbildung gehört hatte, war der Sturz glimpflich verlaufen, was Marta jedoch nicht davon abhielt, sich mit schmerzverzerrtem Gesicht die Schulter zu reiben. Wie erwartet, entging das dem Physiotherapeuten nicht, er fragte sogleich, ob er mal schauen dürfe, und untersuchte ihre Schulter. »Nichts gebrochen, glaube ich. Diese Wurzeln sind heimtückisch, man muss höllisch aufpassen.«

Marta rollte ihre Schulter ein paarmal und sagte, sie glaube, sie sei okay, aber als sie aufstehen wollte, wurde ihr schwindlig, und sie musste sich an Davì festhalten. Als er ihr darauf anbot, sie zurück nach Hause zu begleiten, schlug sie das Angebot so halbherzig aus, dass er darauf bestand.

Marta wusste, dass er sofort zumachen würde, wenn sie ihm die Frage stellte, die sie gerne gestellt hätte: Wer hat deiner Meinung nach Jacques Leutenegger umgebracht? Darum fragte sie persönliche Dinge – wo er aufgewachsen sei, was ihn in die Schweiz geführt habe, ob es ihm hier gefalle und er bleiben wolle.

Davì gab gerne Auskunft. Er sei hergekommen, weil er hier mehr Möglichkeiten habe. Physiotherapeuten seien gesucht und der Verdienst besser. Die Arbeit gefalle ihm gut, aber er fühle sich noch ein bisschen einsam. Und jetzt, wo diese schreckliche Sache geschehen sei, wisse er nicht, ob er in der Schweiz bleiben könne.

Marta sagte zu ihm, das werde schon wieder, außer er habe die Tat begangen, dann würde er wohl überführt werden.

Davì blieb erschrocken stehen und beteuerte, er habe die Wahrheit gesagt, sodass Marta sich beeilte, ihn zu beruhigen. Ihr wurde klar, dass sie noch ein paar Anläufe brauchen würde, bis sie sein Vertrauen gewinnen konnte, und doch musste es schnell gehen.

Als sie an den Tennisplätzen beim Bosco Isolino vorbeikamen, fragte Marta, ob Davì Tennis spiele. Er verneinte, sie fragte, ob er es gerne lernen würde. Sie sei hier Mitglied im Tennisklub und würde ihm gerne eine Einführung geben, um sich für seine Hilfe zu bedanken.

Als Davì sie bei der Anlegestation verließ, weil sie ihm versicherte, sie schaffe es alleine nach Hause, hatte er eine Verabredung mit ihr zum Tennisspielen am nächsten Abend.

27

»Marta! Du solltest dich doch um die Social-Media-Profile der in den Fall involvierten Leute kümmern.«

»Habe ich doch längst gemacht. Wollen wir die Ergebnisse gleich besprechen?«

Die Commissaria nickte, und Marta schickte ihr ein Mail mit ihren Notizen und den dazugehörigen Links.

»Ich habe natürlich mit dem Opfer angefangen. Jacques Leutenegger hat keinerlei Profile in den sozialen Medien. Er kommt online eigentlich gar nicht vor. Ein einziges Mal wurde er bei einer Geburtstagsfeier eines Freundes in Ascona getaggt. Ich habe ein paar Namen von Leuten, die mit auf dem Bild sind, die sollten wir befragen.

Seine Schwester Romy ist auf *Facebook*, hat aber in letzter Zeit nichts mehr gepostet. Sie hat zwei Accounts. Als Romy Leutenegger hat sie die üblichen Sachen – Sonnenuntergänge, Teller mit Essen und Selfies – gepostet. Auf dem zweiten Account nennt sie sich *Romy Taylor* und bietet sich als Schauspielerin an. Sie gibt auch eine Agentur an, über die sie gebucht werden kann, aber dort will man sie nicht kennen. Der Account ist schon einige Jahre alt, und sie hat nur ganz am Anfang ein paar Sachen gepostet.

Von den Physios ist nur Marco, der Chef, auf *Facebook* und *Instagram*. Er postet seine Sportabenteuer, Bergsteigen, Skitouren und Segeln.

Bei den Patientinnen und Kunden sieht es nicht viel besser aus. Sind halt alles ältere Semester. Die Anderhubs findet man vor allem erwähnt in Zeitungsartikeln, sie sind in mehreren Vereinen engagiert. Aber kein *Facebook* oder *Instagram*. Simone Falchetto ist in verschiedenen Vereinigungen von Übersetzern und im *Schweizerischen Schriftstellerinnen- und Schriftstellerverband*, aber sonst nicht aktiv in den sozialen Medien. Leonardo Bevilaqua dagegen hat eine eigene Homepage. Er ist Jazzmusiker.«

»Kann man davon leben?«, unterbrach die Commissaria Martas Monolog.

»Keine Ahnung. Wohl eher nicht. Es heißt ja, für alle Musiker sei es schwierig geworden, Geld zu verdienen. Und Jazz? Jetzt in der Pandemie? Sehr schwierig.«

»Von irgendwas muss er doch leben? Was passt zu einem Fitnessfanatiker und Jazzmusiker? Vielleicht gibt er Gitarrenunterricht?«

»Davon steht aber nichts auf seiner Homepage.«

»Vielleicht hat er wie die Leuteneggers ein Vermögen geerbt?«

»Dafür fehlt ihm – ich weiß nicht, wie ich das nennen soll. Eine Aura der materiellen Sorglosigkeit?«

Die Commissaria lachte. »Ich weiß, was du meinst. Wir werden ihm auf den Zahn fühlen.«

»Es bleiben noch die beiden Jungen: Giorgia und Matteo. Wie zu erwarten, sind sie sehr aktiv in den sozialen Medien. Giorgia dokumentiert auf *Instagram* ihre Bemühungen, Gewicht zu verlieren. Aber sie hat bis jetzt nur etwas über 300 Follower. Kein Wunder, finde ich. Sie postet eine ziemlich unerquickliche Mischung aus Selbstlob und Selbstmitleid. Sie habe sich doch sooo angestrengt und dann nur ein halbes Kilo abgenommen. Den ganzen Tag nur eine Banane gegessen, und niemand glaube ihr, weil sie am nächsten Tag ein Kilo schwerer sei. Das sind nicht die Botschaften, die die Leute hören wollen. Auch Luca scheint nach Aufmerksamkeit zu gieren. Auf *Instagram* produziert er sich in Macho-Fitnessposen und mit rot geschminkten Lippen und künstlichen Wimpern. Er hat mehr Erfolg als Giorgia, über 1.000 Follower.«

»Hmm«, machte die Commissaria. »Okay, fangen wir mit dem Umfeld des Opfers in Ascona an. Seine wohlhabenden Freunde können uns vielleicht wertvolle Informationen geben.«

28

Davì schaute aus dem Fenster des Behandlungsraums auf die Fassade des gegenüberliegenden Hochhauses, während er gedankenverloren den welken Oberschenkel von Antonella knetete. Die Polizei hatte die Palestra und die Physiotherapieräume wieder freigegeben, nur Charlottes Behandlungsraum war noch versiegelt. Antonella war als Erste aufgetaucht und hatte Davì überrascht, der vor den offiziellen Öffnungszeiten ein Training absolviert und sich zum Abschluss auf eine Matte gelegt hatte, um Atemübungen zu machen.

Antonella hatte vor Schreck aufgeschrien, als sie ihn entdeckte, und, die Augen weit aufgerissen, gerufen: »Dio mio! Ich habe gemeint, da liegt noch eine Leiche!«

Davìs Entspannung war sogleich dahin. Die schlechten Nachrichten hatten also bereits die Runde gemacht. Kaum hatte er sich vom Boden erhoben, fing Antonella an, ihn mit Fragen zu löchern, die fast alle mit »stimmt es, dass« anfingen. Davì wies sie darauf hin, dass polizeiliche Ermittlungen im Gang seien und er nicht über den Vorfall reden dürfe. Das wirkte offenbar überzeugender, als ihm zumute war, Antonella machte sich jedenfalls mit beleidigter Miene daran, den Crosstrainer zu besteigen.

Davì hatte darauf hinter dem Empfangstresen Platz genommen, um auf Tiziano zu warten, der die Palestra beaufsichtigen sollte, aber wohl nicht damit gerechnet hatte, dass schon vor 9 Uhr jemand trainieren wollte.

Als Tiziano wenige Minuten nach 9 Uhr eingetroffen war, waren sie nicht einmal dazu gekommen, sich zu begrüßen, weil Antonella auf dem Crosstrainer ein markerschütterndes »Aia« gebrüllt hatte. Sowohl Tiziano als auch Davì waren losgeschnellt zum Crosstrainer, und Antonella war dankbar in Tizianos starke Arme gesunken. Sie hatte über einen plötzlich einfahrenden Schmerz, der sich anfühle, als ob ein Messer ihren Oberschenkel zerteile, gejammert. Mit Tizianos Unterstützung war sie in Davìs Behandlungsraum gehumpelt und hatte sich stöhnend auf der Liege niedergelassen. Davì hatte sie untersucht und nichts gefunden, etwas von muskulären Problemen gemurmelt und angefangen, ihren Oberschenkel durchzukneten.

Antonella jammerte vor sich hin, aber Davì hatte fast zehn Jahre Erfahrung als Physiotherapeut und ließ sich längst nicht mehr von zur Schau gestellten Leiden beeindrucken. Während seine Hand sich in das weiche weiße Fleisch grub, dachte er an seine Begegnung mit Marta, seine bevorstehende Verabredung mit ihr. Marta gefiel ihm. Es war genau die Art von Frau, die er mochte. Intelligent, zupackend und gradlinig. Der große Haken war natürlich, dass sie Polizistin war und in einem Mordfall ermittelte, in dem er der Hauptverdächtige war. Er wollte nicht ausschließen, dass sie ihn auch mochte, aber gleichzeitig machte er sich keine Illusionen. Ihre Verabredung zum Tennis diente nur dazu, ihn auszuhorchen. Er fühlte sich nicht nur manchmal einsam in der Schweiz, jetzt im Moment fühlte er sich richtiggehend bedroht. Klar, die Schweiz war ein Rechtsstaat. Man würde kaum den erstbesten Verdächtigen einsperren, weil es praktisch war, einem Ausländer die Schuld zu geben. Aber gerade jetzt hätte er einen Verbündeten brauchen können, eine Partnerin, die ihm Sicherheit gab, und Marta wäre seinem Gefühl nach die ideale Kandidatin dafür.

»Ich glaube, es reicht jetzt«, sagte Antonella und holte Davì zurück in die Gegenwart. »Aber wenn du schon dabei bist, kannst du mir noch den Rücken massieren, ich bin furchtbar verspannt.« Sie drehte sich auf den Bauch. Davì zögerte einen Moment, dann besann er sich. »Wenn du eine Massage willst, dann kannst du eine bei Marco buchen. Ich denke, dein Oberschenkel ist wieder in Ordnung. Ich muss jetzt los.«

29

Die Commissaria und Marta waren von ihrem Ausflug in die Schickeria von Ascona in ihr Büro zurückgekehrt. Die Commissaria war vom Ergebnis der Befragungen enttäuscht. Marta dagegen, die noch nichts davon gehört hatte, dass der Großkotz seine reichen Freunde falsch beraten und viel Geld hatte verlieren lassen, war ganz aufgeregt. »Das ist doch endlich ein richtiges Motiv. Jacques Leutenegger hat

Charlottes Familie ruiniert. Das hat jahrelang in ihr gegärt, und vorgestern ist die Flasche explodiert. Sie hat diesen Großkotz, wie sie ihn nennen, auf dem Schragen liegen gesehen, hat das Sprungseil genommen, um seinen Hals gelegt und mit allem aufgestauten Hass die Schlinge zugezogen.«

»Hmm«, machte die Commissaria.

»Was? Der Mann hat Charlottes Leben ruiniert. Sie hat weit und breit das beste Motiv.«

»Das stimmt. Aber ich finde es einfach nicht plausibel. Charlotte hätte das Ganze planen müssen. Die Kabel der beiden Geräte miteinander verwickeln, darauf zählen, dass, wenn sie nicht zur Arbeit kommt, jemand einspringen wird, der dann genauso reagiert, wie Davì es gemacht hat, nämlich möglichst viel Zeit im Abstellraum zu verbringen. Zeit genug, um das Opfer zu strangulieren. Und nicht etwa früher fertig wird oder einfach aufgibt und zurück in den Behandlungsraum kommt. Wenn man schon einen Plan schmiedet, dann sorgt man doch dafür, dass er möglichst narrensicher ist. Dieser Plan hat so viele Unberechenbarkeiten, dass man schon fast nicht mehr von einem Plan sprechen kann.«

»Und wenn sie es nicht geplant hat? Vielleicht ist sie einfach ein paar Minuten zu spät gekommen, das Opfer hat sie blöd angemacht und sie hat die Beherrschung verloren?«

»Wenn es sich so abgespielt hat, liebe Marta, dann habe ich keine Ahnung, wie wir das je werden beweisen können. Wir werden auf ein Geständnis angewiesen sein.«

»Das könnte schwierig werden. Charlotte wirkt auf mich wie eine harte Nuss.«

»Ja, sie wird nicht leicht zu knacken sein. Es sei denn – es sei denn, wir versuchen es mit einem Umweg.«

Davì hatte Antonella in der Obhut von Tiziano gelassen, war in seine Wohnung zurückgekehrt, hatte geduscht, bequeme Kleidung angezogen und sich an den Computer gesetzt, um Rechnungen zu bezahlen. Als der Computer hochgefahren war, beschloss er, zuerst ein bisschen im Internet zu surfen, da er bis zu seiner Verabredung mit Marta um 18 Uhr nichts vorhatte. Gegen 13 Uhr machte er sich ein Sandwich, das er mit einer Hand aß, während er mit der anderen durch die Angebote von *Airbnb*-Unterkünften in New York scrollte.

Dann klingelte es an seiner Tür. Ein aggressives elektronisches Schnarren, das ihn auffahren ließ und von dem er einen Moment lang nicht wusste, was es zu bedeuten hatte, weil er erst vor wenigen Monaten in diese Wohnung gezogen war und noch nie jemand bei ihm geklingelt hatte.

Er hetzte zur Wohnungstür und öffnete sie, da war niemand, es schnarrte wieder, und er wusste auf die Schnelle nicht, wie die Gegensprechanlage zu bedienen war. Schließlich drückte er den Knopf zum Öffnen der Tür und wartete ab.

Alles Mögliche hatte er erwartet – ein Paket von seiner Großmutter, jemanden von *ICSA* oder einfach den Hausmeister – aber mit der Polizei hatte er nicht gerechnet.

Die Aufzugstür öffnete sich und offenbarte zwei uniformierte Polizisten, und trotz den Hygienemasken erkannte Davì den langen Lulatsch, der am Morgen des Mordes mit Marta angerückt war. Er zeigte ihm die Vorladung, sie waren gekommen, um ihn mitzunehmen. Nicht, um ihn zu verhaften, sondern nur zur Befragung, aber Davì machten ihre ernsten Mienen Angst. Er fragte, ob sie »jetzt gleich« meinten, sie nickten, er zog sich Schuhe und eine

Jacke an, und ihm brach der Schweiß aus, als sie zu dritt im Lift unangenehm nah beieinander vom dritten Stock ins Erdgeschoss fuhren. Der Streifenwagen stand direkt vor der Haustür, nicht auf einem regulären Parkplatz, als ob es die Polizisten darauf angelegt hätten, möglichst viel Aufmerksamkeit auf sich zu ziehen. Davì schaute nach oben in den zweiten Stock und sah tatsächlich Tiziano an einem der Fenster der Palestra, der beobachtete, wie man ihn abführte.

Der Streifenwagen brachte ihn zur Kriminalpolizei in der Via Luini. Auf der kurzen Strecke redete sich Davì ein, er habe überhaupt nichts zu befürchten. Er hatte von Anfang an die Wahrheit gesagt und würde einfach weiter bei der Wahrheit bleiben. Wie lange man ihn wohl befragen würde? Was, wenn man ihn den ganzen Nachmittag festhielt oder sogar über Nacht? Durften sie das? Er würde Marta benachrichtigen müssen, ob man ihm das gestattete? Sie würde wissen, was zu tun war. Was erlaubt war und was nicht. Als er zwischen den beiden Polizisten durch die Tiefgarage zum Lift ging, wünschte er sich nichts sehnlicher, als mit Marta sprechen zu können. Ein Wunsch, der ihm gleich erfüllt werden sollte.

Der Plan der Commissaria, Davì als Verdächtigen zu betrachten und in die Zange zu nehmen, um Charlotte, falls sie Jacques Leutenegger getötet hatte, zu einem Geständnis zu bringen, hatte Marta in Verlegenheit gebracht. Sie hatte der Commissaria nichts davon erzählt, dass sie versuchte, Davìs Vertrauen zu gewinnen. Und sie hatte Davì nicht gesagt, dass sie an den Ermittlungen beteiligt war. Es fiel ihr dann auch nicht schwer, Davìs Miene zu deuten, als sie zusammen mit der Commissaria den Befragungsraum betrat, wo Davì Platz genommen hatte. Das mit dem Vertrauen gewinnen konnte sie wohl vergessen. Es war das erste – aber nicht das letzte – Mal, dass sie mit ihrem Beruf haderte. Sie mochte den ernsthaften Physiotherapeuten, vor allem, seit er sich bei ihrem fingierten Unfall so liebevoll um sie gekümmert hatte. Wäre sie nicht Polizistin und er nicht in einen Mordfall verwickelt, hätte sie sich vorstellen können, dass sie beide …

»Davide Lombardi«, sagte die Commissaria, «Sie sind hier, weil Sie beschuldigt werden, Ihren Patienten Jacques Leutenegger stranguliert zu haben. Sie haben das Recht, die Aussage zu verweigern. Ich weise Sie auch darauf hin, dass Ihre Aussagen als Beweismittel verwendet werden können. Außerdem haben Sie das Recht, einen Verteidiger hinzuzuziehen. Haben Sie das verstanden?«

Davìs Augen hatten sich vor Schreck geweitet, er sah flehend zu Marta, die sich alle Mühe gab, ausdruckslos vor sich hin zu starren. Er begriff sofort, dass von ihr keine Hilfe zu erwarten war.

»Haben Sie verstanden?«, wiederholte die Commissaria, und Davì sagte «Si«, obschon er nur gehört hatte, dass er beschuldigt wurde. In seinem Kopf war nichts als gähnende schwarze Leere.

»Bitte schildern Sie uns, was sich an diesem Morgen zugetragen hat.«

Jetzt wollte er aufbegehren, er hatte doch alles schon mehr als einmal haarklein erzählt, da begriff er, dass diese Übung dazu diente, festzustellen, ob er sich in Widersprüche verwickelte. Jetzt erwachte sein Kampfgeist. Diese Freude würde er ihnen nicht machen. Er hatte sich von Beginn weg an an die Wahrheit gehalten, und die konnte er so oft wiederholen, wie man es von ihm verlangte.

Es war noch keine halbe Stunde vergangen, während der Davì mechanisch die Fragen beantwortete, und seine Angst, unschuldig verurteilt zu werden, von einer tiefen Enttäuschung über Martas Verrat abgelöst wurde, als ein uniformierter Polizist den Kopf durch die Tür steckte und der Commissaria bedeutete herauszukommen. Aus Angst, mit Davì allein zu sein, beeilte sich Marta, der Commissaria zu folgen.

M

Ich habe gehört, dass Davì von der Polizei abgeholt worden ist. Tiziano hat es beobachtet und allen erzählt. Sie werden ihn doch nicht ernsthaft verdächtigen?

Er ist ein *pezzo di pane*. Er kann keiner Fliege etwas zuleide tun. Das werden doch auch *i piedi piatti* kapieren müssen.

Es sei denn …

Es sei denn, sie sind schlauer, als man vermuten würde.

Diese Commissaria habe ich wohl nicht richtig beurteilt. Sie hatte einen Hauch von Ungehobeltheit an sich, was mich vielleicht dazu verleitet hat, sie zu unterschätzen. Ich hätte den Faktor miteinbeziehen müssen, dass eine Frau sich in der Polizei Respekt verschaffen muss, wenn sie Karriere machen will. Und Respekt verschafft man sich in solchen Männervereinen nicht mit der Zurschaustellung von Feingefühl.

Wenn sie also schlauer ist, als ich auf Anhieb gemeint habe, dann war die Verhaftung von Davì vielleicht ein taktisches Manöver. Vielleicht will sie mich damit aus der Reserve locken? Mich provozieren, damit ich einen Fehler mache?

Vielleicht sollte ich den Spieß umdrehen?

30

»Die Schwester im Tötungsdelikt Leutenegger hat angerufen. Sie will eine Aussage machen«, sagte der Beamte, der die Commissaria aus dem Befragungsraum geholt hatte. »Sie sagte, die Commissaria solle zur ihr nach Hause in die Via ai Monti kommen, sie sei aus dem Krankenhaus entlassen worden.«

»Endlich tut sich etwas«, sagte die Commissaria. »Vielleicht will sie gestehen. Komm, Marta. Wir machen uns auf den Weg.« Sie schien Davì völlig vergessen zu haben, im Gegensatz zu Marta, die sich aber hütete, ihn zu erwähnen, aus Angst, dass ihr die Fortsetzung der Vernehmung übertragen würde.

Romy Leutenegger empfing sie an der Tür. Sie sah schlecht aus, bleich, mit aufgedunsenem Gesicht und geröteten Augen.

Sie betraten die *Schöner-Wohnen*-Landschaft und nahmen auf einem der cremefarbenen Sofas Platz. Es war unschwer zu erraten, wo Romy vorher gesessen hatte. Um den Platz waren gebrauchte Papiertaschentücher verstreut und weitere befanden sich griffbereit in einer Schachtel auf dem Couchtisch.

Kaum hatte sie sich hingesetzt, fing sie an zu schluchzen. Marta und die Commissaria sahen sich gezwungen abzuwarten, bis sie ansprechbar war. Als sie eine Pause machte, um sich zu schnäuzen, fragte die Commissaria: »Können Sie sich wieder erinnern, was Sie am Tatmorgen gemacht haben?«

Romy blickte sie erstaunt an, einen Moment lang war es auf der Kippe, ob sie wieder losweinen oder reden würde, dann holte sie Luft und entschied sich zu reden. »Nein, ich kann mich nicht erinnern. Ich bin mir sicher, dass ich nichts mit dem Tod meines Bruders zu tun habe. Aber ich habe, wie Sie es von mir verlangt haben, nachgedacht, ob es in den letzten Tagen etwas Auffälliges gab. Und da ist mir eingefallen, dass er vor einer Woche oder zwei erzählt hat, einer seiner Fitnesskumpel mache illegale Geschäfte. Ich habe ihm gesagt, das könne ihm doch egal sein. Da hat er mich angefahren, dass es um Drogen gehe, und das sei klar, dass mir das egal sei, aber er wisse nur zu gut, was Drogen ausrichteten, und er könne nicht dulden, dass jemand unter seinen Augen Gift verbreite.« Sie schluchzte auf. »Ich dachte damals nur, das sei wieder einmal typisch für Jacques. Wenn es um Drogen ging, kannte er kein Pardon. Ich fragte ihn, ob er zur Polizei gehen werde, aber er hat gesagt, er wolle ihm noch eine Chance geben – er war kein Freund der Polizei, wegen der vielen Strafzettel, die er kassiert hat. Das erschien mir damals nicht wichtig, ich habe es wieder vergessen, aber jetzt denke ich, diese Person hat ein Motiv, wenn sie sich von Jacques bedroht fühlte.«

»Einen Namen hat er nicht genannt?«

»Nein, nur, dass es ein Fitnesskumpel ist, also nehme ich an, er hat auch bei *ICSA* trainiert. Ach ja, er hat gemeint, dass ein Fitnessfanatiker und Marathonläufer Drogen eigentlich verabscheuen müsste.«

Marta und die Commissaria sahen sich an, und beide dachten: Leonardo Bevilaqua.

Die Commissaria hielt es nicht mehr im Haus Leutenegger, sie sprang auf, bedankte sich bei Romy, ermahnte sie, im Land zu bleiben und dass sie versuchen solle, sich zu erinnern. Romy begleitete sie zur Tür und rief ihnen schluchzend nach: »Wann kann ich meinen Bruder beerdigen?«

31

Alleingelassen im kargen Verhörraum, sah sich Davì um. Die Kameras, die unterhalb der Decke in den Ecken klebten, der große unheimliche Einwegspiegel mit den tausend Augen dahinter, das Grau in Grau der Einrichtung machten ihm den Ernst seiner Situation erst so richtig bewusst. Zum Glück konnte ihn seine Großmutter jetzt nicht sehen. Es hätte ihr das Herz gebrochen.

Und an seine Eltern wagte er nicht einmal zu denken. Sie waren über seine Pläne, in die Schweiz auszuwandern, entsetzt gewesen. Sie konnten nicht verstehen, dass ihr einziger Sohn keine Lust hatte, sich mit seinem Kinderzimmer zu begnügen, weil sein Gehalt nicht für eine eigene Wohnung reichte. Sie konnten nicht verstehen, dass er das gemachte Nest mit garantierten warmen Mahlzeiten für eine unsichere und vor allem einsame Existenz im Ausland aufgeben wollte, nur weil er mehr verdienen konnte. Wenn seine Großmutter, die selbst nach dem Zweiten Weltkrieg in der Schweiz Arbeit gefunden hatte, ihm nicht geholfen hätte, wäre er wahrscheinlich nicht in der Lage gewesen, sich gegen seine Eltern durchzusetzen.

Nach einer halben Stunde des Wartens, in der er immer wieder aufbrandende Wellen der Panik hatte bekämpfen müssen, war die Halbliterflasche Mineralwasser, die man ihm hingestellt hatte, leer, und Davì musste auf die Toilette.

Nach 40 Minuten war der Druck auf seine Blase so stark, dass er erwog, in die Mineralwasserflasche zu urinieren.

Nach 50 Minuten stand er auf, obschon er nicht wusste, ob ihm das erlaubt war, und klopfte an die Tür. Als sich nichts regte, probierte er den Türgriff. Die Tür war nicht abgeschlossen. Er trat vorsichtig in den Flur hinaus, stellte fest, dass er menschenleer war, und entdeckte ein Schild, das zu den Toiletten wies.

Da ihn offenbar niemand vermisste, beschloss er nach dem Toilettengang, sich auf die Suche nach dem Ausgang zu machen. Als er den Lift erreichte, wurde er von einem der Polizisten entdeckt und angehalten. Was er denn noch hier mache, wurde er gefragt. Bevor Davì jedoch antworten konnte, öffnete sich die Aufzugstür, und ein wütender Leonardo Bevilaqua, flankiert von Marta und der Commissaria, verließ den Lift.

32

Davì konnte Leonardos Blick nicht vergessen, als sich ihre Wege beim Verlassen des Polizeipostens gekreuzt hatten. Als ob Davì schuld daran wäre, dass ihn die Polizei abgeholt hatte. Dabei würde es ihm nie einfallen, jemanden bei der Polizei zu denunzieren. Oder vielleicht doch, wenn die Gefahr weiter bestand, dass er unschuldig verurteilt würde. Um seine Haut zu retten, würde er wahrscheinlich anfangen zu erzählen, was er bei *ICSA* aufgeschnappt hatte. Aber nur im äußersten Notfall.

Ob die Verabredung mit Marta noch galt? Hatte sie ihn einfach nur aushorchen wollen? Es war zu vermuten. Während der Befragung war sie verlegen gewesen, seinem Blick ausgewichen und am Ende war sie aus dem Raum geflohen, als ob der Teufel hinter ihr her wäre.

Davì hatte von der Polizeiwache in der Via Luini automatisch den Weg nach Hause eingeschlagen, aber als er bei seinem Hauseingang anlangte, fürchtete er sich vor der Leere in seiner Wohnung. Er ging weiter, die einzige Heimat, die er im Moment hatte, war *ICSA*. Obschon die Physiotherapie wieder möglich und die Palestra für eine beschränkte Anzahl Personen geöffnet war, gab es noch immer nicht genug Arbeit. Davì hatte eigentlich frei.

Er erwartete, dass Tiziano allein am Empfangstresen sitzen und auf dem Computer *Solitaire* spielen würde. Deshalb war er überrascht über die Geschäftigkeit, die in der Palestra herrschte. Jede zweite Maschine war besetzt, und Tiziano, der den Eingang kontrollieren musste, kam vom anderen Ende her angerannt, als er Davì hereinkommen sah.

»Davì!«, rief er so laut, dass alle innehielten. »Sie haben dich wieder gehen lassen!«

»Ja, natürlich«, sagte Davì bestimmter, als ihm zumute war. »Sie wollten mich noch einmal befragen, aber ich kann nichts anderes als wiederholen, wie es gewesen ist.«

»Recht hat er«, rief Erasmo, der ehemalige Bäcker, in der Beinpresse liegend, «wenn er bei der Wahrheit bleibt, kann man ihm nichts anhängen«, was ihm zustimmendes Gemurmel eintrug.

Tiziano bedeutete Davì mit einem Blick, sich in die Büroräumlichkeiten hinter dem Empfangstresen zu begeben. Kaum waren sie außer Sicht der Trainierenden, sagte er: »Sie haben Leo mitgenommen.«

Davì entschied sich, nicht zu sagen, dass er das schon wusste.

»Sag mal, Davì, hast du wirklich nichts mitbekommen? Da wird jemand umgebracht, nur ein paar Türen weiter, und du hast rein gar nichts davon bemerkt?«

Obschon Tizianos dunkle Augen nichts als liebevolle Besorgnis ausstrahlten, fühlte Davì sich angegriffen. Wie oft musste er noch wiederholen, dass er nichts gesehen oder gehört hatte? Er ließ Tiziano stehen und ging in die Garderobe, um sich umzuziehen. Da er schon mal hier war, konnte er auch gleich ein wenig trainieren.

Kaum saß er auf dem Ergometer, kam Tiziano zu ihm, um sich zu entschuldigen. »Ich glaube dir ja, Davì. Ich wollte nicht … – Denkst du denn, sie verdächtigen Leonardo, den Großkotz getötet zu haben?«

»Keine Ahnung. Kannst du dir vorstellen, dass Leo jemanden umbringt?«

Beide verstummten und versuchten, sich vorzustellen, ob Leonardo Bevilaqua zu einem Mord fähig war.

»Manchmal ist er schon sehr aggressiv«, sagte Tiziano. »Letzthin sah ich, wie er ins Hohlkreuz gefallen ist beim Kreuzheben, und du weißt ja, wie gefährlich das ist. Also bin ich zu ihm hin und habe ihn korrigiert. Da hat er mich angeschnauzt, er brauche hier nicht belehrt zu werden. Als ich ihm gesagt habe, er könne sich den Rücken ruinieren, hat er die Hantel fallen lassen und ist gegangen. Ich habe ihm nachgerufen, so ein Benehmen würden wir hier nicht dulden. Am nächsten Tag war er wieder da, als ob nichts gewesen wäre.«

»Ist mir auch schon so gegangen mit ihm«, sagte Davì. »Man sagt ja, jeder sei fähig, einen Mord zu begehen. Leo hat ein großes Aggressionspotenzial und ist sehr unbeherrscht. Kraft genug hätte er auch.« Bevor er etwas entgegnen konnte, wurde Tiziano von Maria Rosa gerufen, die Hilfe bei der Einstellung des Beinstreckers benötigte. Davì stellte den Ergometer ein paar Stufen höher und versuchte, sich darauf zu konzentrieren, in die Pedale zu treten. Kurze Zeit später waren seine Gedanken wieder bei Leonardo Bevilaqua. Als Physiotherapeut musste er den ganzen Tag auf die unterschiedlichsten Menschen eingehen. Groß und klein, dick und dünn, dumm und schlau – die meisten Menschen landeten irgendwann in der Physiotherapie. Ähnlich wie in einer Zahnarztpraxis. Nur dass dort die Patienten nicht so viel sprechen konnten. Davì erlebte zwar auch schweigsame Leute, aber die Mehrheit fing in dieser intimen Situation im Behandlungsraum, während Davì sich an einem Körperteil zu schaffen machte, an zu plappern. Da war Leonardo Bevilaqua keine Ausnahme gewesen. Er hatte Davì erzählt, dass er in Milano Jazz-Gitarre studiert habe und danach nach New York gezogen sei, wo er in den Nullerjahren sehr erfolgreich gewesen sei. Er nannte die Namen von berühmten Jazz-Klubs, wie dem *Blue Note* oder dem *Vanguard*, wo er gespielt hatte. Davì, der sich ein bisschen mit Jazz auskannte, war beeindruckt. Leo hatte erzählt, dass New York einer der wenigen Orte auf der Welt sei, wo man als Jazzmusiker gut leben könne. Nicht wie hier in der Schweiz, wo einem von Anfang an geraten werde, auf eine Zweitausbildung zu setzen. Leo erzählte, wie sie manchmal zum Spaß in der Subway beim Times Square vor begeisterten Touristen gespielt hatten. Oder von Jamsessions mit fantastischen Musikern in Harlem, und wie er dann am frühen Morgen, dem Broadway und den ersten Sonnenstrahlen folgend, der Länge nach durch Manhattan geschlendert sei, und weiter über die Brooklyn Bridge bis nach Brooklyn Heights, wo er damals gewohnt habe. Davì war zwar noch nie in New York gewesen, aber wer kannte diese magischen Namen nicht und die Bilder dazu? Wenn es denn so fantastisch gewesen war, lag die Frage für ihn auf der Hand: »Warum bist du nicht in New York geblieben?«

Leo wich zuerst aus, es habe sich halt so ergeben, und Davì dachte nicht weiter daran. Aber eine Woche später kam Leo von selbst wieder darauf zurück. Für manche Leute war halt die Behandlungsliege eine Mischung aus Beichtstuhl und psychotherapeutischem Sofa, und so waren sie versucht, Sachen aus ihrem Leben zu erzählen, die sie sonst niemandem anvertrauten. Zum Beispiel, warum sie 2012 New York bei Nacht und Nebel hatten verlassen müssen.

Das glückliche Leben von Leonardo Bevilaqua als erfolgreicher Jazz-Gitarrist in New York dauerte fast ein Jahrzehnt. Natürlich war nicht immer alles eitel Sonnenschein. Es gab auch unter den Jazzmusikern Neid und Streit. Und Leonardos Beziehungsleben gestaltete sich eher stürmisch. Sein aufbrausendes Temperament erschreckte und vertrieb früher oder später jede Frau, die sich mit ihm einließ. Er war sich der Gefahr nur allzu gut bewusst, dass er eines Tages die Beherrschung verlieren und gewalttätig werden könnte. Auch wenn es manchmal nur an einem seidenen Faden hing, hatte er es doch geschafft, nie eine

Frau zu schlagen. Vielleicht auch, weil er sich bewusst war, dass er sein Leben und seine Karriere in New York durch Unbeherrschtheit verlieren konnte. Der Knüppel, der ihm dann zwischen die Beine geworfen wurde, kam dann von einer ganz anderen, unerwarteten Seite.

Im November 2011 stieß ein neuer Posaunist zu Leonardos Band, und am zweiten Abend im *Blue Note* war seine Schwester im Publikum. »Sie hat mich aus den Socken gehauen«, erzählte Leo, «und ich hätte nie gedacht, dass ich bei ihr landen könnte. Schau mich an, mittelgroß, mittelgutaussehend, völlig durchschnittlich. Sie war einen Kopf größer als ich, eine schwarze Gazelle, nicht schön, aber apart, mit einer Ausstrahlung, die wie eine Aura mitschwebte, wenn sie sich bewegte. Kein Wunder, dass sie eine Modelkarriere anstrebte. Mein Glück oder, wie sich später herausstellte, mein Pech war, dass ich sie als Musiker beeindruckte. Sie fragte, ob ich mit ihr ausgehen würde, danach absolvierten wir die amerikanischen Datingrituale und waren uns schließlich einig, dass wir eine feste Beziehung führten. Da sie erst am Anfang ihrer Modelkarriere stand, arbeitete sie als Nanny für eines der jungen berufstätigen Paare, die in dieser Zeit anfingen, massenweise nach Brooklyn Heights zu ziehen. Wir waren erst ein paar Monate zusammen, als sie am frühen Morgen einen Anruf erhielt. Ich war noch im Halbschlaf, bekam aber mit, dass sie eine sehr erfreuliche Nachricht erhalten hatte. Ich bemühte mich, wach zu werden, und fragte, was los sei. Es stellte sich heraus, dass sie einen wichtigen Modeljob bekommen hatte, sie konnte kurzfristig für jemanden einspringen. Ich fragte, was mit ihren Nannypflichten sei, ob sie die einfach absagen könne. Sie antwortete, dieser Job sei ihr egal, wenn sie entlassen werde, finde sie leicht einen anderen. Ich hatte mich nie an die Unverbindlichkeit gewöhnen können, mit der die Amerikaner ihre beruflichen Pflichten betrachteten, und sagte, sie solle die Familie wenigstens anrufen und ihr die Situation erklären. Ebony, so hieß sie, war erst nicht begeistert, dann hatte sie eine Idee. Sie würde das Kind wie jeden Morgen um 8 Uhr abholen und während sie den Modeltermin wahrnehme, könne ich auf das Baby aufpassen. Das erschien mir in dem Moment als eine vernünftige Lösung, ich nahm an, dass dieser Termin Ebony höchstens ein bis zwei Stunden beanspruchen würde. Die Zeit drängte, Ebony musste los. Sie sagte, ich könne sie um 11 Uhr in der Eingangshalle des *Brooklyn Museums* treffen und das Baby übernehmen. Ich wunderte mich, wieso sie mit dem Baby ins Museum ging, soweit ich wusste, war das Kind noch kein Jahr alt. Noch mehr wunderte ich mich, als ich kurz vor 11 Uhr die Eingangshalle dieses imposanten Gebäudes, Zeugnis von Brooklyns großbürgerlicher Vergangenheit im 19. Jahrhundert, betrat. Ebony war nicht die einzige Nanny, die sich mit ihren Schutzbefohlenen im Museum aufhielt. Mindestens ein Dutzend Frauen, die meisten schwarz, einige wenige Latinas, saßen in einer Reihe auf Besucherstühlen, jede mit einem Kinderwagen vor sich, in dem ein weißes Kleinkind saß. Einige der Kinder schliefen, andere starrten seltsam teilnahmslos vor sich hin. Leonardo sagte, er habe augenblicklich begriffen, was hier vor sich ging. Die Nannys trafen sich, um einen ansonsten endlos langen Tag durch die Gesellschaft von Gleichgesinnten zu verkürzen. Den Eltern konnten sie am Abend berichten, dass sie mit dem Kind im Museum gewesen waren, genau das Programm, das die Angehörigen der jungen ehrgeizigen Schicht, die damals nach Brooklyn Heights strömte, für ihren Nachwuchs für passend hielt. Nachdem Ebony ihm die wichtigsten Sachen erklärt und ihm den Kinderwagen mit dem schlafenden Kind übergeben hatte, setzte sich Leo zwischen die anderen Nannys. Sie wussten Bescheid, dass er für Ebony auf das Kind aufpasste, und boten ihm ihre Hilfe an.

So hätte alles gutgehen können, wenn Leo nicht die pädagogische Sinnlosigkeit dieses Stelldicheins mit jeder Viertelstunde, die zäh verrann, mehr missfallen hätte. Die armen Kinder, die an ihre Kinderwagen gefesselt waren, taten ihm leid. Außerdem langweilte er sich tödlich. Also beschloss er, mit dem schlafenden Kind einen Spaziergang im umliegenden Prospect Park zu machen. Kaum hatten sie das Museum verlassen, weckte ein kühle Aprilbö das Kind, von dem Leo nicht einmal den Namen kannte, wie ihm mit Schrecken bewusst wurde, als das erste Aufschluchzen aus dem Kinderwagen ertönte. Er versuchte sofort, den kleinen Jungen zu trösten, ihn auf den Arm zu nehmen, aber dieser fing wie eine Sirene an zu heulen, als er den fremden Mann erblickte. Nun hätte Leo die Situation vielleicht noch retten können, wenn er sofort zurück ins Museum zu den Nannys gegangen wäre, die den Kleinen bestimmt hätten beruhigen können. Aber Leo befürchtete, mit dem brüllenden Kind im Museum Aufsehen zu erregen. Ebony hatte ihm gesagt, wenn der Junge aufwache, solle er ihm den Bio-Brei aus dem Quetschbeutel geben, dieser war allerdings dermaßen außer sich, dass er nur noch um sich schlug, wenn Leo sich ihm näherte. Es dauerte nicht lange, bis das Kind, das sich in einen Zustand äußerster Hysterie gesteigert hatte und in einer Lautstärke brüllte und schluchzte, die nicht mehr menschlichen Ursprungs zu sein schien, die Aufmerksamkeit von Passanten auf sich zog. Zu Leos Pech war darunter eine Freundin der Mutter von Ebonys Zögling, die sich näherte, um dem hilflosen vermeintlichen Vater zu helfen, das Kind erkannte und sofort die Polizei rief. Leo brauchte nur Sekunden, um die Situation zu erfassen. Auch wenn es ihm vielleicht gelänge, mit Hilfe von Ebony und den Nannys die Umstände zu erklären, drohte ihm die Verhaftung als möglicher Kinderschänder oder Entführer. Also rannte er los, das Überraschungsmoment auf seiner Seite, gelang es ihm, die Subway-Station zu erreichen und einen Zug nach Manhattan zu besteigen. Für den Moment war er gerettet, aber Ebony – und er konnte es ihr nicht verübeln – gab dem Druck der Polizei und der Familie nach und gab seine Identität preis, womit sie sich Straffreiheit sicherte. Als Ausländer im Verdacht stehend, ein Kind entführt, misshandelt oder missbraucht zu haben, hatte man keine guten Karten in den USA. Ebony verriet ihn zwar, warnte Leo aber noch rechtzeitig, sodass er aus New York und den USA fliehen konnte. Und so war es von einem Tag auf den anderen vorbei mit dem süßen Leben als erfolgreicher Musiker und mit seiner Karriere. Aus Angst vor den amerikanischen Strafverfolgungsbehörden wagte Leo lange Zeit nicht mehr, öffentlich aufzutreten. Zurück in Locarno, kämpfte er mit Depressionen und Drogensucht. Leo sagte, seither nage diese Wut in ihm, die er mit exzessivem Training in Schach zu halten versuche. Davì hatte da verstanden, warum ihm Leo wie ein Vulkan vorkam, der immer wieder mit kleinen Ausbrüchen daran erinnerte, dass in ihm eine Naturgewalt lauerte, die eines Tages die ganz große Explosion verursachen konnte.

Es war ein langer Nachmittag, dessen Ende Davì gleichzeitig fürchtete und herbeisehnte. Nach dem Training in der Palestra war er nach Hause gegangen, hatte ein bisschen aufgeräumt, ein bisschen geputzt, bis ihn die innere Unruhe wieder nach draußen trieb. Halbherzig joggte er eine Weile, war aber schnell erschöpft und fühlte sich kraftlos. Sein Handy trug er die ganze Zeit mit sich herum und bei jedem Geräusch, das es machte, bei jeder Push-Meldung und jedem Werbemail setzte sein Herzschlag aus. Marta würde sich doch bestimmt melden, um die Verabredung zum Tennis zu bestätigen oder abzusagen?

Der Abend rückte näher, ohne dass Marta von sich hören ließ. Davìs Stolz – jedermanns Stolz – hätte geboten, nicht am Treffpunkt zu erscheinen. Nach Davìs Vernehmung war es eindeutig an Marta, irgendeine Reaktion zu zeigen. Das hatte sie nicht getan, und wenn er jetzt am Treffpunkt auftauchte, wirkte das doch einfach nur bedürftig.

Bedürftig, wenn es sich bei dem Treffen um ein Date gehandelt hätte.

Schuldig, wenn es darum ging, dass eine Polizistin einen möglichen Täter aushorchte.

Davì kam zum Schluss, dass er sich Stolz nicht leisten konnte.

Er duschte, zog sich frische Sportkleidung an und machte sich auf den Weg zum Bosco Isolino.

Das kleine Wäldchen am See wirkte verwunschen mit seinen uralten dickstämmigen Bäumen. Richtung Stadt befanden sich eine Minigolfanlage und Richtung See die Tennisplätze. Im Herzen des Wäldchens war ein romantischer Spielplatz, vielleicht etwas zu verwunschen und romantisch gelegen, man brauchte nicht viel Fantasie, um sich vorzustellen, dass jederzeit der böse Wolf hinter einem der dicken Baumstämme hervorschnellen und seine Zähne fletschen könnte.

Davì dachte allerdings nicht an den bösen Wolf, als er das Wäldchen querte. Er hielt Ausschau nach einem geeigneten Baum, hinter dem er sich verborgen halten und die Lage checken konnte. Je nachdem, ob Marta da war oder nicht da war, je nachdem, wie ihm das eine oder andere einfahren würde, konnte er sich wieder aus dem Staub machen. Das war der Plan.

Marta stand da, mit dem Rücken zu ihm. Sie erwartete ihn offenbar auf der Uferpromenade. Obschon er noch gar nicht Deckung hinter einem Baum gesucht hatte, kam er sich nun blöd vor. Ein Mann, der aus einem Wald heraustritt, hatte etwas Unzivilisiertes an sich. In dem Moment drehte sich Marta um und sagte: »Gut, dass du gekommen bist.«

Also trat Davì aus dem Wald heraus.

»Es tut mir wirklich leid, wie es heute gelaufen ist. Ich hätte es besser wissen sollen, wir müssen unsere Verabredung zum Tennis auf später verschieben. Das ist meine erste Mordermittlung, mir fehlt die Erfahrung.«

Die Verabredung war verschoben, nicht abgesagt. Davì hätte gerne gefragt, ob das bedeute, dass er nicht verdächtig sei, aber er ließ es bleiben. Er hätte auch gerne gefragt, ob das bedeute, dass sie an ihm als Person und nicht nur als Verdächtiger interessiert sei. Aber auch das unterließ er. Er verließ sich auf sein Gefühl, und sein Gefühl war gut.

33

Die Commissaria legte sich aufs Sofa. Julia hatte ein Glas *Single Malt* auf dem Couchtisch bereitgestellt, und sie griff dankbar danach. Sie war nach der dreistündigen Vernehmung von Leonardo Bevilaqua erschöpft. Er war ein äußerst unangenehmer Mensch, aufbrausend, aggressiv und potenziell gewalttätig. Er hatte drei Stunden lang gewütet, sie beschimpft und bedroht, war aber nicht auch nur in die Nähe eines Geständnisses gekommen. Sie hatten ihn immer und immer wieder danach gefragt, wie er den Tatmorgen verbracht habe, er war immer wütender geworden, hatte sich aber nicht einschüchtern oder in Widersprüche verwickeln lassen. Stattdessen hatte er angefangen, andere zu beschuldigen. Ob sie schon davon gehört hätten, dass der Großkotz den Anderhubs eine Palme gefällt habe? Und Simone Falchetto habe sich heftig mit ihm gestritten, ob sie der Polizei davon erzählt habe?

Diese Beschuldigungen wirkten kindisch in ihrer Harmlosigkeit. Sie trauten ihm alle die Tat zu, er war geradezu der ideale Kandidat. Nur beweisen ließ sich bis jetzt nichts. Es schien überhaupt keine Beweise in diesem Fall zu geben.

Roberta fühlte, wie die Verzweiflung langsam in ihr hochkroch, und war versucht, liegen zu bleiben und sich dem Elend hinzugeben. Was mitten in einem so schwierigen Fall natürlich nicht drin war. Also setzte sie sich auf und griff nach dem Whiskyglas. Julia, die sich auf ihrem Lesesessel niedergelassen und sie wie ein Hund, der auf ein Leckerli hofft, beobachtet hatte, atmete auf. »Ich weiß, du hattest einen harten Tag«, sagte sie, «aber du hast eigentlich immer Stress bei der Arbeit. Und es gibt nie den richtigen Zeitpunkt.«

Bitte nicht, dachte Roberta, die gerade dabei war, das Brennen im Hals und die sich in ihrem Körper ausbreitende Wärme des Whiskys zu genießen, nicht die Kinderfrage, bitte nicht!

»Ich war heute bei der Gynäkologin«, sagte Julia, und Roberta wappnete sich. »Ich habe ihr erzählt, dass mein Kinderwunsch immer stärker wird, dass aber du noch nicht dazu bereit bist. Ich habe ihr erklärt, dass ich mir vor allem Sorgen mache, weil mir die Zeit davonrennt. Mit 35 sinkt die Fruchtbarkeit rapide. Darauf hat sie mir gesagt, es gebe die Möglichkeit, meine Eizellen einfrieren zu lassen. Ich solle mir das mal überlegen und mit dir besprechen. Offenbar kann man Eizellen bis zu zehn Jahre konservieren. Was meinst du?«

Zehn Jahre, dachte Roberta und griff zum Whisky, zehn Jahre waren viel Zeit. In zehn Jahren sieht die Welt ganz anders aus. Vielleicht merkt Julia, dass ihr Kinderwunsch doch nicht so dringend ist, wenn sie sich nicht mehr zu einer sofortigen Entscheidung gedrängt fühlt. In zehn Jahren bin ich 50. Das ist Großmutter-Alter. Vielleicht habe ich dann plötzlich Freude an einem Baby? – Nein, keine Chance.

»Ich denke, schaden kann es nicht. Aber eigentlich liegt die Entscheidung bei dir. Weißt du, was es kostet?«

»Also von den Kosten wird meine Entscheidung nicht abhängen. Darüber habe ich noch gar nicht nachgedacht. Mir stellen sich andere Fragen zuerst.«

»Klar«, sagte Roberta, «ich habe auch nicht gemeint, dass es mir ums Geld geht. Vielleicht hätte ich eher fragen sollen, wie denn so eine Einfrierprozedur vor sich geht. Was du alles auf dich nehmen musst, medizinisch, meine ich.« Roberta fühlte, dass Julia sie auf glitschiges, wenn nicht sogar vermintes Gelände geführt hatte.

»Darüber habe ich nachgedacht, aber auch das ist nicht das Problem.«

Roberta wusste, sie sollte jetzt fragen, was das Problem sei, aber sie war so müde und spürte, dass das Problem in eine weitere unergiebige Diskussion führen würde. Sie ahnte auch zu wissen, was das Problem war, schließlich kannte sie Julia. Deshalb nahm sie wieder Zuflucht beim Whisky, nur ein ganz kleiner Schluck, sie würde vielleicht noch ein paarmal Zuflucht suchen müssen.

Julia beobachtete sie und als sie realisierte, dass Roberta nicht nachfragen würde, sagte sie: »Das Problem ist, dass ich eigentlich gar nicht warten will. Eigentlich ist meine Entscheidung gefallen. Ich möchte ein Kind oder zwei, und ich möchte *jetzt* schwanger werden.«

Das Einzige, was Roberta jetzt noch denken konnte, war, dass sie um jeden Preis einen Streit vermeiden wollte. Allerdings wusste sie nicht, wie. Also setzte sie auf Schweigen.

Julia starrte sie hartnäckig an, ihre Entschlossenheit schien unerschütterlich, und das machte Roberta Angst. Sie fühlte, wie sich ein Spalt zwischen ihnen öffnete. Ein Spalt, der schnell wieder geschlossen werden musste, damit nicht alles auseinanderbrach. Damit die schöne Blockhütte, die sie in den letzten vier Jahren Stamm über Stamm aufgebaut hatten, nicht zusammenstürzte. Die Blockhütte, die die Widrigkeiten des Lebens draußen hielt und im Inneren Vertrauen, Liebe und Sicherheit zusammenhielt. Sie konnte es nicht zulassen, dass ihre Beziehung mit Julia in die Brüche ging. Julia war die große Liebe nach langen Jahren von Irrtümern und verzweifelter Suche. In diesen vier Jahren hatte sie nicht ein Mal an ihrer Liebe gezweifelt. Sie war manchmal eifersüchtig gewesen, hatte befürchtet, von Julias Abenteuergeist überfordert zu werden, aber sie hatte nie mit dieser Art von häuslicher Gefahr gerechnet. Nie.

»Ich glaube«, sagte Julia schließlich, »du stellst dir alles viel zu kompliziert vor. Die meisten Leute haben Kinder und schaffen es mehr oder weniger gut, sie zu anständigen Menschen zu erziehen. Mir ist klar, dass dir deine Arbeit wichtig ist. Ich würde ja auch nicht von dir verlangen, dass du sie aufgibst. Wer sagt denn, nur weil wir lesbisch sind, müssen wir eine vorbildliche Arbeitsteilung leben? Ich möchte mich um die Kinder kümmern, und ich kann ja auch gut ein bisschen von zu Hause aus arbeiten.«

Die Kinder!, dachte Roberta.

»Ich denke, das werden wir schon hinkriegen. Kannst du nicht darauf vertrauen, dass die Natur es richten wird? Bitte, bitte zieh das einmal vorurteilslos in Erwägung. Bitte! Und jetzt muss ich eine rauchen.«

Roberta hätte jetzt vieles gerne gesagt. Zum Beispiel: Was, wenn ich der Natur vertraue, und sie verrät mich? Oder: Mit einem Baby ein bisschen von zu Hause aus arbeiten? Ernsthaft? Sie schluckte alles hinunter, bis auf eine Bemerkung, die sie sich nicht verkneifen konnte: »Du weißt, dass du mit dem Rauchen aufhören musst, wenn du schwanger bist?«

34

Nachdem Marta und die Commissaria alle Möglichkeiten durchgesprochen hatten, kamen sie zum Schluss, dass sie Simone Falchetto einen Besuch abstatten sollten. Einerseits hatte Leonardo Bevilaqua versucht, sie zu denunzieren, andererseits war ihr Handy zur Tatzeit in der Nähe eingeloggt, was sie damit erklärt hatte, dass sie in einem der Hochhäuser, die das *ICSA*-Gebäude umstanden, wohne und das Handy nie mitnehme, wenn sie joggen gehe.

Die Hochhäuser waren noch keine zehn Jahre alt und in minimalistisch strenger Architektur gehalten. Simone Falchetto wohnte im achten Stock mit beeindruckender Aussicht Richtung Ghiridone und Maggiatal. Auch im Wohnungsinnern hätte, wenn es nach dem Willen des Architekten gegangen wäre, Schlichtheit herrschen sollen mit grauen Fliesenböden, weißen Wände und kühlem Fensterglas. Simone Falchetto hatte es jedoch geschafft, inmitten der sterilen Laboratmosphäre eine orientalisch anmutende Höhle zu kreieren. Nicht nur die eine längsseitige Wand, auch die Fenster auf der gegenüberliegenden Seite des schlauchartigen Raums waren mit Bücherregalen vollgestellt. Tageslicht kam nur noch von der Frontseite, wo eine Glastür auf den Balkon führte. Eine mit dunkelgrünem Samt bezogene Chaiselongue, ausgerüstet mit einem Beistelltisch und einer Stehlampe, war auf die fabelhafte Aussicht ausgerichtet. Vom nüchternen Fliesenboden war kaum etwas zu sehen unter mehreren Schichten von bunten Webteppichen. Das Ganze erinnerte die

Commissaria an eine Mischung aus Buchantiquariat und dem Sprechzimmer von Sigmund Freud. Nur die Küchenzeile mit den weißen Lackmöbeln und der Abdeckung aus schwarzem Granit an der vierten Wand stach aus dieser Inszenierung hervor wie ein Soldat, der beim Exerzieren auf die falsche Seite schaut.

Simone Falchetto rollte einen Schreibtischstuhl heran und bat die beiden Polizistinnen, darauf und auf der Chaiselongue Platz zu nehmen. Für sich selbst hievte sie mit einiger Mühe vom Balkon einen dieser Gartenstühle, die sich in einen Liegestuhl verwandeln ließen, herein. Bevor sie sich setzte, fragte sie die Polizistinnen, ob sie etwas zu trinken anbieten könne. Ein Glas Wasser vielleicht?

Commissaria Casanova sagte, Marta darin einschließend: »Ja, gerne«, nur weil sie neugierig war, ob diese seltsame Frau überhaupt zwei Gläser besaß.

Wenn auch das Mobiliar karg war, an Geschirr schien es Simone Falchetto nicht zu mangeln, wie die Commissaria feststellte, als Simone einen der Schränke über der Spüle öffnete. Als sie die Gläser auf den in die Mitte gerückten Beistelltisch gestellt und im Gartenstuhl Platz genommen hatte, sagte Simone: »Eine schreckliche Sache mit Herrn Leutenegger. Haben Sie denn schon herausgefunden, wer es getan hat?«

Als ob es sie nichts anginge, dachte Marta. Entweder völlig unschuldig oder perfekt gespielt.

»Nein«, sagte die Commissaria, «wir verfolgen verschiedene Spuren. Deshalb sind wir hier. Wir möchten Ihnen ein paar Fragen stellen. Sie haben angegeben, dass Sie den Toten nur vom Sehen gekannt haben. Stimmt das?«

»Ja, natürlich. Er ist vor etwa einem Jahr bei *ICSA* aufgetaucht, hat sich überall wichtiggemacht, war laut und frech. Ich habe ihn, soweit es ging, ignoriert. Wenn ich trainiere, brauche ich keinen Kaffeeklatsch. Und schon gar nicht jemanden, der mir die Welt erklärt.«

»Das hat Herr Leutenegger getan, die Welt erklärt?«

»Das ist vielleicht nicht der richtige Ausdruck. Er war überzeugt von sich und seiner Meinung. Und er hatte eine Nase für Schwäche. Wie die meisten Narzissten pickte er die Leute heraus, die sich nicht wehren können, um sie als Anhänger zu gewinnen. Wer dabei nicht mitmachte, dem gnade Gott.«

»Gab es denn jemanden bei *ICSA*, der nicht mitmachen wollte?«

»Da fällt mir vor allem der arme Matteo ein.«

»Sprechen Sie von Matteo Leone, dem Gymnasiasten?«

»Ja, so ein dunkler, hagerer Typ.«

»Wieso nennen Sie ihn ›den armen Matteo‹?«

»Ach, er ist unsterblich in Tiziano verliebt. Aber Tiziano ist nicht schwul. Er hat eine Freundin und lebt ein fideles Heteroleben.«

»Und was hat das alles mit Herrn Leutenegger zu tun?«

»Es hat damit angefangen, dass der Leutenegger gemeint hat, Matteo müsse sich für seine Turnschuhsammlung interessieren. Er hat ihn sogar gefragt, was er für eine Größe habe, je nachdem würde er ihm ein Paar schenken. Aber Matteo hat das als Anmache verstanden und sehr ablehnend reagiert. Dabei war das nur die übliche Tour vom Leutenegger, er wollte einfach einen Anhänger rekrutieren.«

»Und weiter?«

»Danach ist ihm Matteo aus dem Weg gegangen und hat sich damit den Leutenegger zum Feind gemacht. Wer nicht für mich ist, ist gegen mich. Mit seinem grausamen

Gespür für Schwäche hat er herausgefunden, dass Matteo schwul und hoffnungslos in Tiziano verliebt ist. Von da an hat er keine Gelegenheit ausgelassen, um sich über den armen Matteo lustig zu machen. Ich habe nur darauf gewartet, dass Matteo eines Tages explodiert.«

»Wollen Sie damit sagen, Sie verdächtigen Matteo, Herrn Leutenegger umgebracht zu haben?«

»Nein! Auf keinen Fall wollte ich so etwas sagen.« Simone Falchetto sprang aus ihrem gepolsterten Gartenstuhl hoch. »Jetzt verdrehen Sie mir das Wort im Mund. Sie wollten ein Beispiel hören, und ich habe Ihnen ein Beispiel genannt.«

»Beruhigen Sie sich«, sagte die Commissaria, «wir müssen jeder Spur nachgehen. Deshalb sind wir hier bei Ihnen. Wir haben nämlich gehört, dass auch Sie einen Zusammenstoß mit dem Toten hatten.«

Marta beobachtete Simone Falchetto, die sich wieder setzte, genau, glaubte ein winziges Zucken im Gesicht zu bemerken, ein Zucken des Ertappt- oder des Beschuldigtwerdens? Unmöglich zu sagen.

»Ich habe keine Ahnung, was Sie meinen«, sagte die Übersetzerin.

»Er soll Ihnen einen Auftrag gegeben haben, den er dann nicht bezahlte.«

»Was?« Simone schien nachzudenken. »Ach, Sie meinen diese paar Seiten für sein Flüchtlingsprojekt oder was auch immer. Das waren doch Peanuts.«

»Können Sie uns das bitte näher erläutern?«

»Er hat mir erzählt, er wolle sich für Flüchtlinge aus dem Syrienkrieg einsetzen und plane, eine Stiftung zu gründen, die Waisenkindern eine Ausbildung ermögliche oder so etwas in der Art. Ich erinnere mich nicht mehr. Auf jeden

Fall sollte ich so einen PR-Text, den er verfasst hatte, ins Italienische und Französische übersetzen. Das habe ich gemacht, aber er hatte dann schon das Interesse verloren und wollte nicht mehr zahlen. Ich habe mich natürlich geärgert, aber dann bald eingesehen, dass es keinen Zweck hat, sich über diesen Idioten aufzuregen. Es waren nur ein paar Stunden Arbeit. Wie haben Sie das genannt? Einen Zusammenstoß? Das ist völlig übertrieben. Es war ein Ärgernis, nichts weiter. In meinem Beruf kommt so etwas immer wieder vor. Wenn ich jeden umbringen würde, der nicht bezahlen will, dann hätten Sie ganz schön zu tun.« Simone lachte, und Marta dachte, das Lachen klinge echt.

»Wissen Sie, ich habe schon zu viel mitgemacht im Leben, um mir den Spaß durch Typen wie Herrn Leutenegger verderben zu lassen. Ich schätze, Sie beide haben keine Ahnung, wie es ist, wenn man in prekären künstlerischen Umständen lebt. Ich habe seit dem Gymnasium davon geträumt, Schriftstellerin zu werden. Und nachdem mich nach ein paar Semestern Germanistik die Uni gelangweilt hat, habe ich meine Tage mit Schreiben verbracht. Ich habe nichts anderes gemacht als geschrieben, wie der Teufel habe ich geschrieben. Meine Schubladen quellen über von Manuskripten, die niemand verlegen wollte.«

Marta sah sich unwillkürlich um, konnte aber keine Schubladen entdecken.

»Können Sie sich vorstellen, wie das ist, wenn nur eines zählt im Leben, und genau in diesem einen Feld wird einem die Anerkennung versagt? Nein, das können Sie sich nicht vorstellen. Man wird asozial, hat keine Zeit und kein Interesse an menschlichem Umgang. So gesehen ist es ein Wunder, dass ich überhaupt geheiratet habe. Wir haben uns an der Uni kennengelernt, damals schien mir noch alles möglich. Er ist Französischlehrer geworden, hat unterrichtet, während ich geschrieben habe. Geschrieben und geschrieben, tagein, tagaus. Er hat mich gedrängt, dass ich bei Wettbewerben mitmache, mit Verlagen Kontakt aufnehme, meine Texte unter die Leute bringe. Aber dazu war ich lange Zeit nicht bereit. Meine Angst vor Ablehnung war zu groß. Und als ich mich dann endlich durchringen konnte, kamen die Ablehnungen, das Desinteresse, vernichtende Urteile, und ich war immer noch nicht bereit dafür. Mein Mann hat versucht, mich zu trösten. Das sei doch nicht so schlimm, ich könne es doch mit etwas anderem versuchen. Er hat gar nichts verstanden.« Simone Falchetto schaute die beiden Polizistinnen Bestätigung heischend an. Marta fühlte sich zu einem verständnisvollen Nicken verpflichtet, während Roberta Casanova auf der Chaiselongue geistesabwesend die Aussicht über das Maggia-Delta anstarrte.

»Nun, ich hätte mich von ihm trennen sollen, aber wie nennt sich das so schön? Durch eine Verkettung von unglücklichen Umständen – manchmal habe ich das Gefühl, mein ganzes Leben war eine Verkettung von unglücklichen Umständen, nein, das ist übertrieben. Ich habe kein Recht, so etwas zu behaupten. Es gibt Leute, deren Leben ist wirklich eine Verkettung von unglücklichen Umständen, ich nehme mal an, da kennen Sie sich aus, nicht wahr?« Jetzt nickte die Commissaria, während sich Marta mangels Erfahrung nicht dazu berechtigt fühlte.

»Wo war ich stehen geblieben? Ja – ich hätte mich von meinem Mann trennen sollen, als ich gemerkt habe, dass er mich nicht unterstützt. Also, eigentlich war mir das damals noch nicht richtig klar – wie auch immer, ich bin dann schwanger geworden. Ich war schwanger, mir ging es beschissen, aber mein Mann hat gejubelt. Er hatte das Gefühl, uns habe gar nichts Besseres passieren können. Er freute sich so sehr, dass ich nicht den Mut aufbrachte, ihm zu sagen, dass ich keine Kinder wollte. Zu meiner Verteidigung muss ich sagen, dass ich es selbst noch nicht so richtig wusste. Ich war damals 30, und in der Meinung, noch viel Zeit zu haben, schob ich die Kinderfrage vor mir her. Also ließ ich mich vom Enthusiasmus meines Mannes beeinflussen – ich sage bewusst nicht anstecken, denn so richtig enthusiastisch war ich nicht. Wir richteten das Kinderzimmer ein, besorgten zusammen den ganzen Babykram, lasen Babyratgeberbücher, besuchten die Geburtsvorbereitungskurse, was verantwortungsbewusste Eltern halt so machen. Was die Geburt angeht, war sie so, wie ich es mir vorgestellt hatte. Ich gehöre nicht zu dem Typ Mensch, der ständig denkt, es wird ja wohl nicht so schlimm werden. Ich habe mir genügend Schilderungen von Geburten anhören müssen, und mir wäre es nie eingefallen zu denken, dass es bei mir anders wird. Das wäre ja einfach nur töricht. Übrigens ist es mir ein Rätsel, wieso sich die menschliche Rasse massenweise über den Globus hat verbreiten können, obschon ihre Fortpflanzung für die Frauen derart gefährlich und qualvoll ist. Aber das nur nebenbei. Mit der Geburt meiner Tochter war aber das Schlimmste noch nicht überstanden. Im Gegenteil. Dann kam die postnatale Depression. Es wird immer so getan, als ob es sich dabei um eine Hormonstörung handle. Etwas, das sich auswächst, eine kleine Fehlleistung im wunderbaren Plan der Natur. Eine postnatale Depression ist in dem Wunder der Mutterschaft eigentlich nicht vorgesehen. Normal ist, dass eine neugebackene Mutter von Glückshormonen überschwemmt wird. Bei mir war das nicht so.

Am Anfang im Krankenhaus ging es ja noch gut. Ich hatte keine Schwierigkeiten mit dem Stillen, und es schien mir eine leichte und befriedigende Aufgabe, das kleine schrumpelige Geschöpf, das in meinem Körper gewachsen war, zu versorgen. Seine Bedürfnisse waren nicht weiter kompliziert. Erst als wir zu Hause ankamen, als ich das Baby über die Schwelle unserer Wohnung trug, merkte ich, wie kompliziert alles geworden war. Das Baby war nicht einfach ein neuer Gast, der bei uns eingezogen war. Das Baby war ein Teil von mir. Das Baby war ich. Und ich würde nie mehr allein sein. Mein erster Gedanke am Morgen und mein letzter am Abend würde dem Baby gelten. Von jetzt bis in alle Ewigkeit. Bis eine von uns beiden sterben würde. Ich brauchte aber die Einsamkeit, um schreiben zu können. Also würde ich nie wieder schreiben können. Schreiben war mein Ein und Alles. Ich fühlte mich vernichtet. Das nannte man dann postnatale Depression.«

»Und dann?«, fragte die Commissaria mit merkwürdig gepresster Stimme, sodass Marta ihr einen erschrockenen Blick zuwarf.

»Und dann? Und dann haute ich ab. Ich habe meinen Mann und meine Tochter im Stich gelassen und bin nach Mailand gezogen. Wir wohnten damals in der Nähe von Zürich. Mein Mann unterrichtete in Kirchberg am Gymnasium Französisch und Italienisch. In Mailand habe ich angefangen, als Übersetzerin zu arbeiten, so konnte ich mich einigermaßen über Wasser halten.«

»Und was ist aus Ihrer Tochter geworden?«, fragte Marta.

»Ich weiß es nicht. Ich will keinen Kontakt. Warum auch? Sie hasst mich und hat alles Recht dazu. Was ich getan habe, ist nicht mehr gutzumachen. Gleichzeitig bereue ich es nicht. Es ging nicht anders. Außerdem scheint mir, dass auch sie mich nicht sehen will. Bis jetzt hat sie jedenfalls noch nicht versucht, mit mir Kontakt aufzunehmen. Sie ist jetzt 24, und ich bin leicht zu finden. Wenn sie es denn wollte.«

35

»Was war das denn?«, sagte Marta zur Commissaria, während sie auf den Lift warteten, nachdem Simone Falchetto sie geschickt aus der Wohnung komplimentiert hatte, weil sie offenbar gefunden hatte, sie habe jetzt genug erzählt. Martas Frage ging ins Leere, weil die Commissaria wieder einmal diesen abwesenden Blick hatte. Also fügte sie sich in das Schweigen, während der Lift ins Erdgeschoss glitt.

Erst als sie den vor dem Haus geparkten Streifenwagen erreicht hatten, blieb die Commissaria stehen und sagte: »Sind wir gerade verarscht worden, was meinst du?«

»Ich weiß nicht. Entweder sie ist etwas gestört und menschlichen Umgang nicht gewöhnt, oder sie hat Jacques

Leutenegger stranguliert und uns mit ihrer Lebensbeichte von den Ermittlungen abgelenkt.«

»Genau! Und was, meinst du, ist der Fall?«

Marta, die Hand schon am Griff der Autotür, hielt inne und schloss kurz die Augen. Als sie sie wieder öffnete, sagte sie: »Ich kann ihr keinen Mord zutrauen. Oder vielleicht doch. Ich kann nicht abschätzen, wie verrückt sie ist. Du findest doch auch, dass sie ein bisschen verrückt ist?«

»Ein bisschen verrückt sind wir alle. Wie sagt man so schön? Von nahe gesehen ist niemand normal. Außerdem muss man nicht verrückt sein, um einen Mord zu begehen. Ich glaube, ich würde dieser Frau die Tat zutrauen. Wenn da nicht das große Problem wäre, dass sie überhaupt kein Motiv hat.«

»Du nimmst ihr also ab, dass sie sich nicht groß geärgert hat, als Leutenegger ihre Übersetzungsarbeit nicht bezahlen wollte?«

»Ja. Außer sie ist eine dermaßen raffinierte Lügnerin, dass sie uns täuschen konnte. Und wie du gesagt hast, mit der rührenden Lebensbeichte hat sie uns eingewickelt und komplett wehrlos gemacht. Danach konnte sie uns wie zwei unerwünschte Hunde vor die Tür stellen, und wir haben keinen Mucks gemacht, geschweige denn weitere Fragen zu ihrer Beziehung zu Leutenegger gestellt.«

»Vielleicht sollten wir mit ihrem Ehemann oder Ex-Ehemann und ihrer Tochter sprechen? Vielleicht war diese ganze Lebensbeichte gar kein bewusstes Ablenkungsmanöver, sondern ein unbewusster Hinweis auf ein verborgenes Motiv?«

»Weißt du was, Marta? Sogar das ist möglich. Ich hatte noch nie mit so komplizierten Leuten zu tun. Cazzo!«

36

Simone Falchetto trug die beiden Wassergläser, aus denen die Commissaria Roberta Casanova und ihr Sidekick, deren Namen sie sich nicht hatte merken können, getrunken hatten, in die Küche und stellte sie in die Spülmaschine. Dann wusch sie sich im Bad die Hände, und als sie wieder das großzügige Wohnzimmer mit Einbauküche betrat, konnte sie fühlen, dass es immer noch kontaminiert war. Im Wissen, dass es nicht normal war, sich durch fremde Menschen, die in ihre Wohnung kamen, beschmutzt zu fühlen, kämpfte sie gegen das Gefühl an, versuchte, ihm nicht Raum und Bedeutung zu geben. Sie wusste auch, dass sich eine ungute Dynamik entwickeln würde, wenn sie nicht aufpasste. Die Empfindlichkeit würde sich ins Unendliche steigern, wenn sie nicht immer wieder versuchte, sie im Keim zu ersticken. Sie beschloss, sich auf ein gemäßigtes Reinigungsritual zu beschränken, und öffnete die Balkontüre. Während saubere Luft von draußen hereinströmte, ging sie ins Schlafzimmer und zog sich Trainingskleidung an. Sie musste jetzt rennen gehen, alles herausschwitzen, herausatmen, bis die Überempfindlichkeit von der Erschöpfung überdeckt wurde.

Bevor sie die Wohnung verließ, schloss sie die Balkontür, und obwohl sie es wirklich fest vorhatte, gelang es ihr nicht, an der Küche vorbei zum Eingang zu gehen, ohne noch schnell den Geschirrspüler einzuschalten, damit die zwei kontaminierten Gläser bis zu ihrer Rückkehr wieder rein waren.

Sie hatte den Umgang mit Menschen schon immer schwierig gefunden. Warum, war ihr erst in den letzten zehn Jahren aufgegangen. Die meisten Menschen waren langweilig, dümmer als sie, nur an Allgemeinplätzen interessiert. Sie hatte nie verstanden, wie man sich eine Viertelstunde über das Wetter unterhalten konnte. Dieses Jahr ist der Schnee früh gekommen. Ja, wirklich. Dafür hatten wir letztes Jahr grüne Weihnachten. Ja, und auch das Jahr davor. Mir macht der Schnee nichts aus, wenn er in der Höhe bleibt, aber unten in der Stadt brauche ich ihn nicht. Und so weiter und so weiter.

Nach solchen Pseudogesprächen fühlte sie sich beschmutzt, beleidigt und ausgestoßen. Früher hatte sie geglaubt, es liege an ihr. Sie hatte auch gefühlt, dass die Leute es merkten, dass sie nicht aufrichtig am Wetter, an Klatsch oder dem Fernsehprogramm interessiert war. Sie war eine Außenseiterin, und alle Versuche, dies zu ändern, waren und würden immer wieder misslingen.

Mittlerweile hatte sie gemerkt, dass es nicht ihre Schuld war. Sie konnte nichts dafür, dass sie sich für Dinge interessierte, von denen die meisten Menschen nicht einmal wussten, dass sie existierten. Es lag nicht an ihr. Es lag an der Welt. Oder besser an den Bewohnern dieser Welt. Den menschlichen Bewohnern. Die Tiere waren viel weniger anspruchsvoll. Jeder Vogel und jedes Eichhörnchen ging seinem Geschäft nach und kümmerte sich nicht um Simone Falchetto, die keuchend vorbeijoggte. Die Tiere interessierten sich nur für ihre eigenen Bedürfnisse. Sie hatten kein Interesse an Small Talk und stellten keine dummen oder indiskreten Fragen.

M

Es ist immer noch nicht viel los in der Palestra. Die Angst geht noch immer um. Ich meine die Angst vor Covid. Nicht die Angst, ermordet zu werden. Eigentlich seltsam, wenn ich mir das jetzt überlege. Ich habe niemanden sagen hören, er fühle sich nicht mehr sicher, weil der Großkotz hier getötet wurde. Zwar hat es niemand ausgesprochen, aber die meisten haben wohl gedacht, er habe es verdient. Er war ein Großkotz. Die meisten Menschen hier sind nett, weshalb sie sich nicht gefährdet fühlen.

Das könnte sich ändern.

Wenn mir die Polizei weiterhin so auf die Pelle rückt, muss ich mich wehren.

Ich strample mich auf dem Ergometer ab. Antonella in ihrem Leopardenprint-Leibchen hat es sich in der Brustpresse bequem gemacht, während Erasmo, der pensionierte Bäcker, mit ihr ein Schwätzchen hält. Sie reden über das Essen. Über Restaurants, die im Moment geschlossen sind. Wo man das beste Chinoise a volontà bekommt.

Ich stelle den Widerstand eine Stufe höher, nach zwei Minuten beginnt der Schweiß zu fließen, ein dicker Tropfen löst sich von meiner Nase und zerschellt auf der schwarzen Plastikverschalung des Ergometers. Ich greife nach dem Handtuch, das ich vorne an die Gabel gehängt habe, und trockne mein Gesicht. Danach starre ich ins Leere und versuche, noch intensiver in die Pedale zu treten. In meinem linken Gesichtsfeld bewegt sich etwas, ich schaue hin. Davì kommt mit einem Patienten aus dem Behandlungsraum. Sie gehen zu der Beinpresse, der Patient legt sich hinein, Davì macht sich an den Einstellungen zu schaffen, und ich höre, wie er sagt, dass er mit ganz wenig Gewicht, aber mit 20 Wiederholungen beginnen solle. Aha, denke ich, Knieprobleme. Während der Patient das Knie bewegt, reden die beiden über die Pandemie, ob bald alle gegen Covid geimpft werden können, und wie monoton das Leben sei, wenn man nichts unternehmen könne. Eigentlich bleibe einem nur die Bewegung an der frischen Luft. Ich höre nur halb zu, bis Davì erzählt, dass er am Nachmittag frei habe und eine Wanderung machen wolle.

37

Die Commissaria war gerade dabei, den Staatsanwalt telefonisch zu informieren, als Marta ihr Büro betrat. Sie machte ihr ein Zeichen, sich auf den Besucherstuhl zu setzen, und fragte den Staatsanwalt, ob er einverstanden sei, wenn sie ihn auf Lautsprecher stelle, damit Agente Ravelli mithören könne.

»Also, die Schwester des Toten ist meiner Ansicht nach die wahrscheinlichste Täterin«, schnarrte es aus dem Lautsprecher. »Das ist doch Unsinn, dass sie sich nicht erinnern kann. Sie müssen unbedingt noch einmal mit den Ärzten reden, ob dieser Blackout medizinisch begründet ist. Fragen Sie auch, ob es Methoden gibt, die ihrer Erinnerung auf die Sprünge helfen können. Ich habe gehört, dass Hypnose in solchen Fällen helfen kann. Oder wir bringen sie mit einer Rekonstruktion des Tathergangs zum Reden.«

»Das halte ich für keine gute Idee«, unterbrach ihn die Commissaria, «auf jeden Fall müssten wir mit den Ärzten besprechen, ob sie das mit ihrer labilen Psyche überhaupt durchstehen würde.«

»Wir haben folgendes Szenario: Die Leutenegger folgt ihrem Bruder, wartet ab, bis die Luft rein ist, erdrosselt ihn und geht dann seelenruhig eine Flasche Wodka kaufen. Da zählt jede Minute. Wir müssen unbedingt den Tathergang nachstellen.«

»Wie ich bereits erwähnt habe, Romy Leutenegger ist psychisch sehr labil. Eine Rekonstruktion des Tathergangs könnte bei ihr einen Zusammenbruch bewirken.«

»Und ich habe bereits erwähnt, dass sie die wahrscheinlichste Kandidatin für diese Tat ist. Neben dem italienischen Physiotherapeuten natürlich.« Marta schaute die Commissaria erschrocken an, diese zuckte die Schultern. »Er war vor Ort, der Einzige, der Gelegenheit hatte, die Tat ungestört zu begehen. Bevor wir den Tathergang rekonstruieren, wird er noch einmal befragt. Ich glaube, Sie haben diesen *ragazzo* nicht hart genug rangenommen. Diesmal werde ich die Befragung durchführen. Ich nehme ihm nicht ab, dass er nichts gesehen oder gehört hat. Lassen Sie ihn abholen, ich werde um 14 Uhr bei Ihnen sein.«

Ein Ton, der wie ein Schluchzen klang, kam aus dem Lautsprecher, der Staatsanwalt hatte aufgelegt.

M

Davì und sein Patient haben sich ausführlich über Davìs geplante Wanderung unterhalten, während der Patient unermüdlich das leichte Gewicht gestemmt hat.

Zufällig kenne ich die Wanderroute sehr gut. Bis auf eine kurze, sehr steile Passage ist sie eigentlich ziemlich einfach, etwas mehr als drei Stunden und nur ein paar 100 Höhenmeter hinauf und hinunter. Von Ponte Brolla nach Avegno, dann ein steiler Anstieg über einen Felsen und hinab ins Maggiatal.

Ein guter Plan muss einfach sein.

Mord ist nicht einfach.

Es gibt fast unendlich viel zu berücksichtigen. Vor allem darf man keine Spuren hinterlassen, was heutzutage fast unmöglich geworden ist. Der Mensch hinterlässt überall seine DNA, die forensische Medizin kann die Leichen lesen wie ein Buch. Die Auswertung der Handydaten verrät den Aufenthalt, und beim Surfen im Internet hinterlässt man Spuren. Wenn ein Mörder also im Internet nach der nicht nachweisbaren Mordmethode gesucht hat, macht er sich ziemlich verdächtig. Darüber habe ich schon vorher nachgedacht und bin zu folgendem Schluss gekommen: Ich glaube, die einzige Methode, einen Mord zu begehen und ohne Strafe davonzukommen, ist, es nicht wie einen Mord aussehen zu lassen.

Die Ermittler zu täuschen, ist fast unmöglich geworden. Nur in unsere Köpfe können sie noch nicht schauen. Also habe ich einen Plan entwickelt, der ganz und gar in meinem Kopf entstanden ist, in wenigen logischen Schritten, wie von selbst. Die Spuren in meinem Kopf werden sie nicht lesen können.

1. Es ist ein guter Plan, weil er einfach ist.
2. Ich brauche keine Waffe, kein Gift, nur wenig Gewalt ☺
3. Ich brauche keine Komplizen außer der Schwerkraft ☺
4. Ich werde ungestraft davonkommen, weil man gar nicht ermitteln wird.

Nachdem der Plan gefasst war, habe ich es fast nicht mehr auf dem Ergometer ausgehalten, aber ich musste mich in Geduld üben, bis Davì mit seinem nächsten Patienten im Behandlungsraum verschwunden war. Dann konnte ich mich an den Bürocomputer am Empfang setzen – wie nachlässig von *ICSA*, ihn ständig eingeloggt zu lassen – und habe als Erstes den Abschiedsbrief verfasst.

M

Locarno, April 2020

Sehr geehrte Signora Commissaria

Was geschehen ist, tut mir sehr leid. Ich habe die Kontrolle über mich verloren.
Das ist unverzeihlich, und ich kann es mir auch nicht verzeihen. Ich hatte schon als Kind Schwierigkeiten, meine Wut zu kontrollieren. Und wenn Sie meine Eltern und meine Freunde in Italien fragen, werden Ihnen das alle bestätigen.
Signor Leutenegger hat mich sehr herablassend behandelt, hat mich beschimpft und gedroht, er werde sich bei Marco über mich beschweren.
Da ist die ganze Wut, die schon ein Leben lang in mir gärt, aufgestiegen, meine Augen füllten sich mit Tränen, ich habe fast das Bewusstsein verloren, dann sah ich das gelbe Sprungseil und habe es um den Hals von Herrn Leutenegger geschlungen. Weil ich am Kopfteil der Behandlungsliege stand und mich auf die Knie warf, bekam er mich nicht zu fassen. Deshalb haben Sie auch keine Spuren gefunden. Ich habe ihn nämlich gar nicht berührt.
Ich schreibe dies unter Tränen, ich bereue die Tat sehr und kann damit nicht weiterleben.
Ich liebe die Natur und ich werde meinem Leben in der Natur ein Ende setzen.

Bitte sagen Sie meinen Eltern, dass es mir unendlich leidtut. Ich weiß, dass ich ihnen großen Schmerz zufüge. Es tut mir so unendlich leid. Ich sollte mich von ihnen verabschieden, aber ich bringe die Kraft nicht auf.
Bitte teilen Sie es ihnen möglichst behutsam mit.

In tiefer Reue
Davide Lombardi

M

Ich habe auf Davìs Name eine E-Mail-Adresse eingerichtet. Den Abschiedsbrief habe ich mit einer Sendeverzögerung abgeschickt. Er wird die Commissaria um 13 Uhr erreichen.

Ich muss mich beeilen. Er hat vorhin gesagt, er habe noch zwei Patienten, und danach sei Schluss. Zwei Patienten heißt, er ist eine Stunde beschäftigt. Vielleicht isst er noch etwas, vielleicht packt er Proviant ein.

Als der sportliche junge Mann, der er ist, wird er bestimmt zu Fuß von Locarno nach Ponte Brolla, dem eigentlichen Ausgangspunkt der Wanderung, gehen. Die beste Strecke führt über die neue Fußgängerbrücke Richtung Ascona, dann muss man rechter Hand dem Uferweg der Maggia folgen auf dem Gemeindegebiet von Losone. Bei der Einmündung der Melezza in die Maggia biegt der Weg nach links, kurz nach dem Reitstall auf der linken Seite führt rechts eine Fußgängerbrücke über die Melezza. Von dort geht es weiter zum östlichen Dorfrand von Tegna auf die Kantonsstraße, der man ein paar 100 Meter Richtung Locarno folgt, um nach Ponte Brolla zu gelangen. Das Ganze dauert eine gute Stunde, alles flach, alles uninteressant. Ich kann mir einen tüchtigen Vorsprung verschaffen, indem ich den Bus nehme. Von Ponte Brolla führt die Wanderung nach Avegno, ich könnte auch den Bus bis Avegno nehmen, aber in Ponte Brolla ist mehr los und es ist unwahrscheinlicher, dass sich der Busfahrer an mich erinnert, als wenn ich auf der unbelebten Station Avegno Grotti aussteige. Außerdem sagt auch Davì immer, dass Bewegung guttut.

Ich mache mich jetzt besser auf den Weg.

38

Marta und die Commissaria sahen sich ein paar Sekunden wortlos an, bis sich die Commissaria aus der Erstarrung löste und sagte: »Du hast es gehört. Wir müssen Davì erreichen. Soll ich ihn anrufen oder willst du bei *ICSA* vorbeigehen?«

Marta sah Davì vor sich, wie er in Erwartung von nichts Gutem den Anruf der Commissaria entgegennahm und beschloss, dass sie ihn lieber persönlich auf die Befragung durch den Staatsanwalt vorbereiten wollte.

»Ich gehe schnell zu Fuß vorbei. Ist ja nicht weit«, sagte sie und machte sich auf den Weg.

Die Commissaria setzte sich an ihren Schreibtisch und öffnete das Protokoll von Davìs erster Befragung.

Als Marta bei *ICSA* ankam, traf sie nur einen gelangweilten Tiziano an, der *Solitär* auf dem Bürocomputer spielte. Er hatte keine Ahnung, wo Davì war, wusste nur, dass er sich den Nachmittag freigenommen hatte.

Während sie die Treppe aus dem zweiten Stock hinunterstieg, wählte Marta Davìs Nummer und landete auf der Mailbox. Sie hinterließ ihm die Nachricht, er solle dringend zurückrufen. Dann ging sie die paar Schritte zum Hochhaus gegenüber, wo Davì wohnte, und klingelte bei ihm. Auch hier hatte sie kein Glück. Etwas ratlos stand sie vor dem Hauseingang herum und entschied sich, zurück zu *ICSA* zu gehen.

Tiziano sah verwundert von seinem *Solitaire*-Spiel auf,

als Marta schon wieder vor dem Tresen stand. »Ich habe Davì nicht erreicht. Weißt du, wo er sich aufhalten könnte? Es ist sehr dringend.«

»Sehr dringend, sagst du?« Tiziano knetete mit Daumen und Zeigefinger seine Unterlippe, während er überlegte. »Es kann sein, dass er mit dem Bike ins Maggiatal gefahren ist. Das macht er oft.«

»Aber das weißt du nicht sicher?«

»Ich habe ihn nicht mehr gesehen. Er war schon weg, als ich gekommen bin.«

»Ich muss ihn wirklich dringend erreichen. Aber ich kann ja nicht gut aufs Geratewohl ins Maggiatal fahren.«

Tiziano knetete noch einmal seine Unterlippe. »Vielleicht hat er einem von seinen Patienten erzählt, was er am Nachmittag vorhat?«

»Das ist eine gute Idee. Kannst du mir sagen, wen er heute Morgen behandelt hat?«

Tiziano sah sie tadelnd an. »Ich kann keine Patientendaten rausgeben. Aber ich kann versuchen, sie anzurufen. Wenn es wirklich so dringend ist.«

Marta legte in einer bittenden Geste die Handflächen zusammen, und Tiziano konsultierte den Computer. »Es waren nur drei. Ich schaue mal, ob ich jemanden erreiche.« Er griff nach dem Telefon und wählte eine Nummer. »Buongiorno, Signora. Hier ist Tiziano von der Physiotherapie *ICSA*, ist zufällig Ihr Mann in der Nähe? Ich müsste ihn etwas fragen.« Marta versuchte derart angespannt, die gedämpfte Stimme aus dem Hörer zu verstehen, dass sie nicht wahrnahm, wie ihre Hände sich an ihren Hals pressten, als ob sie ihren Kopf festhalten müsste.

Tiziano bekam den Patienten an den Apparat und plauderte unbeschwert und für Martas Geschmack viel zu langatmig – konnte er nicht schneller auf den Punkt kommen? Endlich sagte er: »Warum ich anrufe, Sie waren heute bei Davide Lombardi in Behandlung. Wir müssten ihn dringend erreichen, hat er Ihnen per Zufall erzählt, was er heute Nachmittag vorhat?«

Es folgte eine lange Reihe von Sätzen, unverständliche Laute, die Marta ganz kribbelig machten. Endlich verabschiedete sich Tiziano und legte auf.

»Und?«, rief Marta.

»Er hat erzählt, Davì habe für heute Nachmittag eine Wanderung geplant.«

»Aha. Das hilft mir nicht weiter.«

»Doch, schon. Er hat auch gesagt, wohin. Nach Ponte Brolla über Avegno nach Maggia. Soll eine sehr schöne Strecke sein.«

Marta hob dankend die Hand, griff bereits im Hinausgehen nach ihrem Telefon und vergaß, sich zu verabschieden. Tiziano sah ihr nach, sagte »*figurati!**« und widmete sich wieder dem *Solitaire*.

»Was soll ich jetzt tun?«, fragte Marta die Commissaria und starrte dabei auf den Eingang des Hochhauses, in dem Davì wohnte, als ob sie ihn herbeizaubern könnte. »Du musst versuchen, ihn zu finden.« Marta hörte das Klappern der Computertastatur. »Wir wissen nicht, wann er losgelaufen ist. Er kann zehn Minuten oder über eine Stunde Vorsprung haben. Wann hat er Schluss gemacht?«

»Um 11.30 Uhr.«

»Wenn er gleich los ist, dann ist er bereits in Ponte Brolla. Hier steht, dass man für die Strecke eine gute Stunde braucht. Ein durchtrainierter junger Mann schafft

---

* Nichts zu danken

das in 45 Minuten. Am besten fährst du jetzt nach Ponte Brolla, folgst dem Wanderweg und versuchst, ihn einzuholen. Wenn wir Glück haben, schaffst du das und bist vor 14 Uhr hier auf dem Posten. Und dann machen wir dem *ragazzo* klar, dass er sich für uns erreichbar halten muss. Wenn wir Pech haben, ist er erst vor kurzem los, und dann gehst du ihm voraus. Aber ich schicke Agente Chiesa auf dem Mountainbike los. Wenn Davì noch zwischen Locarno und Ponte Brolla unterwegs ist, wird er ihn einholen.«

Ein guter Plan, jetzt kann nichts mehr schiefgehen, dachte Marta, steckte ihr Telefon in die Gesäßtasche und rannte los, um den Streifenwagen zu holen, der in der unterirdischen Garage des Polizeigebäudes parkte.

M

Ich bin tatsächlich mit dem Bus nach Ponte Brolla gefahren. Da waren noch andere Fahrgäste, und ich bin auch nicht als Einziger ausgestiegen, alles völlig unauffällig. Ich habe bereits gelernt, dass sich Mörder durch das Talent, in einer Menschenmenge zu verschwinden, auszeichnen. Sollte ich sagen: erfolgreiche Mörder? Wie auch immer, meiner Person ist es schon von klein auf gelungen, der Aufmerksamkeit anderer zu entschlüpfen.

Ich bin also von Ponte Brolla aus losgewandert. Zügig, aber nicht zu zügig. Ich habe gegrüßt, wenn ich gegrüßt wurde, und habe geschwiegen, wenn man mich ignoriert hat. Niemand wird sich an mich erinnern.

Nicht dass viele Leute unterwegs wären. Die Wettervorhersage hat für den späten Nachmittag Regen gemeldet. Es baut sich jetzt schon eine Wolkenwand hinter dem Monte Salmone auf. Davì und ich müssen uns beeilen, wenn einer von uns trocken nach Hause kommen will.

Die Strecke Ponte Brolla – Avegno ist hier nicht von Bedeutung, ich möchte nur die doch sehr ironische Tatsache erwähnen, dass sich in Avegno das Grotto mit dem schönen Namen *Mai morire* befindet. Vielleicht hat ja Davì vor, dort einzukehren. Nach der Hängebrücke über die Maggia führt der Weg über idyllische Wiesen, und dann wird es langsam interessant. Links abbiegen zum riesigen Felsen, ein Stück steil durch das Gebüsch hoch, und dann steht man vor der Felsentreppe, an deren Ende ich Davì erwarten werde, um meinen Plan zu vollenden.

39

Marta war mit dem Streifenwagen losgerast, hatte Gott gedankt, dass in der Rotonda kein *Casino* war und sie den Kreisverkehr ohne lange Wartezeit hinter sich bringen konnte. Auf der Via Valle Maggia war dann ihre Geduld gefragt, am liebsten hätte sie alle überholt, die nicht imstande waren, die vorgeschriebene Höchstgeschwindigkeit zu erreichen. Aber das war eindeutig kein Blaulichteinsatz, wie sie nach kurzem Zögern zugeben musste. Unterwegs meldete sich die Commissaria, die inzwischen die Wanderroute auf der Karte studiert hatte, und teilte Marta mit, dass sie in Ponte Brolla beim Bahnhof parkieren und dann in Richtung des Grotto America gehen solle.

Die Commissaria rief außerdem regelmäßig auf Davìs Handy an, war aber bis jetzt immer auf der Mailbox gelandet.

Marta war bereits fast beim Grotto America angelangt, als ihr Handy anfing zu schnarren. »Commissaria?«

»Marta! Ich habe gerade eine E-Mail bekommen. Es ist ein Geständnis von Davì und gleichzeitig ein Abschiedsbrief. Er will sich das Leben nehmen oder hat es schon getan.«

»Was!«, schrie Marta so laut vor Entsetzen, dass es im Wald widerhallte.

»Moment mal, Marta. Wir müssen jetzt Ruhe bewahren. Er schreibt, er liebe die Natur und wolle in der Natur seinem Leben ein Ende setzen. Was kann das bedeuten?«

Marta schossen Gedankenblitze wild durch den Kopf.

Wollte sich Davì mit Pilzen oder Beeren vergiften? Falsche Jahreszeit. In die Höhe steigen, sich hinlegen und erfrieren? Unwahrscheinlich, das dauerte zu lange. Man konnte gefunden werden oder die Meinung ändern. Aber in die Höhe steigen fühlte sich richtig an. »Er will irgendwo runterspringen«, rief Marta. »Gibt es auf dieser Wanderung einen Punkt, wo man aus großer Höhe springen kann?«

»Ja. Nach Avegno führt der Weg über die Maggia, und dann steigt man eine Felstreppe hoch, die zu einem Aussichtspunkt führt. Wer dort runter springt, überlebt garantiert nicht. Geh zurück zum Streifenwagen und fahr nach Avegno, vielleicht ist es noch nicht zu spät.«

Marta rannte zum Auto, und diesmal erschien ihr das Blaulicht gerechtfertigt. Sie brauchte nur wenige Minuten bis zur Hängebrücke über die Maggia, ließ den Streifenwagen stehen und rannte los. Die steile Felsentreppe zwang ihr ein langsameres Tempo auf, sie keuchte, die Oberschenkel brannten, aber sie ließ nicht nach, erst als sich in ihrem Sehfeld feuerrote Ränder herandrängten und der stechende Schmerz in der Lunge unerträglich wurde, musste sie stehen bleiben. Sie gönnte sich nur kurz Ruhe, die Felsenstufen schienen sich endlos vor ihr zu erstrecken, *Stairway to Hell*, dachte sie.

Oben angekommen, schaute sie sich um. Niemand da. War Davì etwa schon gesprungen? Die ideale Stelle wäre eine Felsnase, die ins Maggiatal ragte. Marta schaute über den Abgrund, konnte aber nichts Ungewöhnliches ausmachen.

Was nun?

Sie griff zum Handy. »Ich bin jetzt oben angekommen und hier kann ich nichts entdecken. Keine Spur von Davì. Wenn er schon gesprungen ist, kann ich das nicht erkennen von hier oben.« Marta sprach abgehackt, weil sie immer wieder keuchend Luft holen musste.

»Ich habe gerade von Agente Chiesa Bescheid bekommen. Er hat die Strecke von Locarno nach Ponte Brolla abgefahren und Davì nicht angetroffen. Ich habe inzwischen weitere Einsatzkräfte mobilisiert. Auch von Maggia her werden Leute kommen. Bleib, wo du bist, bis sie eintreffen.«

»Verstanden«, wollte Marta sagen, aber da hörte sie Geräusche auf der Felsentreppe, jemand war auf dem Weg nach oben.

40

Marta schlich sich lautlos zum Treppenabsatz und spähte vorsichtig hinunter. Sie sah einen Kopf mit einer roten Mütze, der zu einer fitten jungen Person gehören musste, weil sie die Stufen nahezu mühelos heraufstieg und sich rasch näherte.

Marta erkannte Davì, und während sie fieberhaft überlegte, wie sie am besten reagieren sollte, blieb er stehen, um Luft zu holen, schaute nach oben und erkannte seinerseits Marta. Erst Zweifel, dann Überraschung und dann Freude zeichneten sich auf seinem Gesicht ab. Er machte sich sofort wieder an den Aufstieg und erreichte in kurzer Zeit die Anhöhe. »Marta! Was machst du denn hier? Solltest du nicht auf Mörderjagd sein?«

»Davì, wie geht es dir?«, fragte Marta, verwirrt über seine offensichtliche Unbeschwertheit.

»Mir geht's gut«, sagte Davì und merkte, dass etwas nicht stimmte. »Wieso fragst du?«

»Du hast nicht die Absicht – ich weiß nicht, bist du sicher, dass es dir gutgeht?«

Davì schaute sie nur fragend und ein wenig misstrauisch an, und Marta wusste nicht weiter. Einen Selbstmordkandidaten zu fragen, ob er sich umbringen wolle, schien ihr keine gute Idee. Am besten war es, Davì so schnell wie möglich aus der Gefahrenzone zu bringen. »Ich muss bald wieder an die Arbeit«, sagte sie, als ob es selbstverständlich wäre, dass sie in der Mittagspause einfach mal so einen Berg hochkraxelte. Sie musste Zeit gewinnen, überlegte sie fieberhaft, als ihr Handy eine Nachricht vermeldete. Ohne Davì aus den Augen zu lassen, stellte sie fest, dass es sich um eine unbedeutende Push-Meldung vom *Corriere del Ticino* über einen Autounfall handelte. Das brachte sie auf die rettende Idee.

»Davì, die Commissaria schreibt mir, es habe sich eine neue Entwicklung ergeben, zu der sie dich befragen will. Am besten kommst du gleich mit mir.«

Davì schien unschlüssig, schaute zum Abgrund hin, während Martas Herz raste.

»Ich habe wohl keine Wahl«, sagte er, und Marta dachte, doch, ich kann dich ja nicht zwingen, aber sie hütete sich, das zu erwähnen. »Aber lass mich wenigstens noch kurz das Panorama genießen«, sagte Davì und machte sich daran, auf die Felsnase hinauszusteigen. Reflexartig griff sich Marta seine Jacke und hielt ihn zurück. Er drehte sich zu ihr um: »Was ist denn?«

»Ich habe Höhenangst. Ich kann nicht zusehen, wenn sich jemand einem Abgrund nähert. Bitte komm jetzt. Ich muss los.«

Davì versuchte, noch einen Blick ins Maggiatal zu erhaschen, zuckte dann die Schultern und folgte Marta, die den Abstieg so schnell wie möglich hinter sich bringen wollte.

Unten angelangt, bat ihn Marta, auf dem Beifahrersitz Platz zu nehmen, und rief die Commissaria an, um ihr Bescheid zu geben.

Als sie sich ans Steuer setzte, fing Davì sofort an, sie mit Fragen zu löchern, was denn das zu bedeuten habe, ob sie etwa dort oben auf ihn gewartet habe, ob er immer noch verdächtig sei. Marta versuchte, ihn zu beruhigen, und auf der kurzen Fahrt zum Polizeiposten in Locarno saß er dann stumm neben ihr und wirkte verstört und verängstigt. Marta dagegen fühlte sich, als ob sie eine Kiste Plastiksprengstoff zu transportieren hätte. Davì kam ihr vor wie C4, bei falscher Behandlung würde eine Reaktion ausgelöst werden, er könnte versuchen, aus dem Auto zu springen oder ihr ins Lenkrad zu greifen, um eine Frontalkollision zu verursachen. Sie war heilfroh, dass sie im Parkhaus der Polizei von der Commissaria und zwei uniformierten Beamten erwartet wurde.

Davì wurde in den Vernehmungsraum gebracht, wo er zusammen mit einem Beamten warten sollte.

Inzwischen war auch Staatsanwalt Franscini eingetroffen, von dem Marta nur wusste, dass er als besonders gut aussehend galt. Damit mussten vor allem seine hellblauen Husky-Augen gemeint sein, die sie kurz aus der Fassung brachten, als sie ihm vorgestellt wurde, was die Commissaria mit einem Lächeln zur Kenntnis nahm.

Nachdem er von den neuesten Entwicklungen unterrichtet worden war, schaute er sich Davìs Abschiedsbrief mit dem angeblichen Geständnis an. Auch Marta bekam die E-Mail jetzt zu Gesicht, las sie und schüttelte den Kopf. »Hier stimmt etwas nicht. Der Mensch, der diese Zeilen geschrieben hat, war verzweifelt, hoffnungslos. Aber Davide Lombardi war ausgeglichen, ich würde sogar sagen frohgemut, als er auf dem Felsen oben angekommen ist.«

»Haben Sie Erfahrung mit Selbstmördern?«, fragte der Staatsanwalt barsch.

»Ja«, sagte Marta, unbeeindruckt von der Herablassung des Staatsanwalts. »Ich war zweimal auf Streife, als wir gerufen wurden, um einen möglichen Selbstmord zu verhindern. Das waren völlig aufgelöste, verzweifelte Menschen. Die haben nicht erst einen Rucksack mit Proviant gepackt, um eine gemütliche Wanderung zu machen.« Marta schaute hilfesuchend zur Commissaria.

»Hmm«, machte der Staatsanwalt. »Am besten, wir hören uns mal an, was der Selbstmordkandidat zu sagen hat.«

Inzwischen war Davìs Verwirrung und Angst in Wut umgeschlagen. Als der Staatsanwalt, die Commissaria und zu guter Letzt auch noch Marta erschien, sprang er auf und schrie, er wolle jetzt sofort wissen, was das alles zu bedeuten habe.

Die Commissaria und der Staatsanwalt wechselten einen

Blick. »Beruhigen Sie sich, Signor Lombardi. Wir müssen Ihnen ein paar Fragen stellen. Haben Sie diese E-Mail an mich geschrieben?« Die Commissaria reichte ihm einen Ausdruck. Davì nahm das Papier, las, und seine Augen weiteten sich vor Entsetzen. »Das habe ich nicht geschrieben. Ich habe den Großkotz nicht umgebracht. Ich habe die Wahrheit gesagt.«

»Sie haben also auch keine Selbstmordabsichten?«, fragte der Staatsanwalt.

Davì sah zu Marta, und man sah ihm förmlich an, wie er die Ereignisse neu sortierte, sodass sie Sinn ergaben. »Nein, ich habe keine Selbstmordabsichten. Ich bin unschuldig und vertraue darauf, dass Sie den Täter finden.«

»Einen Moment bitte. Wir sind gleich wieder bei Ihnen«, sagte der Staatsanwalt und machte der Commissaria ein Zeichen mitzukommen. Marta folgte ihnen unaufgefordert in einen Raum gegenüber dem Vernehmungszimmer.

»Sie hatten recht«, sagte der Staatsanwalt zu Marta und schenkte ihr einen anerkennenden gletscherblauen Blick. »So benimmt sich kein Selbstmörder. Somit ist klar, wer die E-Mail geschrieben hat. Die Beschreibung der Tat, das Erdrosseln mit dem Sprungseil, das ist Täterwissen. Der Täter hat Davide Lombardi zum Opferlamm auserkoren. Nicht dumm, muss ich zugeben. Er hat sich einen wahrscheinlichen Kandidaten ausgesucht. Aber das vorgegebene Motiv ist schwach.« Der Staatsanwalt schaute in Richtung der Commissaria, aber die blauen Augen schauten durch sie hindurch in eine unerreichbare Ferne.

»Er verarscht uns!«, schrie der Staatsanwalt unvermittelt. Marta zuckte zusammen, aber die Commissaria verharrte in dem tranceähnlichen Zustand, den Marta schon ein paarmal bei ihr beobachtet hatte. Dann, als ob der unsichtbare Hypnotiseur mit dem Finger geschnippt hätte, wachte sie auf und sagte: »Wir haben so getan, als ob wir Davì verhaften würden. Er hat den Spieß umgedreht und so getan, als ob er Davì bedrohen würde. Er oder sie.«

»Und jetzt?«, fragte Marta.

M

Ich habe heute eine sehr befriedigende Wanderung gemacht. Von Ponte Brolla nach Avegno, über die Hängebrücke und die spektakuläre Felsentreppe hoch zum Aussichtspunkt über das Maggiatal.

Von da bin ich weiter dem Wanderweg gefolgt, den Berg hoch bis auf den Kamm, Monte Colma. Von dort stieg ich nach Tegna hinunter, über die Maggia weiter nach Losone, noch einmal über die Maggia auf der Fußgängerbrücke nach Locarno und weiter und weiter, bis ich in dem kleinen Wäldchen gegenüber vom Parco della Pace gelandet bin. Und stehen geblieben bin.

Bis ein Rascheln im Unterholz mich aufgeschreckt hat, aber da war nur eine Amsel, die im Waldboden gescharrt hat. Sie hat mich seitlich mit einem schwarzglänzenden Äuglein gemustert, ich habe mich gefragt, wie ich aus Amselaugen aussehe. Ein unförmiger plumper Klotz mit unvorhersehbaren Bewegungen wie ein Rasenmäher-Roboter oder ein beseeltes Wesen, das Absichten und Gefühle hat, vielleicht Lust auf einen leckeren Amselsnack?

Die Amsel bringt mit ein paar lahmen Flügelschlägen Distanz zwischen uns. Rechts hüpft eine Kohlmeise nervös von Ast zu Ast, über mir plötzlich ein lautes Rauschen und Flattern, eine graue Taube schießt zielsicher zwischen den Bäumen hindurch und hinterlässt auf meiner Netzhaut einen weißen Federkranz. Von rechts kreuzt eine Krähe ihre Flugbahn, mit ihren schwer zu steuernden Schwingen hebt sie ab, segelt und hebt sich hoch wie ein Schwimmer im Schmetterlingsstil. Schon bin ich ein Vogel, ich gleite zwischen den Föhren und Buchen hindurch, ich erhebe mich über den Wald und freue mich an der Vielfalt meiner Artgenossen, die mit mir die Freiheit des Himmels teilen.

Wieso heißt es Schmetterlingsstil? Dieses Geflatter!

Sie haben doch nicht wirklich gedacht, dass ich Davì etwas antun würde?

41

Es war bereits 21.30 Uhr abends, als die Commissaria völlig erschöpft in ihre Wohnung heimkehrte.

Der Staatsanwalt hatte von Davì erfahren, dass er am Morgen mit allen drei Patienten über seine bevorstehende Wanderung gesprochen hatte. Alle drei waren viel zu alt und gebrechlich, um als Täter infrage zu kommen, und hatten auch nichts mit dem Fall Leutenegger zu tun.

Interessanter war dann schon die Liste von denen gewesen, die in der Palestra trainiert und mitgehört hatten. Simone Falchetto, Leonardo Bevilaqua, Evelyne Anderhub: als ob sie sich zum Klassentreffen eingefunden hätten.

Der Staatsanwalt ordnete sofort an, die drei zur Befragung abzuholen, was sich aber als schwierig herausstellte. Evelyne Anderhub und Leonardo Bevilaqua waren nicht zu Hause anzutreffen. Evelynes Mann sagte, er habe den ganzen Tag in der Bibliothek verbracht und sei gerade erst nach Hause gekommen. Evelyne sei wohl spazieren gegangen und habe – wie meistens – ihr Handy nicht mitgenommen, weil sie sich ohne besser entspannen könne.

Bei Leonardo Bevilaqua war niemand da, der hätte Auskunft geben können, und alle Anrufe landeten auf der Mailbox.

Nur Simone Falchetto öffnete der Polizei die Tür. Sie sah verschwitzt aus und gab an, dass sie an der Maggia joggen war. Natürlich, ohne ihr Handy mitzunehmen.

Sie wurde vom Staatsanwalt im Beisein der Commissaria und Marta befragt, und es kam nichts dabei heraus.

Wie ein Automat wiederholte sie, dass sie in der Palestra gewesen war, danach ein wenig gearbeitet habe, sich aber zu wenig konzentrieren konnte und daher joggen ging.

Ihre Geduld schien endlos, und sie wirkte, als ob sie von der Befragung nicht persönlich betroffen sei.

Evelyne Anderhub erschien, kurz nachdem Simone Falchettos Befragung für abgeschlossen erklärt wurde, auf dem Polizeiposten. Sie sah auch ein wenig derangiert aus und gab an, wie ihr Mann vermutet hatte, einen sehr langen Spaziergang gemacht zu haben. Im Gegensatz zu Simone Falchetto wirkte sie von Anfang an aufgewühlt und brach während der Befragung in Tränen aus. Aber auch sie blieb bei ihrer Aussage, dass sie am linken Maggia-Ufer entlangspaziert sei, bis der Weg kurz vor Ponte Brolla aufhöre, dann sei sie umgekehrt und die ganze Strecke zurück bis zur Maggia-Mündung gelaufen, am Seeufer entlang bis zur Anlegestelle und dann über die Piazza Grande zur Altstadt hoch und nach Hause.

Sie behauptete, nicht zu wissen, wie man eine E-Mail-Adresse einrichte, und hatte noch nie etwas von einer Wanderung von Ponte Brolla ins Maggiatal gehört.

Schließlich hatte sich auch noch Leonardo Bevilaqua gemeldet. Auch er war sportlich unterwegs gewesen, wie konnte es auch anders sein, und auch seine Befragung ergab rein gar nichts. Er blieb trotz seines unbeherrschten Temperaments bei seinen Aussagen, fluchte und polterte zwar, aber widersprach sich nicht.

Sogar der Staatsanwalt schien völlig zermürbt, als sie Leonardo kurz nach 21 Uhr entließen.

42

Am nächsten Morgen fuhr Marta gerade in die Tiefgarage des Polizeigebäudes, als ihr Handy klingelte. Es war Davì, der sich als Erstes entschuldigte, dass er sie anrief, aber er habe beobachtet, wie Leonardo Matteo etwas zugesteckt habe. »Matteo? Ist das der Junge, der in Tiziano verliebt ist?«

»Woher weißt du das?«

Marta erklärte, das könne sie nicht sagen. »Was hat er ihm denn zugesteckt?«

»Ich habe es nicht richtig gesehen. Ich habe die Männergarderobe betreten, und da sah ich, dass Leonardo Matteo etwas in die Hand gedrückt hat.«

»Eine Notiz vielleicht?«

»Einen Notizzettel nimmt man zwischen Daumen und Zeigefinger entgegen. Matteo hat etwas in der Faust verborgen. Außerdem sind die beiden so aufgeschreckt, dass ich gleich wusste, sie haben etwas Verbotenes gemacht.«

»Drogen vielleicht?«

»Das ist zu vermuten.«

»Okay. Danke, Davì. Wir werden dem nachgehen.«

Marta blieb einen Moment hinter dem Steuer sitzen. Jetzt saß sie in der Klemme. Wenn sie Davìs Information an die Commissaria weitergeben wollte, musste sie auch die Quelle nennen. Einen Augenblick war sie in Versuchung, sich einzureden, dass es für ihre Ermittlungen nicht wichtig war, wer wem Drogen verkaufte, aber Informationen, gleich wie unwichtig, zu unterschlagen ließ Martas Polizistinnenherz nicht zu.

In Erwartung einer Standpauke stieg Marta in den ersten Stock hoch, wo sich das Büro der Commissaria befand, und zuckte entsprechend zusammen, als sie die Commissaria mit einem lautstarken »Porca miseria« empfing. »Wir haben gar nichts. Die Motive sind lächerlich. Als ob jemand umgebracht würde, wenn er im Fitnessstudio ein Gerät zu lange in Beschlag nimmt. Beziehungsprobleme, Gier, Abhängigkeit, sexueller Missbrauch, Machtmissbrauch, physische und psychische Gewalt, organisiertes Verbrechen – das sind wahre Motive.«

»Dann würde mindestens Romy Leutenegger infrage kommen. Sie war bestimmt abhängig von ihrem Bruder und von Drogen und Alkohol.«

»Ja, und sie war laut ihren Handydaten in der Nähe. Aber das ist auch das Einzige, was wir gegen sie in der Hand haben. Keine DNA am Tatort, und sie behauptet, sie könne sich an nichts erinnern. Natürlich gibt es keine Zeugen, das wäre ja viel zu einfach.«

Die Commissaria verschränkte die Hände im Nacken, lehnte sich zurück und schloss die Augen. Dann öffnete sie sie wieder, schaute Marta an, als ob sie sie erst jetzt bemerken würde, und fragte: »Was ist mit dir? Wolltest du mir etwas sagen?«

Marta erzählte, dass Davì sie angerufen und was er ihr berichtet hatte. Die Commissaria zuckte nicht mit der Wimper, sie überlegte einen Moment, klatschte dann in die Hände und sagte: »Komm, wir nehmen uns diesen Jungen vor. Matteo Leone, wohnhaft in der Via delle Scuole. Andiamo!«

Der Wohnblock an der Via delle Scuole befand sich an der äußersten Peripherie im Süden von Locarno. Er sah ärmlich aus, renovationsbedürftig. Viele der kleinen Balkone waren vollgestopft mit Krempel, Wäscheständern, Schränken, da war kein Platz für einen Esstisch mit Stühlen für ein gemütliches Abendessen im Familienkreis. Höchstens ein, zwei Personen konnten sich zum Rauchen auf den Balkon quetschen. Die Haustür war nicht abgeschlossen. Marta und die Commissaria fanden die Wohnung, die mit »Leone« angeschrieben war, im zweiten Stock. Die Commissaria klingelte, und es dauerte nicht lange, bis die Tür von einer Frau mittleren Alters geöffnet wurde, die sie beide verwundert und ein wenig misstrauisch musterte.

»Guten Tag«, sagte die Commissaria. »Wir sind von der Polizei und haben ein paar Fragen an Ihren Sohn. Dürfen wir hereinkommen?«

»Matteo ist nicht hier. Er ist in der Schule.«

»Dürfen wir trotzdem schnell hereinkommen? Wir möchten das nicht im Treppenhaus besprechen.«

In den Augen von Frau Leone zeichnete sich Angst ab. Sie öffnete die Tür ganz und gab damit zu verstehen, dass die beiden Polizistinnen eintreten konnten. Sie ging durch einen schmalen Flur voraus ins Wohnzimmer, das einen sauberen, ordentlichen Eindruck machte, auch wenn die Möbel billig und abgewohnt aussahen.

»Was ist mit meinem Sohn? Sie wollen ihm doch nicht etwa eine Drogengeschichte anhängen?«, fragte Frau Leone, ohne sie zum Sitzen aufzufordern.

»Sie müssen entschuldigen, dass wir Sie hier so überfallen. Wir ermitteln in einem Tötungsdelikt, ich bin Commissaria Casanova, dass ist Agente Ravelli. Wir müssen Ihren Sohn befragen, weil wir alle, die mit dem Getöteten in Kontakt waren, kontaktieren. Wie kommen Sie darauf, dass wir wegen Drogen hier sind?«

»Ach, seit er im Gymnasium ist, habe ich Angst, dass er in schlechte Gesellschaft gerät. Von mir aus hätte er besser eine Lehre gemacht. Bei einem vernünftigen Lehrmeister, der den Jungen ein wenig an die Kandare nehmen könnte. Ich habe ja keinen Einfluss mehr auf ihn. In dem Alter bräuchte ein Junge halt einen Vater.«

»Hmm«, sagte die Commissaria unbestimmt und verzichtete darauf zu fragen, wo der Vater von Matteo abgeblieben sei. »Haben Sie denn konkrete Gründe zu glauben, dass er sich in schlechter Gesellschaft bewegt? Kennen Sie seine Freunde aus dem Gymnasium?«

»Ach was. Er ist so verschlossen, mir erzählt er ja überhaupt nichts. Geschweige denn, dass er Freunde mitbringen würde. Ich würde mich ja freuen, wenn er endlich ein Mädchen kennenlernen und mit nach Hause bringen würde. Im Moment tut er so, als ob ihn Frauen nicht interessierten. Ich hoffe, das wird sich auswachsen. Natürlich ist heutzutage so eine Neigung nicht mehr so ein Skandal wie früher. Aber ich hätte halt gerne Enkelkinder.«

»Können Sie uns sagen, wie und wann wir Ihren Sohn erreichen können?«, sagte die Commissaria und klang ungeduldig.

»Jetzt ist er in der Schule. Ich weiß nicht, wann sie fertig ist. Ich kenne seinen Stundenplan nicht. Vielleicht können Sie sich dort erkundigen. Oder Sie rufen ihn auf dem Handy an. Ich gebe Ihnen die Nummer.«

»Die haben wir bereits, vielen Dank. Wir möchten Sie jetzt nicht weiter aufhalten. Schönen Tag noch!«

Die Commissaria sog so scharf die Luft ein, nachdem sie auf dem Beifahrersitz Platz genommen hatte, dass Marta sie verwundert ansah.

»Findest du das nicht verrückt, Marta? Da ist eine Mutter, die offenbar völlig die Kontrolle über ihren Sohn verloren hat. Sie weiß nicht, ob er Drogen nimmt, die Schule schwänzt und was weiß ich noch mehr, er könnte dabei sein, auf die schiefe Bahn zu geraten, aber das Einzige, was sie interessiert, sind Enkelkinder. Sie hat es nicht geschafft, ihren Sohn zu erziehen, aber egal, Schwamm drüber, Hauptsache, es gibt noch mehr Nachwuchs, auch wenn der Sprössling weder Neigung noch Fähigkeiten zeigt, diesen Nachwuchs ernähren und erziehen zu können. Ich verstehe das einfach nicht, Marta. Wieso dreht sich bei den meisten Leuten alles nur darum, sich zu vermehren?« Die Commissaria bemerkte Martas ratlosen und erstaunten Ausdruck und stoppte ihre Litanei. Sie holte Luft, atmete aus, starrte durch die Windschutzscheibe und fragte unvermittelt: »Willst du Kinder, Marta?«

Marta blinzelte unvermittelt, erstaunt über diese Wende im Gespräch, und zuckte schließlich die Schultern. »Wahrscheinlich schon. Aber es eilt nicht. Außerdem fehlt mir noch der passende Partner. Es ist aber nicht so, dass mich das im Moment besonders beschäftigt«, sagte sie mit einem vorsichtigen Seitenblick zu ihrer Chefin.

Die Commissaria ihrerseits bekämpfte die Versuchung, Marta ihre privaten Probleme anzuvertrauen. »Ja, du bist ja noch jung«, sagte sie stattdessen, »aber ich denke, aus dir wird einmal eine großartige Mutter.«

43

Sie hatten sich entschieden, den Streifenwagen nicht vor dem Gymnasium, sondern auf einem Parkplatz beim *Fevi* zu parkieren, um kein Aufsehen an der Schule zu erregen.

Sie gingen zu Fuß das kurze Stück die Via della Morettina entlang, bogen links in die Via Francesco Chiesa ein, an der Mittelschule vorbei zum Liceo. Marta fühlte eine seltsame Mischung aus Stolz und Wehmut, in der Rolle als Polizistin an ihr Gymnasium zurückzukehren. Kaum hatten sie das Hauptgebäude betreten und wurden von dem unverwechselbaren Schulgeruch aus Putzmitteln, vergammelten Pausenbroten und Teenagerschweiß umfangen, kippte ihre Stimmung in Erleichterung, es hinter sich zu haben. Sie war ein Mensch der Tat, und das Gymnasium war für sie viel zu kopflastig gewesen.

Zu ihrem Erstaunen saß im Sekretariat immer noch die gleiche gefärbte Blondine mit den rosafarbenen Fingernägeln, obschon sie doch vor fünf Jahren, als Marta das Liceo verlassen hatte, schon eine alte Frau gewesen war. Eine alte Frau um die 50, dachte Marta, als sie sie genauer betrachtete, und musste schmunzeln. Signora Bianchi erkannte Marta nicht mehr, was kein Wunder war, weil Marta selten mit dem Sekretariat zu tun gehabt hatte. Sie war froh darüber, hatte sie doch keine Lust, wieder in die Rolle der Schülerin versetzt zu werden.

Matteo Leone sei im Physikunterricht, der in einer Viertelstunde ende. Ob sie bis dahin warten könnten, fragte die Sekretärin. Sie würde den Unterricht nur im äußersten Notfall unterbrechen.

»Selbstverständlich«, sagte die Commissaria, »wir warten draußen.«

Matteo verließ als einer der Letzten das Klassenzimmer, offenbar in einem intensiven Gespräch mit einem blonden Jungen. Damit nicht alle mitbekamen, dass er von der Polizei befragt wurde, hatten sie sich im Hintergrund gehalten. Sie folgten ihm, um einen geeigneten Moment abzupassen, ihn anzusprechen. Kurz bevor sie die Ausgangstür erreichten, tauschten die beiden Jungs einen Blick, Matteo legte seinem Freund den Arm über die Schulter und die beiden verließen das Gebäude eng umschlungen. Das war nicht einfach eine lässig freundschaftliche Geste, sondern ein Statement: Seht her, wir gehören zusammen, und wer etwas dagegen hat, muss es erst mal mit uns beiden aufnehmen.

Der Commissaria fiel es offensichtlich schwer, in diese Zweisamkeit einzudringen und vielleicht einen für die beiden wichtigen Moment zu ruinieren. Aber Marta, die sich umgesehen und bemerkt hatte, dass niemand den beiden Aufmerksamkeit schenkte, hatte keine Hemmungen, Matteo anzusprechen. Dieser löste sich widerwillig von seinem Freund und fragte, was sie denn noch von ihm wissen wollten.

Sie bedeuteten ihm, dass sie allein mit ihm sprechen müssten, und gingen mit ihm zur Seite, außer Hörweite von seinem Freund und den Mitschülern.

»Wir ermitteln weiterhin im Tötungsdelikt Leutenegger, und in diesem Zusammenhang möchten wir noch einmal von dir wissen, ob du etwas Verdächtiges bemerkt hast. Gibt es zum Beispiel illegale Aktivitäten bei *ICSA*? Drogenhandel?«

Matteo schaute erst erschrocken, dann überlegte er und sagte gereizt: »Das habt ihr von Davì, nicht wahr?«

Die beiden Polizistinnen schwiegen.

»Also, wenn es darum geht, dass mir Leo in der Garderobe ein bisschen Gras geschenkt hat, dann kann ich das bestätigen. War ja nur Eigenbedarf und nett von ihm. Sonst weiß ich gar nichts. Ich bin auch fertig mit *ICSA*, kann es mir eh nicht leisten. Kann ich jetzt gehen?«

»Das war ja dann wohl nichts als Zeitverschwendung«, sagte die Commissaria auf dem Rückweg zum Streifenwagen. »Komm, wir fahren noch einmal zu Romy Leutenegger. Sie muss doch etwas wissen, was uns weiterbringen kann. Und wer weiß, vielleicht kann sie sich endlich erinnern, was sie zur Tatzeit gemacht hat.«

44

Sie hatten Romy in sentimentaler Stimmung angetroffen. Und auf die Aufforderung der Commissaria, ihnen mehr Details über ihren Bruder zu erzählen, war sie, statt über aktuelle geschäftliche Tätigkeiten, Hobbys oder freundschaftliche Beziehungen zu reden, weit zurück in die Vergangenheit geschweift, als die Geschwisterbeziehung noch aus einfacher Bewunderung ihrerseits und Bewundertwerden seinerseits bestanden hatte.

Die Commissaria hatte sich das nicht lange anhören mögen. Aber als sie wieder zurück auf dem Polizeiposten waren, sagte Marta, sie habe gar nicht gewusst, dass die beiden Geschwister zusammen im Internat waren. Die Commissaria dagegen fand das nicht weiter bemerkenswert. »Überrascht dich das? Die meisten reichen Leute schicken ihre Kinder in eine dieser Elite-Privatschulen. Mich hätte es überrascht, wenn sie in einem staatlichen Gymnasium Matura gemacht hätten.«

»Ja, klar. Aber ich suche halt irgendeinen Anhaltspunkt, von dem aus wir ermitteln können. Irgendwo müssen wir doch anfangen. Mir ist dieses Internat in die Nase gestochen, keine Ahnung, warum.«

»Wenn gar nichts mehr hilft, kann nur noch Intuition helfen. Vielleicht hast du recht, vielleicht liegt das Motiv in der Vergangenheit der beiden Geschwister.« Die Commissaria wurde vom Klingeln ihres Handys unterbrochen. Sie schaute auf das Display, schien erschrocken und nahm den Anruf an: »Mamma? Ist etwas passiert?« Sie bedeutete Marta, dass das Gespräch länger dauern könnte, worauf diese das Büro ihrer Chefin verließ.

Marta suchte sich einen freien Computer und rief die Website des exklusiven Internats in den Bündner Bergen auf, das Jacques und Romy Leutenegger besucht hatten. Sie betrachtete die Bilder mit den gut aussehenden, selbstbewussten Jugendlichen, die im Bewusstsein, dass ihnen die Welt gehörte, aufwuchsen, und fragte sich, wie es wohl wäre, so früh von den Eltern getrennt zu werden, und ob sie das als Kind ertragen hätte. Sie konnte es sich nicht vorstellen, aber der Gedanke rief ihr in Erinnerung, dass sie vor kurzem etwas über eine Kindheit im Internat gelesen hatte. Damals war es ihr nicht weiter wichtig erschienen, aber jetzt erschien es ihr dringend, ähnlich wie wenn man in einem Traum meint, die Lösung für ein Problem gefunden zu haben, die einem jedes Mal, wenn man sie ausformulieren oder sich merken will, durch die Finger flutscht wie ein nasses Stück Seife. Marta stand auf und ging ans Fenster, um gedankenverloren einen Bus zu beobachten, der an der Haltestelle eine alte Dame mit Hündchen entließ. Der Bus fuhr los, die alte Dame und der schwarze Zwergpudel humpelten im Gleichschritt weiter in Fahrtrichtung und bogen in die Via della Posta ein, während Marta fieberhaft überlegte. Schließlich setzte sie sich wieder an den Schreibtisch und kombinierte verschiedene Suchwörter. »Internat«, »Graubünden« und »Evelyne Anderhub« brachte schließlich das gesuchte Resultat. Evelyne Anderhub hatte in einem Interview mit der Lokalzeitung erwähnt, dass sie ein Bündner Internat besucht hatte. Marta suchte weiter und fand auf einer Netzwerk-Website von ehemaligen Studierenden des Internats ein Bild von Evelyne Anderhub unter dem Namen Eva Bernasconi. Marta schnellte hoch und lief zum Büro der Commissaria. Sie vergaß zwar nicht anzuklopfen, riss aber die Tür auf, bevor sie eine Antwort bekam. Dementsprechend klang die Commissaria ein wenig tadelnd, als sie fragte, was los sei.

»Die Anderhub war im gleichen Internat wie die Leuteneggers. Das muss doch etwas bedeuten. Ich habe dir doch gesagt, mir ist diese Internatssache in die Nase gestochen.«

Marta schaute die Commissaria erwartungsvoll an, diese überlegte kurz, bevor sie aufstand und sich ihr Handy schnappte. »Dann statten wir dieser schweigsamen Dame halt noch mal einen Besuch ab.«

Evelyne Anderhub versteckte mehr schlecht als recht, dass der erneute Besuch der Polizei sie verunsicherte. Sie führte die Commissaria und Marta wieder in ihr sonnenhelles Wohnzimmer, und sie nahmen die gleichen Plätze ein wie beim ersten Mal, die Polizistinnen auf dem Art-Déco-Sofa und Evelyne Anderhub auf dem Sessel.

»Wieso haben Sie uns nicht erzählt, das Sie mit dem Opfer im Internat waren?«, sagte die Commissaria, und zum ersten Mal hörte Marta richtigen Ärger in ihrer Stimme.

»Ich habe nicht gleich daran gedacht. Das ist schon lange her, und für mich hat es keine Bedeutung.«

»Die Entscheidung, was von Bedeutung ist und was nicht, müssen Sie schon uns überlassen. Sie waren also mit Jacques Leutenegger und seiner Schwester auf dem Internat. Ist das richtig?«

»Ja, aber wir hatten nicht viel miteinander zu tun.«

»Waren Sie denn nicht im gleichen Jahrgang?«

»Doch, schon. Aber wir hatten nicht die gleichen Interessen. Ich war in der Theatergruppe, Jacques hat sich mehr für Sport und Konsum interessiert. Soweit ich mich erinnern kann.«

»Sie waren in der Theatergruppe? Da sind Sie doch bestimmt auf Romy Leutenegger gestoßen?«

»Jetzt, wo Sie es erwähnen, fällt es mir wieder ein. Romy war in der Theatergruppe. Aber sie ist drei Jahre jünger. Sie wissen doch, wie das ist. Die Jüngeren beachtet man kaum. Der Blick ist immer nach oben gerichtet.« Evelyne Anderhub lachte, aber es klang etwas forciert.

Die Commissaria atmete hörbar ein. »Jacques Leutenegger, laut Zeugenaussagen ein schwieriger, selbstbezogener Mensch, ist seit kurzem Ihr Nachbar. Er hat ungefragt eine große alte Palme in Ihrem Garten fällen lassen, ist in Ihrem Fitnesscenter aufgetaucht, hat sich auch dort unbeliebt gemacht, und jetzt ist er tot. Und Sie fanden es nicht nötig, uns mitzuteilen, dass Sie ihn schon seit der Kindheit kennen, mit ihm in der Schule waren? Glauben Sie nicht, dass uns das verdächtig vorkommt?«

»Ach – das ist einfach ein Zufall. Da kann ich doch nichts dafür. Wieso sollte mich das verdächtig machen? Dann wären ja Simone und Leonardo mindestens so verdächtig.«

»Was? Wieso?«

»Die waren beide auch im Internat in Graubünden. Es ist sehr beliebt bei wohlhabenden Tessiner Eltern. Die Kinder lernen Deutsch und sind so vorbereitet für ein Studium in der Deutschschweiz.«

Die Commissaria tauschte einen Blick mit Marta, dann wandte sie sich wieder Evelyne Anderhub zu, die auf den äußersten Rand des Sessels gerutscht war, als ob sie jeden Moment aufspringen wollte. »Auch das wäre eine wichtige Information für uns gewesen.«

»Jetzt machen Sie mal halblang«, sagte Evelyne wütend. »Ich war noch nie in eine Mordermittlung verwickelt. Wie soll ich wissen, was wichtig ist und was nicht?«

»Sie beleidigen hier unsere und Ihre Intelligenz. Ich glaube, Sie sind durchaus in der Lage, sich vorzustellen, dass jede noch so unbedeutende Verbindung zum Opfer wichtig sein kann. Und gemeinsame Schuljahre würde ich nicht als unbedeutend bezeichnen. Also noch einmal: Wie haben Sie Jacques Leutenegger als Mitschüler erlebt?«

»Wie ich Ihnen schon gesagt habe, wir hatten keinen Kontakt über gemeinsame Schulstunden hinaus. Er hatte völlig andere Interessen als ich.«

»Jetzt reicht es mir!« Die Commissaria haute auf den Salontisch, der aus Messing bestand, und produzierte damit einen Laut, der wie ein Gongschlag klang. Einen Moment lang erstarrten sie alle drei, Marta fühlte sich wie in einem absurden Theaterstück und musste sich beherrschen, nicht laut herauszulachen. Auf Evelyne Anderhub schien jedoch der Gongschlag eine ganz andere Wirkung zu haben. Sie schnellte vom Sessel hoch und fing an, die Commissaria zu beschimpfen. »Woher nehmen Sie eigentlich das Recht, hier in mein Haus zu kommen und mich zu verhören? Ich habe Leutenegger nicht umgebracht, und wenn Sie sagen, Ihnen reicht es jetzt, dann sage ich, mir reicht es auch. Ich habe mich Ihnen gegenüber lange genug in Geduld geübt. Alles muss ich mir nicht gefallen lassen. Ich rufe jetzt meinen Anwalt an und informiere mich über meine Rechte.«

»Gut, wenn Sie meinen.« Die Commissaria zeigte keine Gemütsregung und stand ihrerseits auf. »Ich kann nicht ausschließen, dass wir Sie für eine weitere Befragung aufbieten werden. In der Zwischenzeit denken Sie bitte darüber nach, ob Ihnen nicht doch noch etwas Relevantes einfällt.«

»Wenn Sie etwas wirklich Relevantes hören wollen, dann sollten Sie endlich mal Romy in die Zange nehmen. Meiner Ansicht nach ist sie die Hauptverdächtige, und wenn Sie Ihre Arbeit tun würden, dann wäre sie schon lange hinter Gittern.«

»Interessant – wie kommen Sie darauf? Bis jetzt haben Sie immer bestritten, etwas über die Leuteneggers zu wissen.«

»Da braucht man keine besonderen Kenntnisse. Wenn Sie nicht voreingenommen wären, würden Sie auch eins und eins zusammenzählen können. Die Tatsachen liegen auf der Hand. Romy ist alkohol- und drogensüchtig, psychisch labil und völlig unberechenbar. Wahrscheinlich hatten sie an jenem Morgen Streit, sie ist ihm zu Fuß in die Physiotherapie gefolgt und hat ihn im Entzugsstress umgebracht.« Evelyne Anderhub wirkte jetzt aufgelöst, das Gesicht verzerrt vor Hass, eine unerwartete Verwandlung einer gebildeten, emotionslosen Dame in ein keifendes Weib.

»Sie müssen aufpassen mit solchen Beschuldigungen«, sagte die Commissaria ungerührt und machte sich auf den Weg zum Ausgang. Marta folgte ihr unaufgefordert. An der Haustür blieb die Commissaria stehen und sagte mit süffisantem Unterton: »Aber das wird Ihnen Ihr Anwalt gerne erklären.«

Als sie wieder im Streifenwagen saßen, fragte Marta, ob sie nicht Romy zu den Anschuldigungen befragen sollten, aber die Commissaria schüttelte den Kopf. »Den Gefallen tue ich ihr nicht. Sie steht jetzt bestimmt am Fenster, um zu kontrollieren, ob wir bei Leuteneggers klingeln. Sie soll nicht den Eindruck bekommen, dass sie uns nach Belieben manipulieren kann. Stattdessen besuchen wir jetzt Leonardo Bevilaqua, der schuldet uns auch noch eine Erklärung.« Sie rief ihn auf dem Handy an, erreichte aber nur die Mailbox. »Wahrscheinlich ist er beim Training. Fahren wir zu *ICSA*.«

Leonardo steckte tatsächlich gerade in der Beinpresse und war alles andere als erfreut, als er die beiden Polizistinnen sah.

»Sie müssen leider kurz unterbrechen«, sagte die Commissaria, »wir haben noch ein paar Fragen.«

Marco führte sie wieder in sein Büro, und die Commissaria erstarrte kurz, einem bockenden Pferd ähnlich, als sie das Bild der Schildkröte hinter dem Schreibtisch erblickte. Sie setzte sich schnell mit dem Rücken dazu in Marcos Sessel. »Signor Bevilaqua! Sie haben uns verschwiegen, dass Sie mit Jacques Leutenegger zusammen im Internat waren!«

»Was?« Leonardo Bevilaqua schien aus allen Wolken zu fallen.

»Sie waren im Internat in Graubünden mit dem Opfer und haben vergessen, das zu erwähnen?« Die Commissaria klang zuckersüß, und Leonardo kämpfte sichtlich mit allerlei Emotionen.

»Das waren nur ein paar Wochen. Ich war auf vielen Internaten, das können Sie mir glauben. Ich war nicht der einfachste aller Schüler.«

»Und warum haben Sie uns das nicht erzählt?«

»Warum, warum, warum. Es gibt nichts zu erzählen. Ich war ein paar Wochen da und wurde rausgeschmissen.«

»Warum?«

»Warum wohl? Weil ich mich ständig geprügelt habe.«

»Haben Sie sich auch mit Jacques Leutenegger geprügelt?«

»Nicht dass ich wüsste.«

»Haben Sie oder haben Sie nicht?«

»Das ist so lange her. Ich glaube nicht. Vielleicht würde ich mich daran erinnern, vielleicht auch nicht.«

»Sie sind immer noch nicht kooperativ. Das bedeutet,

wir werden hartnäckig weiterbohren. Und ich versichere Ihnen, wenn es etwas herauszufinden gibt, dann werden wir es herausfinden.« Die Commissaria fixierte den drahtigen Mann, der unter ihrem gnadenlosen Blick anfing, unruhig auf seinem Sessel hin und her zu rutschen.

»Kann ich jetzt gehen?«, fragte er schließlich fast zahm.

»Ich kann Sie nicht aufhalten«, sagte die Commissaria und ließ ihn nicht aus den Augen.

Marta, die die Befragung im Hintergrund stehend beobachtet hatte, fiel in dem Moment auf, dass die Schildkröte auf dem Bild hinter dem Schreibtisch eine ähnlich furchterregende Kraft im Blick hatte wie die Commissaria. Marta durchfuhr ein unwillkürlicher Schauder.

Kaum hatte Leonardo den Raum verlassen, fragte die Commissaria: »Was jetzt?«

Marta brauchte nicht zu überlegen. »Jetzt gehen wir Simone Falchetto besuchen.«

Da das Hochhaus, in dem Simone Falchetto wohnte, gleich um die Ecke lag, konnten sie den Streifenwagen stehen lassen und zu Fuß gehen.

Simone Falchetto ließ keine Überraschung erkennen, eher einen leichten Widerwillen, aber sie bat die Polizistinnen unaufgefordert herein, holte den Liegestuhl vom Balkon, den Schreibtischstuhl aus einem anderen Zimmer und stellte ihnen je ein Glas Wasser hin.

Nachdem sie alle drei Platz genommen hatten – wie das letzte Mal, die Commissaria auf dem Chaiselongue, Marta auf dem Schreibtischstuhl und Simone auf dem Liegestuhl –, fragte sie: »Was führt Sie her?«

»Wir haben erfahren, dass Sie mit Jacques Leutenegger im Internat waren.«

»Ja und?«

»Ja und! Sie können sich doch vorstellen, wie wichtig solche Beziehungen innerhalb polizeilicher Ermittlungen sind. Warum haben Sie uns das verschwiegen?«

»Weil ich Angst hatte, dass es verdächtig wirkt.«

Der Commissaria blieb für einen Moment der Mund vor Überraschung offen, was wiederum Marta überraschte. Simone sah von einer zur anderen und sagte: »Ich weiß, jetzt wirkt es vielleicht noch verdächtiger. Aber ich hoffte, dass ich mich aus dieser Sache raushalten könnte.«

»Diese Sache ist ein Tötungsdelikt. Sie können sich nicht einfach raushalten. Wir ermitteln in alle Richtungen, ob Ihnen das passt oder nicht.«

»Jaja, ich habe schon verstanden. Also, was möchten Sie gerne hören über unsere Internatszeit?«

»Es geht nicht darum, was wir hören möchten. Es stimmt also, dass Sie mit Jacques Leutenegger auf dem Internat waren?«

»Ja, das kann ich bestätigen. Das erste Mal war er allerdings nur kurz da.«

»Wie – das erste Mal?«

»Er kam wie ich mit zwölf aufs Internat. Jacques war schon damals ein Prahlhans. Und ein Lügner. Ich weiß noch, dass Eva, ich meine Evelyne, ihm bei den Aufgaben helfen musste. Wir wurden dazu angehalten, einander zu helfen. Aber Jacques hat sich nicht für die Schule interessiert. Übrigens genau wie Leonardo. Evelyne hatte also eine schwierige, wenn nicht unmögliche Aufgabe. Sie hat sich trotz allem große Mühe gegeben, ihm etwas beizubringen. Wenn er dann dennoch Fehler gemacht hat, behauptete er, sie habe es ihn so gelehrt, sie sei schuld.«

Die Commissaria und Marta hatten Blicke getauscht,

als Simone die Namen der beiden Mitschüler so beiläufig erwähnte, als ob ihr nicht bewusst sei, wie brisant ihre Eröffnungen waren.

»Sie sagen also, Evelyne Anderhub und Leonardo Bevilaqua waren mit Ihnen auf dem Internat?«

»Richtig. Auch wenn Evelyne damals noch Eva Bernasconi hieß. Und Leonardo war, wie Jacques, nur kurze Zeit da. Allerdings ist er später nicht wiedergekommen wie Jacques.«

»Wissen Sie, warum die beiden so schnell abgingen?«

»Sie sind beide von der Schule geflogen. Kein Wunder. Die beiden waren Gift füreinander. Haben sich gegenseitig zu immer größeren Frechheiten angestachelt. Wenn ich mich richtig erinnere, haben sie Alkohol aufs Zimmer geschmuggelt und sich dann betrunken.«

»Und warum konnte Jacques wieder zurückkommen?«

»Das war ja dann erst drei Jahre später. Er ist zusammen mit seiner Schwester wieder ins Internat gekommen. Man hat wohl gedacht, er verdient nach dieser Zeit eine zweite Chance. Und er war der Sohn des Schuhkönigs, das hat bestimmt auch eine Rolle gespielt.«

»Und beim zweiten Mal hat er sich dann besser aufgeführt?«

»Na ja. Sagen wir mal so: Er hat gewusst, wie man bei den Lehrern und Internatsleitern einen guten Eindruck macht. Seine Lügen und Ausreden waren nicht mehr so kindisch. Er hat sich auch schulisch mehr Mühe gegeben. Zudem legten sie im Internat großen Wert auf Sport, und darin war er gut.«

»Sport also? Und an anderen außerschulischen Aktivitäten hat er nicht teilgenommen? Er war zum Beispiel nicht in der Theatergruppe?«

»Komisch, dass Sie das fragen. Er hat sich tatsächlich

einmal für die Theatergruppe interessiert. Ich glaube, das war Ende der zehnten oder in der elften Klasse. Aber«, Simone lachte etwas gehässig, »man kann nicht sagen, dass er wirklich am Theater interessiert war. Es waren wohl eher die Frauen, die Theater spielten, die ihn anzogen. Vor allem eine Frau. Evelyne war die unbestrittene Leaderin in unserem Jahrgang. Sie war schön, klug, eloquent und hatte zu allem eine Meinung. Jacques war dazu erzogen worden, dass nur das Beste gut genug für ihn sei, und Evelyne war die Beste. Also musste er sie haben.«

»Evelyne und Jacques waren ein Paar?« Die Commissaria schrie beinahe vor Erstaunen. Simone lachte wieder mit demselben gehässigen Unterton. »Das kann man so nicht sagen. Wenn es nach ihm gegangen wäre, dann schon. Aber Evelyne hatte kein Interesse an diesem großkotzigen Herrensöhnchen.«

»Sie hat ihn zurückgewiesen, und er hat das Interesse am Theater wieder verloren?«

»Ganz so einfach war's nicht. Einem Jacques Leutenegger gibt man nicht einfach so einen Korb. Er hat versucht, sie zu überzeugen. Zuerst mit Geschenken. Schuhe aus der väterlichen Fabrik, Bücher, die gerade angesagt waren, sogar Blumen hat er ihr schicken lassen. Was natürlich vergebliche Liebesmüh war. Evelyne war nicht mit materiellen Gütern zu beeindrucken, was aber außerhalb von Jacques' Geisteshorizont lag. Er verstand auch nicht, warum Evelyne nichts von ihm wissen wollte. Seiner Meinung nach waren sie füreinander geschaffen.« Simone machte eine Kunstpause, und Marta erlag im Gegensatz zu der Commissaria der Versuchung und fragte eifrig: »Und wie ging es weiter?«

»Als die Geschenke nichts fruchteten, kam Jacques auf

die Idee, sie handfest davon zu überzeugen, dass er der Richtige für sie sei. Evelyne führte beim aktuellen Stück Regie und blieb nach den Proben immer noch zurück, um ihre Notizen zu ordnen, Ideen aufzuschreiben und solche Sachen. Sie war also allein im Proberaum, und Jacques beschloss, sie zu überraschen. Er war überzeugt, dass er sie nur zu küssen bräuchte und sie würde in seinen Armen dahinschmelzen. Statt dahinzuschmelzen verpasste Evelyne ihm jedoch eine Ohrfeige, worauf er sie an den Handgelenken packte und an sich zog. Evelyne schrie und spuckte, er schlug sie ins Gesicht. Der Lärm, den die beiden machten, weckte die Aufmerksamkeit einer Aufsichtsperson, und die Sache kam vor die Schulleitung.«

»Dann ist Jacques Leutenegger zweimal von der Schule geflogen?«, warf Marta etwas übereilt ein.

»Nicht ganz. Die beiden wurden dazu angehalten, sich auszusprechen. Man zog es vor, das Vorgefallene als einmaligen Ausrutscher zu betrachten. Wenn man Jacques relegiert hätte, wäre die Sache möglicherweise zum Skandal aufgebauscht worden und hätte der Schule geschadet. Außerdem wollte man den Schuhkönig nicht verärgern.«

»Warum hat sich Evelyne denn nicht dagegen gewehrt? Sie muss doch unglaublich wütend auf Jacques gewesen sein.«

»Evelyne schäumte vor Wut. Sie war immer eine vorbildliche Musterschülerin gewesen und musste sich nun vor der Schulleitung verteidigen, obschon sie keine Schuld am Ganzen hatte und nur diesen Idioten hatte abwehren wollen. Ihre Eltern hätten ihr vielleicht helfen können, aber sie wollte nicht, dass sie davon erfuhren. Ihre Eltern waren Gymnasiallehrer an einer öffentlichen Schule und gar nicht erfreut gewesen, als ihre Tochter unbedingt auf ein privates Internat wollte. Evelyne war sich bewusst, dass ihren Eltern der kleinste Anlass genügen würde, um sie von der Schule zu nehmen, und Zudringlichkeiten von einem reichen Schnösel wären dafür mehr als ausreichend gewesen. Darum war Evelyne gezwungen zu schweigen und die Kröte zu schlucken. Möchten Sie noch einen Schluck Wasser?«

Die Commissaria schüttelte gedankenverloren den Kopf. »Vielen Dank für die Informationen. Wir werden sie in unsere Ermittlungen einfließen lassen.« Sie stand auf, Marta tat es ihr gleich, und sie verabschiedeten sich von einer sehr selbstzufrieden wirkenden Simone Falchetto.

45

»Jetzt reicht es mir aber!« Die Commissaria klang ernsthaft wütend. »Diese Anderhub spielt uns die Musterschülerin vor, als ob wir Internatslehrerinnen wären, die sie beeindrucken will. Dabei hat sie uns knallhart ins Gesicht gelogen. Von wegen sie kann sich nicht an Jacques Leutenegger erinnern. Von wegen er war nie in der Theatergruppe. Alles erstunken und erlogen – was ist?«

»Können wir denn sicher sein, dass alles stimmt, was Simone Falchetto uns erzählt hat?«, fragte Marta ein wenig eingeschüchtert, die Commissaria stutzte und musterte ihre Kollegin eindringlich.

»Meinst du, sie hat uns verarscht?«

»Das wollte ich nicht sagen. Aber mir ist aufgefallen, dass sie nur über die anderen gesprochen hat. Mit keinem Wort hat sie erwähnt, wie ihr eigenes Verhältnis zu Jacques Leutenegger war.«

»Cavolo! Du hast recht. Sie hat uns wieder nur Geschichten erzählt. Das muss zwar nicht heißen, dass sie alles erfunden hat, aber von ihr selbst haben wir nichts erfahren. Sie hat uns um den Finger gewickelt. Merda! Ich habe die Nase voll von dieser Geschichte.« Die Commissaria griff nach dem Sicherheitsgurt und hielt auf halbem Weg inne. »Weißt du, was mir gerade auffällt? Simone Falchetto hat Romy Leutenegger mit keinem Wort erwähnt. Dabei ist sie ja zusammen mit dem Bruder aufs Internat gekommen. Sie müssen sie doch alle gekannt haben.«

»Außer Leonardo Bevilaqua. Der war da schon wieder weg.«

»Am besten besuchen wir Romy noch einmal.«

Marta fuhr die inzwischen bestens vertraute kurze Strecke die Via ai Monti hoch und parkierte vor dem Haus der Leuteneggers.

Marta musterte das Nachbarhaus, und obschon sich nichts rührte, nicht einmal ein Vorhang zitterte, hatte sie das Gefühl, beobachtet zu werden. Während sie hinter der Commissaria zur Haustür der Leuteneggers ging, fragte sie sich, ob sie es auch spürte. Die Klingel klang hallend, als ob das Haus leer wäre, und während sie warteten, dass sich etwas rühren würde, wappnete sich Marta für die Begegnung mit einer Romy, die sich endgültig in der Trauer verloren hatte und vielleicht von Alkohol und Tabletten zugedröhnt war. Einen kurzen Moment fragte sich Marta, ob sie nicht aufbrechen müssten, wenn sich Romy nicht meldete, aber dann öffnete sich die Tür, und Romy stand ihnen gegenüber. Sie sah besser aus, hatte sich geschminkt und trug eine schwarze Designer-Jogginghose mit passender Kapuzenjacke.

Sie lächelte sogar zur Begrüßung und hieß sie eintreten. Als sie wieder an den gleichen Plätzen auf den weißen *Schöner-Wohnen*-Sofas saßen, sagte sie, es tue ihr sehr leid, aber sie könne sich immer noch nicht daran erinnern, was sie am Morgen des Todes ihres Bruders gemacht habe.

»Das ist sehr schade«, sagte die Commissaria, »aber wir sind nicht deswegen gekommen. Sie haben uns letztes Mal erzählt, dass Sie mit Ihrem Bruder auf dem Internat waren. Dabei haben Sie eine Kleinigkeit vergessen zu erwähnen. Ihre Nachbarin, Evelyne Anderhub, war ebenfalls mit Ihrem Bruder auf dem Internat. Warum haben Sie uns das verschwiegen?«

»Ich habe es nicht verschwiegen. Ich habe es verdrängt. Das ist ja wohl ein Unterschied?«

»Für uns ist das Ergebnis dasselbe. Warum haben Sie es verdrängt?«

Romy lachte bitter. »Wenn Sie es genau wissen wollen: Evelyne hat mir das Leben zur Hölle gemacht. Sie und ihre Freundin, diese schräge Simone, haben alles getan, um mich aus der Theatergruppe zu ekeln. Ich war zwölf Jahre alt und hatte nur ein Ziel im Leben: Schauspielerin werden. Sie haben mich und Jacques von Anfang an gehasst. Evelyne hat sogar versucht, ihm eine Vergewaltigung anzuhängen. Zum Glück ist sie damit nicht durchgekommen. Früher hat man solche Sachen noch vernünftig geregelt. Nicht wie heute mit dieser *Me-too*-Hysterie. Aber sie hat es dann an mir ausgelassen. Ich habe nie eine richtige Rolle bekommen. Das heißt, einmal hat sie mir die Hauptrolle versprochen. Ich war überglücklich, aber auch misstrauisch. Es konnte nicht mit rechten Dingen zugehen, wenn Evelyne plötzlich nett zu mir war. Mein Misstrauen hat sich dann als berechtigt erwiesen. Sie führte Regie und verlangte von mir, dass ich die ganze Zeit nackt auf der Bühne stehen sollte. Ich hätte das auch gemacht, ich hätte alles getan, um eine Rolle zu bekommen. Sie hat mir gesagt, bei den Proben müsse ich nicht nackt sein, nur bei der Vorführung. Niemand hat davon gewusst, es ging nur darum, mich zu quälen. Sie hat jedoch nicht damit gerechnet, dass ich in meiner Naivität meinen Freundinnen davon erzähle, die meldeten es bei der Schulleitung, und Evelyne wurde gerügt. Sie machte dann ein Drama daraus, verbreitete, dass ihre künstlerische Freiheit beschnitten werde, dass sie sich in dieser kleingeistigen, prüden Atmosphäre als Regisseurin nicht entwickeln könne. So kam niemand auf die Idee, dass es nur darum gegangen war, mich fertigzumachen. Weil ich mich nicht an die Vereinbarung gehalten habe, niemandem von meinem geplanten Nacktauftritt zu erzählen, hat sie mir dann die Rolle wieder weggenommen.«

»Wie haben Sie damals reagiert, als Sie erfuhren, wer Ihre neuen Nachbarn sind?«

»Wie gesagt, ich habe diese Zeit im Internat verdrängt. Als Evelyne und Simone weg waren, konnte ich die Leitung der Theatergruppe übernehmen und viele schöne

Rollen spielen. Und in den letzten Jahren hatte ich wahrlich andere Sorgen. Evelyne hat schon lange keine Bedeutung mehr in meinem Leben.«

»Sie haben Simone erwähnt. Was war mit ihr?«

»Simone war sehr merkwürdig und wurde deswegen ausgegrenzt. Eigentlich war sie eine Einzelgängerin, das wurde jedoch von der Schulleitung nicht gern gesehen. Da sie nicht sportlich war, hat sie in der Theatergruppe mitgemacht. Sie hat sich mit Evelyne, die einen großen Einfluss bei Schülern und Lehrern hatte, angefreundet. Davon haben beide profitiert. Evelyne hatte eine loyale Mitstreiterin, und Simone wurde in Ruhe gelassen. Simone habe ich fast bedrohlicher empfunden als Evelyne, weil sie so undurchsichtig war. Ich habe immer vermutet, dass die Ideen für die größten Gemeinheiten und Demütigungen von ihr stammten. Aber warum fragen Sie nach Simone? Hat sie etwas mit dem Tod meines Bruders zu tun?«

»Das können wir im Moment nicht sagen. Könnten Sie mir noch den Nachnamen dieser Simone nennen? Um sicherzugehen, dass wir von der gleichen Person sprechen.«

»Falchetto, sie hieß Simone Falchetto.«

Marta konnte die Anspannung der Commissaria schon auf dem kurzen Weg von der Haustür der Leutenegger-Villa bis zum Streifenwagen fühlen. Kaum hatte sie auf dem Beifahrersitz Platz genommen, brach es aus ihr heraus: »Das wird ja immer besser! Wenn Romy die Wahrheit gesagt und nicht etwas zusammenfantasiert hat, dann scheint mir, dass eher die Leuteneggers ein Motiv haben, Evelyne Anderhub umzubringen, als umgekehrt. Es reicht jetzt langsam. Wir müssen die Schrauben anziehen. Morgen befragen wir alle noch einmal, und diesmal wird uns Simone Falchetto nicht mehr mit irgendwelchen Storys einnebeln.«

M

Ja, ja, ja. Ich weiß. Man konnte damit rechnen, dass sie auf unsere gemeinsame Internatsvergangenheit stoßen.

Gehofft habe ich es aber. Niemand von uns hatte ein Interesse daran, dass eine persönliche Beziehung zum Großkotz aufgedeckt wurde.

Wir hielten auch alle dicht.

Also ich hatte jedenfalls meine Gründe, nicht mit ihm in Verbindung gebracht zu werden. Vor der unglückseligen, aber befriedigenden Tat war es eine unerquickliche Mischung aus Scham und Hass, nach der Tat war es die Befürchtung, dass man mir Scham und Hass als Tatmotiv hätte auslegen können.

Ich weiß, was Sie jetzt denken, Scham und Hass waren doch das Tatmotiv. Aber dem widerspreche ich vehement.

Nie und nimmer hätte das als Tatmotiv gereicht, wenn ich bei Verstand gewesen wäre.

Wenn ich bei Verstand gewesen wäre.

Der Großkotz kannte nur eine Lösung für alle Probleme der Welt: Geld. Das haben wir alle auf unterschiedliche Weise zu spüren bekommen.

Leonardo Bevilaqua stammt zwar aus wohlhabendem Haus, aber sein geerbtes Geld hat nicht ewig ausgereicht. Und die Pandemie hat ihn finanziell an den Anschlag gebracht. Er hat allen Stolz runtergeschluckt und den Großkotz um Hilfe gebeten, um seine Pläne für ein kostspieliges Bigband-Projekt zu verwirklichen. Der Großkotz hat ihn zappeln lassen.

Simone Falchetto hat nicht nur ein paar Seiten für ihn übersetzt und ist dann nicht bezahlt worden. Sie hat durchaus Gründe für einen tieferen Groll gegen den Großkotz. Am Anfang ihrer Schriftstellerinnenkarriere, wenn man denn von Karriere sprechen darf, hatte sie einen Roman in einem kleinen Verlag unterbringen können. Kurz nachdem er erschienen war, traf sie zufällig den Großkotz in Locarno und erzählte ihm voller Euphorie von ihrem ersten Buch. Ihn interessierten vor allem die Verkaufszahlen, die Tantiemen, ob sie Vorschuss erhalten habe und so weiter. Er war erschüttert von der mickerigen Ausbeute und beschloss, Simone Falchetto zu helfen, weil er gerade nichts anderes zu tun hatte und weil er stümperhafte Geschäftsleute nicht ausstehen konnte. Seine Hilfe bestand darin, den kleinen Verlag zu kaufen und seine Geschäftsideen durchzusetzen. Als nach einem halben Jahr sein Marketing keine Früchte trug und die Titel, die er ausgewählt hatte, allesamt floppten, verlor er das Interesse. Der Verlag ging Konkurs, und von Simone Falchetto erschien kein zweites Buch.

Ähnlich ist es Evelyne Anderhub ergangen. Auch ihr hatte er helfen wollen und dabei ihre Karriere zerstört.

Genug jetzt, ich bin erschöpft.

46

Davì schlenderte gelangweilt vom Empfangstresen an den Trainingsgeräten vorbei zum anderen Ende der Palestra. Sein Terminplan war wegen der Covid-Gefahr immer noch halb leer, obschon die Fallzahlen im Moment auf einem Tiefstand waren. Deshalb und weil sie alle noch in Kurzarbeit waren, musste er heute die Aufsicht in der Palestra übernehmen. Im Moment war Erasmo, der auf dem Ergometer saß und auf der untersten Stufe gemächlich pedalte, der einzige Kunde. Davì musste zugeben, dass er nicht damit gerechnet hatte, dass der pensionierte Bäcker länger als ein paar Wochen durchhalten würde. Gewicht hatte er zwar immer noch nicht verloren, aber er schien gerne in die Palestra zu kommen, um ein Schwätzchen zu halten. Es schien ihn nicht zu stören, dass er sich dabei auch ein bisschen bewegen musste, um den Schein zu wahren. Allerdings passte es ihm gar nicht, wenn niemand da war, mit dem er plaudern konnte. Davì hatte sich von ihm loseisen können, indem er ihm gesagt hatte, er müsse wieder seiner Arbeit nachgehen. Erasmo konnte nicht wissen, dass diese im Moment aus Herumstehen bestand. Arbeitseifer vorschützend, kontrollierte Davì die Sprühflaschen mit dem Desinfektionsmittel, die alle gut gefüllt waren. Dann ordnete er die Gymnastikmatten, stellte die Cattle Bells nach Gewicht aufsteigend auf und schaffte Ordnung auf dem Regal mit den verschiedenen Trainingsutensilien wie Gewichtsmanschetten, Gummibändern, Jonglierbällen und einem knallgelben Sprungseil, das er sogleich fallen ließ. Ursprünglich waren es zwei gelbe Sprungseile gewesen, das zweite war jetzt bei der Polizei. Der schreckliche Anblick des erwürgten Großkotzes auf dem Behandlungstisch, den er bis jetzt so gut wie möglich versucht hatte zu vergessen, blitzte wieder auf und überfiel ihn und löste Übelkeit in ihm aus. Davì schüttelte sich, atmete tief durch und setzte sich auf einen blauen Gymnastikball.

Er brauchte ein paar Minuten, um sich zu erholen, und dann hörte er, wie Erasmo rief: »Du hast gut lachen, werde du mal so alt wie ich.«

Davì sprang vom Ball hoch und schaute um die Ecke. Leonardo war zum Training erschienen und hatte sich neben Erasmo auf den Ergometer gesetzt. Offenbar hatte er sich über Erasmos gemächliches Trainingstempo lustig gemacht.

»Ciao Leo!«, rief ihm Davì zu und erhielt ein Nicken zurück. Davì zögerte. Er hätte ihn gerne darüber ausgefragt, was die Polizei von ihm gewollt habe und was er von den Befragungen halte, aber es stand ihm nicht zu, solche Fragen zu stellen, und er hätte wahrscheinlich sowieso nur eine Abfuhr bekommen. Vorerst beschäftigte er sich also weiter mit dem Ordnen der Trainingsgeräte, er hob mit spitzen Fingern das Sprungseil auf und hängte es über eine vorstehende Sprosse.

Als Nächstes erschien Simone Falchetto. Wie immer in einem Trainingsanzug, der viel zu groß schien, als ob sie sich im Stoff verkriechen wollte. Davì konnte sich gut vorstellen, wie sie leiden würde, wenn sie sich in hautenge Kleidung zwängen müsste, wie sie daran herumzupfen und die Arme schützend um ihren Körper legen würde. Simone war ursprünglich wegen Rückenschmerzen zu *ICSA* gekommen. Man hatte ihr geraten, regelmäßig zu trainieren, um die Haltungsschäden zu korrigieren, die sie ihrem Beruf verdankte, der sie zu stundenlangem Sitzen zwang. Sie hatte mehrere Anläufe gebraucht, und erst als weitere orthopädische Probleme dazugekommen waren, hatte sie eingesehen, dass die Schmerzen immer wieder zurückkehrten, wenn sie das Krafttraining vernachlässigte. Da man nie wissen konnte, in welcher Stimmung sie sich gerade befand, winkte ihr Davì vorsichtig zu. Sie nickte abwesend und bestieg den Crosstrainer, ohne Leonardo und Erasmo Beachtung zu schenken.

Nicht besonders gesprächig heute, sagte sich Davì. Sie war seine Patientin nach einer Knieoperation gewesen, weshalb er sie eigentlich gut kannte. Dennoch war es ihm nicht gelungen zu verstehen, was sie antrieb. Sie war eine merkwürdige Person. Am Anfang war sie sehr angespannt gewesen und bei jeder Berührung zusammengezuckt, was die Behandlung schwierig machte. Als man dann mit den Übungen in der Palestra beginnen konnte, zeigte sie sich plötzlich von einer aufgekratzten Seite und erzählte ungefragt aus ihrem Leben. Wie sie allein durch Russland gereist sei, kurz nach dem Zerfall der Sowjetunion. Sie verbrachte ein paar Monate in Sibirien und befasste sich mit Schamanismus, in der Hoffnung, ihr analytisches, intellektuelles, alles hinterfragendes Wesen durch schamanische Praktiken loszuwerden. Darin vermutete sie nämlich ihre Unfähigkeit, glücklich zu sein. Es habe sich jedoch schnell herausgestellt, dass sie völlig unbegabt für die spirituelle Erfahrung und unfähig sei, in Trance zu fallen. Weil sie nicht zum Unglück verdammt sein wollte und immer noch überzeugt war, den Zugang zu einem spirituellen Leben finden zu müssen, habe sie dann später psychedelische Drogen ausprobiert. Was aber nicht zu einem glücklichen Leben in Frieden mit sich selbst geführt habe, sondern zu psychotischen Episoden und einem mehrmonatigen Aufenthalt in einer psychiatrischen Klinik.

Davì beobachtete, wie sich Simone auf dem Crosstrainer abstrampelte, in ihrem roten Trainingsanzug in Männergröße. Sie starrte völlig gebannt auf das Display des Trainingscomputers, als ob dort ihr Schicksal entschieden würde. Dann wanderte sein Blick zu Leonardo auf dem Ergometer, der eine kurze, eng geschnittene Radlerhose trug und ein T-Shirt aus schnelltrocknender Kunstfaser. Auch er strampelte sich ab, die Adern traten deutlich an seinen sehnigen Beinen hervor, und der Schweiß tropfte ihm vom Kinn. Dazwischen pedalte Erasmo in seinem klassischen schwarzen Trainingsanzug so gemächlich, wie es nur ging – auf einem richtigen Fahrrad wäre er bei diesem Tempo wohl umgekippt.

Davì musste schmunzeln, dann fiel ihm ein, dass hier vielleicht ein Mörder oder eine Mörderin trainierte. Nicht

Erasmo, der wäre physisch und psychisch nicht imstande, die Tat zu begehen. Aber sowohl für Simone als auch für Leonardo würde er nicht die Hand ins Feuer legen.

Wie knapp er die Person verpasst hatte, die so kaltblütig, skrupel- und gewissenlos ein Menschenleben ausgelöscht hatte, während sie jeden Moment von Davì hätte überrascht werden können. Was wäre dann geschehen? Wäre sie geflüchtet? Hätte sie gekämpft? Hatte sie vielleicht doch eine Waffe dabei? Hätte sie geschossen oder zugestochen, und er würde vielleicht nicht mehr leben? Davì schauderte und starrte erst Simone, dann Leonardo an, als ob eine der beiden schwitzenden, sich abmühenden Gestalten durch eine verräterische Bewegung, einen bedeutungsvollen Gesichtsausdruck enthüllen könnte, dass sie die Tat begangen hatte. Simone, die immer noch das Computerdisplay fixierte, bemerkte Davìs Starren nicht, aber Leonardo schien es zu spüren und fing seinen Blick auf. Er ließ die Hände vom Lenker und machte die *mano a borsa*, die Was-willst-du-Geste. Davì hob beschwichtigend die Hand und flüchtete in den Büroraum hinter dem Empfangstresen.

47

Die Commissaria schlurfte zum Kaffeeautomaten und wurde durch Marta aus ihren Gedanken gerissen, die ihr zurief, sie müsse sich unbedingt etwas anschauen.

Marta hatte ihre Computerrecherchen an einem der freien Arbeitsplätze weiter betrieben, hatte aber bis jetzt nichts von Belang gefunden. »Schau mal, letztes Jahr waren Leonardo Bevilaqua, Simone Falchetto und Evelyne Anderhub an einem Alumni-Treffen des Internats. Ich habe dieses Bild von den dreien gefunden, darunter stehen ihre Namen, und weiter: ›Endlich haben uns die Stars der legendären Aufführung von *Warten auf Godot* im Jahr 1984 wieder einmal die Ehre erwiesen. Wir hätten damals alle gewettet, dass wir sie bei den Oscarverleihungen wiedersehen werden, aber sie haben ihren anderen Talenten den Vorzug gegeben.‹

Leonardo Bevilaqua war auch bei der Schauspieltruppe, und ich habe herausgefunden, dass er fast ein Jahr im Internat war, nicht nur ein paar Wochen, wie er uns weismachen wollte.«

Die Commissaria stellte ihren Kaffee auf Martas Schreibtisch ab und starrte auf den Schnappschuss, der die drei mit Sektgläsern in der Hand zeigte, wie sie überrumpelt in die Kamera blickten, als ob sie bei etwas Ungehörigem ertappt worden wären.

Während Marta abwartete, schließlich kannte sie inzwischen die vermeintlichen Aussetzer der Commissaria, dachte sie darüber nach, was sie selbst mit dieser Information anfangen würde. Sie würde die drei zu einer Befragung abholen und mit ihren Lügen konfrontieren.

Die Commissaria brauchte nicht lange, um zum gleichen Schluss zu kommen. Sie hieb mit der flachen Hand auf den Schreibtisch: »Jetzt wird dieses Trio befragt. Ich lasse sie abholen.«

Marta gelang es noch gerade so, das Keyboard vor der sich schnell ausdehnenden Kaffeepfütze aus dem umgekippten Becher zu retten, was die Commissaria nicht mehr mitbekam, weil sie schon auf dem Weg in ihr Büro war.

48

Befragung Leonardo Bevilaqua

Wir haben erfahren, dass Sie mit Jacques Leutenegger im Internat waren. Wieso haben Sie uns nicht davon erzählt?

Weil ich es vergessen hatte.

Sie wollen uns wohl für dumm verkaufen! Wie kann man so etwas vergessen?

Cazzo! Es ist fast 40 Jahre her! Wir waren nur ein paar Wochen auf der Schule. Ich war in vielen verschiedenen Schulen, ich kann mich nicht an jede Einzelheit erinnern.

Sie lügen. Wir haben herausgefunden, dass Sie fast ein Jahr in Graubünden im Internat waren.

Kann schon sein. Jetzt, wo Sie es sagen.

Halten Sie uns nicht zum Narren. Als Kind ist ein Jahr eine Ewigkeit, das vergisst man nicht einfach so.

Dann habe ich halt etwas verwechselt. Es war Jacques, der nur ein paar Wochen da war. Kann ja mal passieren.

Außerdem haben wir von Zeugen erfahren, dass Sie sich damals mit dem Opfer geprügelt haben.

Ach, das war nur eine kleine Rangelei. Ich sage doch, ich erinnere mich nicht.

Ich habe gehört, Sie mussten danach beide ärztlich versorgt werden. Ihre Nase sieht aus, als ob sie gebrochen worden wäre. War es Jacques Leutenegger, der sie gebrochen hat?

Porco dio! Ich habe Ihnen gesagt, ich erinnere mich nicht. Wollen Sie mir einen Mord anhängen? Wo sind die Beweise? Cazzo! Zeigen Sie mir Beweise! Cazzo! Sie haben nämlich keine! Und ich sage jetzt kein Wort mehr. Cazzo!

…

Sie sind Jazz-Musiker? Kann man davon leben? Vor allem jetzt, während der Pandemie, gibt es ja keine Möglichkeiten aufzutreten? Wovon leben Sie im Moment?

Das geht Sie einen Scheißdreck an!

Uns geht alles etwas an. Wenn Sie nichts zu verbergen haben, dann sollten Sie uns antworten.

Ich habe geerbt. Ich brauche nicht zu arbeiten.

…

Wo waren Sie zur Tatzeit?

Porco dio! Das habe ich schon tausendmal gesagt: joggen an der Maggia!

Gibt es dafür Zeugen?

Ja. Antonella war da mit ihrem Hund. Und ich habe die Anderhubs und Simone Falchetto getroffen.

49

Befragung Evelyne Anderhub

Frau Anderhub, Sie haben uns wichtige Informationen verschwiegen und uns angelogen. Sie haben uns nicht erzählt, dass Sie mit dem Opfer auf dem Internat waren. Sie haben gelogen, als wir Sie nach Ihrer Beziehung zum Opfer gefragt haben.

Evelyne Anderhub schweigt.

Haben Sie wirklich erwartet, damit davonzukommen? Ihre Schulkollegin, Simone Falchetto, hat uns da eine ganz andere Version erzählt. Sie wurden vom Opfer sexuell belästigt, und die Schulleitung hat nichts gegen ihn unternommen, weil sein Vater der Schuhkönig war. Man hat uns auch gesagt, dass Sie einen starken Sinn für Gerechtigkeit haben. Das muss Sie doch enorm geschmerzt haben?

Evelyne Anderhub schweigt.

Geben Sie es doch zu! Sie haben Jacques Leutenegger gehasst. Und als er dann nach all diesen Jahren wieder in Ihrem Leben aufgetaucht ist, als unangenehmer Nachbar, dann war das ein großer Schock. Da hat es wieder an Ihnen zu nagen begonnen. Der alte Hass und die Wut sind neu aufgeflammt. Die Sache mit der Palme hat dann das Fass zum Überlaufen gebracht. Und als Sie ihn da in der

Physiotherapie liegen sahen, wehr- und ahnungslos, da ist es aus Ihnen herausgebrochen. Sie sind über ihn hergefallen, wie er damals über Sie hergefallen ist, und haben sich endlich gerächt. Endlich nach all den Jahren, nach all den Rachefantasien haben Sie ihm das Kissen auf das Gesicht gedrückt und nicht mehr losgelassen, bis er aufhörte zu atmen.

Nein, so war es nicht!

Ach so? Wie war es dann?

Ich war nicht in der Physiotherapie an diesem Morgen. Ich war zu Hause. Und ich hatte keine Rachefantasien. Er hat mir eher leidgetan, als dass ich wütend auf ihn war. Es war eigentlich ein erbärmliches Leben, das er da führte. Mit seiner alkoholsüchtigen Schwester und seinem ganzen Geld. Und seiner Geltungssucht, die nie richtig befriedigt wurde. Ich glaube, er war gestraft genug.

Das nehme ich Ihnen nicht ab. Ich weiß, Sie sind intelligenter als die üblichen Kleinkriminellen, mit denen wir es zu tun haben. Aber daraus dürfen Sie nicht schließen, dass wir Sie nicht durchschauen. Sie sind nicht die großzügige, verzeihende Person, die Sie uns hier vorspielen. Wir haben gehört, dass Sie auch ganz anders können.

Evelyne Anderhub schweigt.

50

Befragung Simone Falchetto

Frau Falchetto, Sie haben uns viel erzählt, ohne uns etwas zu sagen. Und Sie haben uns verschwiegen, dass Sie das Opfer seit der Schulzeit kannten. Schildern Sie uns bitte noch einmal ganz genau, was Sie am Tatmorgen gemacht haben.

Gerne. Ich habe geschlafen, bis etwa um 8 Uhr. Dann habe ich Kaffee getrunken und die Zeitung gelesen. Etwa um 8.45 Uhr bin ich joggen gegangen. Dann habe ich bei der Fußgängerbrücke ein paar *ICSA*-Leute getroffen, und wir haben uns über die Sirenen der Polizei- und Rettungsfahrzeuge gewundert.

Wen haben Sie getroffen?

Evelyne war da, später ist ihr Mann noch dazugekommen, Leo und Antonella mit ihrem Hund.

Eigentlich haben Sie kein Alibi. Sie könnten um 9 Uhr zu ICSA gegangen sein, Jacques Leutenegger im Behandlungsraum gesehen haben, und wie er da so wehrlos auf dem Rücken lag, haben Sie ein Kissen genommen und es ihm auf das Gesicht gedrückt, bis er sich nicht mehr bewegt hat.

Nein! So etwas würde ich nie tun. Ich bin gegen physische Gewalt.

Aber psychische Gewalt finden Sie gut?

Natürlich nicht. Was soll das jetzt?

Wir haben gehört, dass Sie eine intrigante Seite haben, die Sie vor uns verstecken.

Ich habe noch nie jemandem etwas getan. Außer ich musste aus Notwehr handeln.

Jemanden wie Jacques Leutenegger zu töten, würden Sie als Notwehr bezeichnen?

Ach, Quatsch. Leute wie ich werden ständig gemobbt. Da muss man sich halt manchmal zur Wehr setzen.

M

Leonardo hat hier die einfachste Rolle. Hinter seiner Tobsucht und seinem Geschrei lassen sich alle anderen Gefühle ganz wunderbar verbergen.

Für Simone ist es auch nicht so schwierig. Sie spielt die Exzentrikerin und wirft Nebelpetarden in Form von haarsträubenden Geschichten.

Evas Rolle ist am anspruchsvollsten. Sie gibt die brave Bildungsbürgertochter, die noch nie im Leben mit der Polizei zu tun hatte und nicht weiß, wie sie sich verhalten soll. Die Bildungsbürgertochter, die sie ja auch ist. Da bleibt nicht viel Raum, sich zu verstecken.

Seltsam, man hat immer das Gefühl, es brauche Foltermethoden, um Menschen mürbe zu machen. Fingernägel ausreißen, Stromschläge und was sich die Schergen von Unrechtsregimes sonst noch für Qualen ausgedacht haben. Das mag vielleicht für Unschuldige gelten. Nur muss man die zermürbende Kraft des schlechten Gewissens in die Rechnung miteinbeziehen. Die Versuchung, dem Druck nachzugeben und ein erlösendes Geständnis, das sich zudem noch strafmildernd auswirkt, zu machen, ist groß. Ich habe nicht damit gerechnet, dass sich eine Befragung durch die Polizei wie Folter anfühlen würde.

Ein interessanter Gedanke: Wie hätte ich mich verhalten, wenn mir Folter oder die Todesstrafe gedroht hätten? Ich muss gestehen, ich hätte mich wahrscheinlich besser unter Kontrolle gehabt und die Tat erst gar nicht begangen.

Strafen können abschreckend wirken, vorausgesetzt, man hat die Möglichkeit, sich dafür oder dagegen zu entscheiden, eine Tat zu begehen.

Ich habe von Anfang an damit gerechnet, dass ich ohne Bestrafung davonkommen würde, doch muss ich zugeben, dass ich davon überrascht bin, wie hartnäckig die Polizei ermittelt.

Was heißt hier ermitteln? Sie haben blind im Ameisenhaufen herumgestochert. Aus ihren Fragen schließe ich, dass sie immer noch keine Vermutung haben, wer warum getötet hat.

Ich darf jetzt auf keinen Fall einknicken. Ich muss einfach so weitermachen.

Oder.

Oder die Ameise hat genug von den Störungen.

Die Ameise wird wütend.

Die Ameise setzt sich zur Wehr.

51

Die Commissaria hatte das Polizeigebäude verlassen und folgte der Via Luini bis an den See. Sie fühlte sich nach den langen Befragungen zermürbt und müde. Dabei wären es die Verdächtigen, die hätten zermürbt werden sollen. Aber aus denen war nichts herauszuholen gewesen. Nicht einmal in die Fallen, die sie ihnen gestellt hatten, waren sie getappt.

Die Commissaria erreichte den See, und als sie die Berge in Richtung Nordosten erblickte, in das rosige Licht des Sonnenuntergangs getaucht, blieb sie einen Moment stehen und stützte sich auf das Geländer der Uferpromenade. Der See plätscherte in sanften Wellen an die Mauer, ein paar Stockenten und Blesshühner ließen sich gemächlich treiben, und die Commissaria amtete durch. Locarnos Schönheit konnte einen dem zähesten Alltag, dem ödesten *trantran* entrücken. Sie sog die frühlingsmilde Luft und den nach würzigen Algen riechenden Duft des Sees tief in sich ein. Sie wünschte sich, sie könnte Julia anrufen, um sich mit ihr zu einem Apéro im *Blu* zu treffen. Auf den See hinauszuschauen und ein Glas *Arneis* oder *Tufo di Greco* zu trinken. Sie schloss einen Moment die Augen, bis das klagende Krächzen einer der Mittelmeermöwen, die sich seit kurzem am Lago Maggiore breitmachten, sie aus den Träumereien riss. Heute Abend würde es keinen Apéro mit Julia geben. Sie waren bei ihren Eltern zum Abendessen eingeladen. Obschon sie mitten in Ermittlungen steckte, hatte die Commissaria nicht absagen können. Sie besuchte ihre Eltern viel zu selten und hatte deswegen ständig ein schlechtes Gewissen. Auch wenn galt, dass je weniger sie sich sahen, desto weniger Anlass es für Streitereien gab, erleichterte das ihr Gewissen auch nicht, eher das Gegenteil war der Fall.

Ihre Mutter hatte nie wirklich akzeptiert, dass sie sich nicht für Männer interessierte. Sie empfand es als persönliches Versagen, als ob es ihre Aufgabe als Mutter gewesen wäre, ihrer Tochter beizubringen, wie man Männer attraktiv findet. Roberta war bereits 35, als es aus ihr herausgebrochen war, nachdem ihre Mutter ihr einmal mehr zugesetzt hatte, sie solle endlich einen Mann finden. Sie hatte ihre Mutter angeschrien, sie müsse endlich kapieren, dass sie sich nicht für Männer, sondern für Frauen interessiere und die Enttäuschung der Mutter dann fast nicht ertragen. Danach dauerte es mehrere Monate, bis sie wieder miteinander sprachen. Die Aufgabe, es dem Vater beizubringen, delegierte Roberta an die Mutter. Er hatte sich nie dazu geäußert. Er behandelte Julia, als ob sie einfach eine weitere enge Freundin von Roberta sei und ihn das Ganze nichts anginge. Immerhin drängte er Roberta nicht mehr, endlich einen Mann zu finden, wie er es immer wieder getan hatte, bevor sie mit Julia zusammengekommen war. Seit Julia zu den sporadischen Abendessen mitkam, gab es auch viel weniger Streit. Roberta konnte sich besser beherrschen, wenn die Mutter mit ihren antiquierten Vorstellungen, was eine Frau sollte und dürfte, sie kritisierte. Julia war geschickt darin, der Mutter mit einem freundlichen Lächeln den Wind aus den Segeln zu nehmen und dann sogleich das Thema zu wechseln.

Die Commissaria sog noch einmal die süße Seewasserluft ein, stieß sich vom Geländer ab und machte sich auf den Weg zu ihrer Wohnung in Minusio.

Der 20-minütige idyllische Heimweg vom Polizeigebäude am See entlang reichte meistens aus, um Abstand zu den oft belastenden und brutalen Ereignissen des Polizeialltags zu gewinnen und aus der Commissaria wieder zu Roberta zu werden. Auch dafür liebte sie ihre Heimatstadt, dass sie so überschaubar war, dass man überallhin zu Fuß gelangen konnte.

Sie liebte auch ihre Wohnung mit Seeblick im obersten Stock eines Wohnblocks in Minusio, auch wenn sie mit ihren zwei Zimmern zu klein war, seit Julia eingezogen war.

Sie duschte und zog sich um, dann brachen die beiden auf. Robertas Eltern lebten in einem traditionellen zweistöckigen Tessiner Stadthaus mit dem typischen Walmdach, das am Stadtrand in Richtung Ascona lag. Robertas Mutter hatte es von ihren Eltern geerbt. Robertas Elternhaus wäre zu Fuß in etwas über einer halben Stunde erreichbar, aber Julia bestand darauf, mit dem Auto zu fahren. Julia ging nie zu Fuß, wenn man auch fahren konnte, und sie würde nie die öffentlichen Verkehrsmittel benützen, solange ein Auto zur Verfügung stand. Als sie durch das offen stehende Tor in den Innenhof eingebogen waren und Julia den Motor abgestellt hatte, fasste sie Robertas Hand, drückte sie aufmunternd, holte tief Luft und sagte: »Los geht's.«

Anfangs lief das Abendessen überraschend gut, weil die Pandemie genügend Gesprächsstoff lieferte. Sogar über die Tatsache, dass die Mutter Brasato gemacht hatte: »Weil dein Vater ihn so liebt, und nur für uns zwei kann ich doch nicht einen ganzen Braten machen«, konnte Roberta hinwegsehen.

Roberta mochte keinen Brasato. Sie aß zwar gerne Fleisch, aber kurzgebraten, am liebsten al sangue, und nicht geschmort. Was Julia anging, hatte sie sich, als sie sich kennenlernten, als Flexitarierin bezeichnet und nur selten Fleisch gegessen. Inzwischen hörte Roberta Julia immer öfter sagen, sie sei Vegetarierin. Das hatte ihre Mutter wohl schon wieder vergessen oder verdrängt. Nach dem Brasato, von dem zur Freude des Vaters viel übrigblieb – »Ragazze, ihr esst wie ein Vögelchen«, beklagte sich die Mutter –, gab es Kaffee und einen *Averna* für die Verdauung. Am Tisch wurde es still, während alle in ihren Espressotässchen rührten, dann tauschte das Ehepaar Casanova einen Blick, der Roberta in leichte Alarmstimmung versetzte.

»Wir wollten dich etwas fragen, Roberta«, sagte die Mutter.

»Ja?«, sagte Roberta und stürzte ihren *Averna* hinunter.

»Du weißt ja, dass die obere Wohnung, seit Onkel Gianni gestorben ist, leer steht. Wir haben schon lange darüber gesprochen, dass sie renoviert werden müsste, in diesem Zustand kann man sie nicht vermieten. Inzwischen haben wir ein paar Handwerker kommen lassen. Die Zimmer sind in Ordnung, man muss nur neu streichen und das Parkett abschleifen und neu versiegeln, aber Küche und Bad müssen komplett saniert werden.«

»Gut«, sagte Roberta erleichtert, weil das nichts mit ihr zu tun haben konnte.

»Nun, wir haben uns schon mal ein bisschen umgesehen. Wir waren bei einem Küchenbauer und in einer Badezimmerausstellung, aber uns war das alles zu modern. Diese komischen Waschtische auf einer Holzunterlage, das kann doch nicht praktisch sein?«

»Nein, wahrscheinlich nicht.«

»Und braucht es in der Küche wirklich all diesen Schnickschnack? Dampfgarer und Weinkühlschrank?«

»Keine Ahnung«, wollte Roberta sagen, aber Julia war schneller. »Ich finde, wenn ihr schon renoviert, dann solltet ihr es auch richtig machen. Ihr werdet die Wohnung viel schneller und teurer vermieten können, wenn sie gewisse Ansprüche erfüllt.«

»Meinst du? Roberta, was denkst du? Dein Vater und ich haben gedacht, dass du über die Renovierung entscheiden solltest. Schließlich wirst du das Haus einmal erben.«

Roberta war so überrascht, dass sie nur ein verlegenes Schnauben hervorbrachte, aber Julia sprang sofort ein. »Deine Eltern haben recht. Und das würde dir doch bestimmt Spaß machen.«

Dir würde es Spaß machen, dachte Roberta und schaute hilfesuchend zu ihrem Vater, der sich bis dahin nicht geäußert hatte. »Also meiner Meinung nach ist die Wohnung so, wie sie ist, in Ordnung. Es funktioniert noch alles prima«, sagte er.

»Jaja. Du meinst immer, alles sei noch gut genug. Geld ausgeben ist nicht gerade deine Stärke«, wies ihn seine Frau zurecht.

»Können wir die Wohnung sehen?«, fragte Julia voller Enthusiasmus.

»Gerne«, sagte die Mutter und stand auf, um den Schlüssel zu holen. Julia folgte ihr. Roberta und der Vater blieben erst unschlüssig sitzen, dann stand auch er auf, und Roberta blieb nichts anderes übrig, als sich ihm anzuschließen.

Die Wohnung im Obergeschoss hatte den gleichen Grundriss wie diejenige von Robertas Eltern. Drei große Schlafzimmer, eine große Küche, ein kleines Bad und ein Wohnzimmer, von dem man auf eine typische Loggia gelangte, die auf den Innenhof hinausging und kühlen Schatten im Sommer versprach. Julia war begeistert.

Roberta war seit Jahren nicht mehr in der Wohnung gewesen und nahm zum ersten Mal bewusst die Badezimmereinrichtung aus den 70er-Jahren, das olivgrüne Waschbecken und die orangefarbenen Fliesen wahr und kam zum Schluss, dass die Wohnung wirklich saniert werden musste. Vielleicht wäre es besser, wenn sie bei der Renovierung mitredete. Julia und die Mutter besprachen ausführlich die geplanten Änderungen in Küche und Bad, während sich der Vater und Roberta in den Schlafzimmern umsahen, wo noch die dunklen Holzmöbel von Onkel Gianni verstaubten.

»Du musst mir unbedingt die Pläne zeigen«, hörte Roberta Julia sagen, und auf einmal beschlich sie ein ungutes Gefühl, schwankend zwischen Eifersucht und Bedrohung.

Zurück im Erdgeschoss, holte die Mutter Kostenvoranschläge und Pläne hervor. Der Vater gähnte, sagte, er wolle sich noch die Spätausgabe des *telegiornale* anschauen, und verschwand im Wohnzimmer.

Roberta hörte eine Weile den beiden Frauen zu, die sich über Armaturen und Kochherde blendend zu verstehen schienen, und sagte schließlich, sie sei sehr müde und habe morgen einen anstrengenden Tag vor sich.

Julia und ihre Mutter umarmten sich zum Abschied innig, was Roberta mit gemischten Gefühlen zur Kenntnis nahm. Aber gleich darauf sagte sie sich, dass sie dankbar sein müsse, wenn sich ihre Partnerin gut mit ihrer Mutter verstand.

Auf der Heimfahrt kämpfte Roberta mit dem Schlaf, während Julia aufgekratzt von der Wohnung schwärmte.

M

Ich habe schon einmal gesagt, dass es fahrlässig von den *ICSA*-Leuten ist, den Computer am Empfangstresen angeschaltet und eingeloggt zu lassen.

Es ist umso fahrlässiger, als dass mit mir auf dem Ergometer strampelnd regelmäßig die Fantasie durchgeht. Und wenn ich dann zufällig ganz allein bin und niemand mich hindert, dann mache ich meine Fantasie wahr.

52

Romy Leutenegger lag auf dem Sofabett im Kinoraum. Auf dem Bildschirm lief *La piscine* mit Romy Schneider und Alain Delon, ein Film, den sie schon Dutzende Male gesehen hatte. Dazu trank sie Weißwein, den sie im *Coop* an der Piazza Grande gekauft hatte. Jacques war ja nicht mehr da, um ihr den Alkohol zu verbieten.

Romy glaubte in der Filmhandlung eine, wenn auch weit hergeholte Parallele zu ihrer Situation zu erkennen: Ein Paar bekommt Besuch vom ehemaligen Geliebten der Frau. Dieser ertrinkt im Swimmingpool. Der untersuchende Inspektor findet heraus, dass der Freund der Ex-Geliebten den Mann umgebracht hat, muss aber am Ende die Untersuchungen aus Mangel an Beweisen einstellen. Romy, die die Dialoge mitsprechen konnte, litt wie noch nie mit der Bildschirm-Romy mit, und es dauerte nicht lange, bis die erste Flasche *Pinot Grigio* leer war.

Sie drückte auf die Stopp-Taste der Fernbedienung, hievte sich vom Sofa hoch und machte sich auf den Weg in die Küche, als ein lautes »Pling« aus ihrem Smartphone eine neue Nachricht ankündigte. Sie holte eine weitere Flasche aus dem Kühlschrank, öffnete den Drehverschluss – egal was alle Weinkenner sagten, Drehverschlüsse waren jederzeit den widerspenstigen Korken vorzuziehen –, goss sich ein und nahm einen Schluck, bevor sie ihr Mailkonto öffnete.

Schon der Absender der neu eingetroffenen E-Mail erschien ihr heillos verwirrend: Romy Taylor. Wie konnte das sein? Gab es jemanden, der ihren Künstlernamen gestohlen hatte? Sie tippte hastig, als ob sie sich die Finger verbrennen könnte, auf das Display, um die Mail zu öffnen.

»Romy, entschuldige, dass ich deinen Künstlernamen verwende, ich bin nicht dein Alter Ego, aber ich wollte deine Aufmerksamkeit. Leider muss ich dir mitteilen, dass ich gesehen habe, wie du deinem Bruder in die Physiotherapie gefolgt bist.

Bis jetzt habe ich diese Beobachtung für mich behalten, aber ich weiß nicht, wie lange ich noch schweigen kann oder soll?

Vielleicht kannst du mir weiterhelfen?

Ich bitte dich, nicht auf diese Adresse zu antworten. Das hätte keinen Zweck. Du brauchst jetzt Zeit zum Nachdenken. Ich werde mich wieder melden und dir mitteilen, wie du mit mir in Kontakt treten kannst.

Mit den besten Wünschen

Deine Romy Taylor«

Romy brauchte nicht viel Zeit, um nachzudenken. Das Grauen überwältigte sie sofort.

Es war also doch so gewesen, wie ihre schlimmsten Befürchtungen ihr in schwachen Momenten immer wieder zugeflüstert hatten.

Sie zwang sich zu atmen, lange, tiefe Züge, es half nicht. Der *Pinot Grigio* siegte über den Sauerstoff.

53

An diesem Morgen, die Commissaria hatte sich fast eine Stunde lang mit dem Staatsanwalt unterhalten, ohne dass sie einen Ausweg aus der Sackgasse, in der die Ermittlungen steckten, gefunden hätten, erreichte sie ein Anruf von Evelyne Anderhub.

Sie müsse ihr mitteilen, dass Romy Leutenegger vor etwa einer halben Stunde bei ihr geklingelt und wie eine Furie über sie hergefallen sei. Romy habe wilde Drohungen ausgestoßen und sie beschuldigt, ihr Leben zu zerstören. Sie habe nicht verstanden, was diesen Wutausbruch ausgelöst habe, Romy sei offensichtlich betrunken gewesen. Alois, ihrem Mann, sei es dann schließlich gelungen, Romy zu beruhigen und sie zurück in ihr Haus zu begleiten. Nach reiflicher Überlegung habe sie, Evelyne, entschieden, dass die Commissaria von diesem Vorfall unterrichtet werden müsse. Angesichts Romys labiler Persönlichkeit sei es angeraten, ein Auge auf sie zu haben.

Nach ihrem Wutausbruch fühlte sich Romy besser. Evelyne war eine falsche Schlange, und es hatte gutgetan, ihr endlich ins Gesicht zu sagen, was sie von ihr hielt. Romy war sich sicher, dass es Evelyne war, die ihr die E-Mail geschickt hatte. Sie war es gewesen, die Romy beobachtet hatte, als sie das Haus am Tatmorgen verließ. Was war jetzt zu tun? Sie musste überlegen. Aber zuerst musste sie noch einmal in den *Coop*. Es spielte jetzt keine Rolle mehr, dass das Verkaufspersonal sie dort kannte. Ihr Bruder war nicht mehr da, um sie auszufragen.

54

Die Commissaria war noch am Überlegen, ob sie einen der Agenti losschicken sollte, um nach Romy Leutenegger zu sehen, als das Telefon wieder klingelte. Diesmal war Romy selbst am Apparat und klang sehr aufgeregt. Sie wisse nun, was sie gemacht habe, als ihr Bruder umgebracht worden sei. Sie könne sich zwar immer noch nicht erinnern, aber ihr sei das Versteck ihres Notgroschens eingefallen. Ein Versteck, das sie angelegt habe, um Alkohol kaufen zu können, wenn ihr Bruder ihr die Bank- und Kreditkarten weggenommen hatte. Sie sei jetzt zwar nicht mehr darauf angewiesen, aber es handle sich um mehrere 100 Franken, und die habe sie vorhin aus dem Versteck geholt. Da sie das Versteck nicht mehr brauche, könne sie verraten, dass das Geld in einem Plastikbeutel mit Zippverschluss in einer Ritze der Gartenmauer gesteckt habe. Im Beutel habe sie nicht nur das Geld gefunden, sondern auch eine Quittung für eine Flasche Wodka. Die Quittung sei um 9.05 Uhr am Tatmorgen ausgestellt worden.

»Das beweist doch, dass ich unschuldig bin, nicht wahr?«, fragte Romy eifrig.

»Das müssen wir natürlich erst überprüfen. Wo haben Sie den Wodka gekauft?«

»In der Weinhandlung bei der *Migros*.«

»Gut. Ich schicke einen Beamten vorbei, der die Quittung abholt.«

Die Commissaria beauftragte Agente Chiesa mit dieser Aufgabe und machte sich auf die Suche nach Marta, die immer noch an einem von niemandem beanspruchten Computer nach Verbindungen der Verdächtigen im Internet und in den Sozialen Medien forschte. Sie fand sie, gelangweilt durch Webseiten scrollend, indem sie mit dem Zeigefinger das Rädchen an der Maus bediente und damit ein kratzendes Geräusch erzeugte, das dem hektischen Knabbern einer Maus aus Fleisch und Blut nicht unähnlich war.

Sie schaute die Commissaria hoffnungsvoll an. »Haben wir endlich eine Spur?«

»Eher das Gegenteil«, sagte die Commissaria und erzählte ihr von der Wodka-Quittung.

»Laut ihren Handydaten war Romy Leutenegger in der Nähe des Tatorts«, sagte Marta und machte eine schnelle *Google*-Suche. »Da kommt der *Denner* infrage, und im *Migros*-Gebäude befindet sich ein Laden, der Wein und Spirituosen verkauft.«

»Romy hat gesagt, die Quittung sei vom Laden in der *Migros*. Agente Chiesa holt die Quittung ab und wird das Personal dort befragen. Wenn sie sich an Romy erinnern, dann ist sie aus dem Schneider.«

»Haha«, sagte Marta.

Agente Chiesa rief an, während die Commissaria dabei war, Marta über ihr unergiebiges Gespräch mit dem Staatsanwalt zu informieren. Er sagte, er komme gerade aus der Weinhandlung in der *Migros*. Er habe die Verkäuferin angetroffen, die Romy Leutenegger den Wodka verkauft habe. Sie habe sich gut erinnern können, wenn jemand morgens um 9 Uhr eine Flasche Wodka kaufe, dann mache man sich halt so Gedanken, außerdem sei diese Kundin schon öfter im Laden gewesen und habe meistens Hochprozentiges gekauft.

Die Commissaria seufzte, nachdem sie den Hörer aufgelegt hatte. »Der Staatsanwalt ist immer noch der Ansicht, dass Romy Leutenegger die wahrscheinlichste Täterin ist. Er will unbedingt, dass wir sie mit einer Rekonstruktion des Tathergangs zum Reden bringen. Was ich für keine gute Idee gehalten habe angesichts ihrer labilen Psyche. Jetzt werde ich ihn enttäuschen müssen«, sagte die Commissaria und griff wieder zum Telefon.

»Commissaria?«, schallte es aus dem Lautsprecher, so laut, dass sich Marta unwillkürlich Richtung Tür zurückzog. Die Commissaria winkte sie jedoch energisch zurück.

»Procuratore! Wir haben eine Entwicklung im Fall Leutenegger. Romy Leutenegger, die Schwester des Opfers, hat heute eine Quittung gefunden mit Zeitstempel, nach dem sie zur Tatzeit eine Flasche Wodka gekauft hat. Wir haben es bereits überprüft, das Verkaufspersonal hat den Einkauf bestätigt.«

»Aber ihre Handy-Daten haben doch gezeigt, dass sie in der Nähe des Tatorts war.«

»Der Laden befindet sich im Gebäude der *Migros*, in der Nähe des Tatorts. Die Quittung wurde um 9.05 Uhr ausgestellt. Auch wenn sie nur ein paar 100 Meter vom Tatort entfernt war, kann sie die Tat unmöglich zwischen 9 Uhr und 9.10 Uhr begangen haben.«

Der Staatsanwalt schwieg zwei schnaubende Atemzüge lang.

»Überprüfen Sie die Kasse von diesem Laden. Vielleicht zeigt sie nicht die richtige Uhrzeit an. Hat es alles schon gegeben. Wir haben folgendes Szenario: Die Leutenegger folgt ihrem Bruder, wartet ab, bis die Luft rein ist, erdrosselt ihn und geht dann seelenruhig eine Flasche Wodka kaufen. Da zählt jede Minute. Wir müssen unbedingt den Tathergang nachstellen.«

»Ich habe bereits erwähnt, dass Romy Leutenegger psychisch sehr labil ist. Eine Rekonstruktion des Tathergangs könnte bei ihr einen Zusammenbruch bewirken.«

»Und ich habe bereits erwähnt, dass sie die wahrscheinlichste Kandidatin für diese Tat ist.«

55

Die Commissaria hatte sich aufs Sofa gelegt, während Julia ihr ein Sandwich machte. Auch wenn Julia keine Salami – der Lieblings-Sandwichbelag der Commissaria – gekauft hatte, war sie doch sehr dankbar für die Fürsorglichkeit ihrer Liebsten und biss hungrig in das mit Gottardo-Käse gefüllte Baguette.

Julia beobachtete sie zufrieden und sagte beiläufig: »Übrigens hat mich deine Mutter heute angerufen, weil sie dich nicht erreicht hat.«

»Ja, ich habe sie weggedrückt. Ich war ziemlich beschäftigt«, sagte Roberta mit vollem Mund. »Was wollte sie denn?«

»Es ging um die Wohnung. Sie hat morgen einen Termin beim Küchenbauer und hätte dich gerne dabei.«

»Morgen? Unmöglich. Das ist typisch, sie hat keine Ahnung vom Arbeitsleben und von meinem schon gar nicht. Als ob ich einfach so die Ermittlungen unterbrechen könnte, um Küchengeräte auszuwählen.« Das Sandwich war in der Luft hängen geblieben. Roberta schaute es an, als ob sie vergessen hätte, was es war, und musste zuerst ihren Ärger hinunterschlucken, bevor sie einen weiteren Bissen nehmen konnte.

»Offenbar gab es keinen anderen Termin. Die Handwerker sind völlig ausgebucht. Wegen der Pandemie haben die Leute viel Zeit und keine Gelegenheit, Geld auszugeben, also beginnen sie, ihre Häuser zu renovieren. Wenn du willst, kann ich dich vertreten. Mir würde es sogar Spaß machen. Und es würde nicht schaden, wenn sich deine Mutter und ich besser kennen lernen würden.«

Das klang sehr vernünftig und würde ihr eine Last von den Schultern nehmen, die sie mitten in diesen schwierigen Ermittlungen kaum zu tragen imstande war. Allerdings schien ihr der Gedanke, dass Julia und ihre Mutter sich zusammenschließen könnten, bedrohlich, aber sie war zu müde, um den Ursprung dieses Gefühls zu erforschen.

»Ich rufe sie morgen an«, sagte sie. »Und jetzt brauche ich dringend meinen Schlaf.«

56

Am nächsten Morgen meldete sich der Staatsanwalt bei der Commissaria. Ihm sei aufgefallen, dass man die Physiotherapeutin des Opfers, Charlotte Kleinschmidt, nie zur Befragung vorgeladen habe. Ob es einen Grund dafür gebe? Soweit er sehen könne, habe sie ein Motiv und kein Alibi.

Mist, dachte die Commissaria. Charlotte habe ich aus den Augen verloren. »Sie haben recht«, sagte sie zum Staatsanwalt, «wir haben sie ausgeschlossen, weil uns schien, dass sie keine Gelegenheit hatte, den Mord zu begehen. Auch wenn sie zu spät gekommen wäre, konnte sie nicht mit Sicherheit damit rechnen, dass Davide Lombardi für sie einspringen und dann solang im Geräteraum herumtrödeln würde, dass sie genug Zeit hatte, das Opfer zu erdrosseln.«

»Ja, klingt unwahrscheinlich. Aber wir müssen sie trotzdem befragen. Es wäre fahrlässig, sie von vornherein auszuschließen.«

Charlotte, wie sie sich ungläubig im Verhörzimmer umsah, die Kameras und die karge Möblierung registrierte, wirkte auf die Commissaria nicht wie ein Mensch, der eine schlimme Tat begangen hat und sich verstellt. Sie machte den Eindruck, dass sie diese Befragung eher als Abenteuer denn als beängstigende Erfahrung empfand. Das änderte sich jedoch, als der Staatsanwalt sie in die Zange nahm. Die Frage nach ihrem Alibi, die sie erst leichtherzig mit

»Ich habe keines« beantwortete, bekam anhand der Drohkulisse, die der Staatsanwalt unerbittlich aufbaute, immer mehr Gewicht. Als Charlotte sich des Ernstes ihrer Lage gewärtig wurde und nachzudenken begann, erinnerte sie sich daran, dass sie am Ende ihrer Joggingrunde am Tatmorgen mit ihrem Nachbarn gesprochen habe. Er sitze meistens am Morgen auf einer der Bänke in der Parkanlage neben der Autobahn in Solduno. Sie habe ein paar Stretching-Übungen gemacht und sich mit ihm über das Wetter unterhalten. Dann hätten sie die Sirenen von Polizei und Rettungswagen gehört und sich gefragt, was wohl geschehen sei.

»Und das fällt Ihnen erst jetzt ein?«, sagte der Staatsanwalt gereizt. »Gut, wir werden das natürlich überprüfen. Aber es muss Ihnen bewusst sein, dass, wenn Sie uns anlügen, wir anfangen werden, gründlicher zu graben. Sie haben schließlich ein starkes Motiv.«

»Ja, das ist mir erst jetzt eingefallen. Ich habe nicht damit gerechnet, dass man mich ernsthaft verdächtigen könnte. Das ist ja ein Witz. Ich bin nicht die Einzige, die ein starkes Motiv hat. Haben Sie sich mal die Vergangenheit von Leo angeschaut? Das letzte Mal, als ich Herrn Leutenegger behandelt habe, ist er nämlich wütend über Leo hergezogen. Er ging sogar so weit, ihn einen Kinderschänder zu nennen. Ich bin nicht darauf eingegangen, weil ich es für eine seiner typischen Verunglimpfungen hielt, die sich am Ende als haltlos herausstellen würde.«

»Mit Leo meinen Sie Leonardo Bevilaqua?«

Charlotte bejahte.

»Und auch das fällt Ihnen erst jetzt ein?«, brüllte der Staatsanwalt. Irgendetwas an Charlotte schien ihn aufzustacheln.

»Ich habe doch gesagt, dass es mir damals nicht wichtig schien.«

Für die Commissaria war der Moment gekommen einzugreifen. »Gut, Signora Kleinschmidt. Wir werden Ihr Alibi überprüfen. Sie hören von uns. Jetzt können Sie gehen, sobald Sie das Befragungsprotokoll unterschrieben haben.« Sie sah fragend zum Staatsanwalt, der beherrscht nickte.

Sie hatten sich gerade im Büro der Commissaria zur Besprechung versammelt, als ihr Handy klingelte. Sie dachte erschrocken, dass sie vergessen hatte, ihre Mutter anzurufen, und wollte den Anruf wegdrücken, als sie sah, dass es Romy Leutenegger war, die anrief.

Eine völlig aufgelöste Romy Leutenegger, die weinte und schrie, die Polizei müsse sofort kommen, man wolle sie umbringen.

Nur wenige Minuten später rasten zwei Streifenwagen aus der Tiefgarage hoch in die Via Luini. Unter Einsatz von Blaulicht und Sirene erreichten sie in Nullkommanichts das Haus der Leuteneggers in der Via ai Monti. Geleitet von Romys Rufen, rannten Marta und die Commissaria, gefolgt von zwei uniformierten Beamten, rund ums Haus, wo sich ihnen ein grotesker Anblick bot. Neben dem Ungetüm von einem Grill, der aussah wie eine Drachenskulptur aus Metall und so viel wie ein Mittelklassewagen kostete, stand Evelyne Anderhub und presste einen schwarzen Ordner an die Brust. Sie wurde von Romy Leutenegger in Schach gehalten, die eine Pistole auf sie richtete.

Nachdem man Romy die Pistole abgenommen hatte, versuchte die Commissaria, die Situation zu klären.

Romy sagte – und sie klang weinerlich, offenbar schämte sie sich für ihre Überreaktion –, sie sei nur kurz aus dem Haus, um Lebensmittel einzukaufen. Unterwegs habe sie festgestellt, dass sie ihren Geldbeutel vergessen habe, sei umgekehrt und habe gerade noch Evelyne Anderhub um die Hausecke verschwinden sehen. Sie sei sicher, dass Evelyne ihr nach dem Leben trachte, weshalb sie leise ins Haus geschlichen sei, um Jacques' Pistole zu holen, damit sie ihre Nachbarin zwingen konnte zu warten, bis die Polizei erscheinen würde.

Evelyne Anderhub dagegen war sehr empört. Sie gab zu, dass sie abgewartet habe, dass Romy das Haus verlasse, damit sie nach der Gartenschere suchen könne, die sie den Geschwistern vor etlicher Zeit ausgeliehen habe. Aber das berechtige niemanden, sie mit einer Pistole zu bedrohen und die Polizei zu rufen. Sie werde sich erkundigen, ob sie nicht rechtlich gegen diese Bedrohung vorgehen könne.

Marta hatte diesem Redeschwall keine Beachtung geschenkt, weil sie von dem schwarzen Ordner fasziniert war, von dem Evelyne Anderhub so auffällig versuchte abzulenken. Auch der Commissaria fiel auf, dass Evelyne den Ordner, den sie bei ihrer Ankunft noch an die Brust gepresst hatte, als ob sie etwas Kostbares beschützen müsste, jetzt nachlässig in der rechten Hand am Rücken gepackt hielt.

»Dürften wir mal sehen, was Sie da in der Hand halten?«, fragte die Commissaria.

»Das ist privat und geht Sie nichts an.« Evelyne verbarg den Ordner trotzig hinter ihrem Rücken.

»Das würden wir gerne selbst entscheiden.« Die Commissaria streckte die Hand aus. »Sie kommen jetzt mit auf den Polizeiposten und beantworten uns ein paar Fragen.

Wir ermitteln hier in einem Tötungsdelikt, da können Sie leider nicht auf Ihre Privatsphäre pochen.« Evelyne Anderhub wurde von den zwei uniformierten Polizisten zum Streifenwagen begleitet.

Die Commissaria wandte sich an Romy. »Was die Pistole angeht, nehme ich an, Sie haben dafür keinen Waffenschein? Wir nehmen sie mit und müssen auch abklären, ob Ihr Bruder einen Waffenschein hatte. Sie hätten Frau Anderhub auf keinen Fall mit der Pistole bedrohen dürfen. Ich fürchte, das wird noch Folgen für Sie haben.«

Marta und die Commissaria waren noch nicht bei ihrem Auto angelangt, als Romy ihnen nachrief: »Die Gartenschere habe ich ihr übrigens schon lange wieder zurückgegeben.«

57

»Das ist nicht zu fassen. Diese Frau hat guten Grund, das Opfer zu hassen«, sagte der Staatsanwalt, nachdem er die wichtigsten Schriftstücke aus dem schwarzen Ordner gelesen hatte. Marta und die Commissaria hatten sich zuvor zunehmend sprachlos durch die Papiere, eine Mischung aus Briefen, Bewerbungsschreiben mit Lebenslauf und Ausdrucken von E-Mails, gewühlt, aus denen sich die tragische Geschichte von Evelyne Anderhub oder Eva Bernasconi, wie sie damals hieß, rekonstruieren ließ. Ihrem Lebenslauf war zu entnehmen, dass sie eine akademische Überfliegerin gewesen war, die in Rekordzeit ihr Studium der Germanistik an der Universität Zürich abschloss, drei Jahre später doktorierte und mit erst 32 Jahren ihre Habilitation fertigstellte. Sie bewarb sich auf freie Professorenstellen und konnte sich gute Chancen ausrechnen, aber als sie im Gespräch war für eine Professur in Basel, traf sie das erste Mal auf Gegenwind. Nicht etwa ein *old boy network*, wie man hätte vermuten können, stellte sich gegen sie, sondern die Studentenschaft. Sie hatte den Ruf, konservativ und dem Feminismus und Genderfragen gegenüber kritisch eingestellt zu sein.

Zu dem Zeitpunkt traf sie zu einem Anlass, der vom *Lion's Club* Ascona organisiert worden war, auf Jacques Leutenegger. Obschon sie ihn nicht in guter Erinnerung hatte, war sie auf der Suche nach jemandem, der sie in ihrer konservativen Haltung bestärkte, und dazu war Jacques Leutenegger mehr als bereit. Mithilfe von Alkohol und dem Austausch von sentimentalen Erinnerungen führte das eine zum anderen, und die beiden landeten zusammen im Bett. Während es für Evelyne nur ein unbedeutender One-Night-Stand war, hatte Jacques das Gefühl, eine bedeutende Eroberung gemacht zu haben.

Seine folgenden Annäherungsversuche wehrte Evelyne ab, indem sie vorgab, keine Zeit für eine Beziehung zu haben, sie stecke gerade im wichtigsten Karriereabschnitt ihres Lebens. Jacques zog daraus den Schluss, dass er, wenn es ihm gelänge, ihr die Professorenstelle zu verschaffen, das Hindernis, das zwischen ihnen lag, aus der Welt schaffen würde. Also informierte er sich über das Berufungsverfahren und wusste bald, wie er vorgehen musste, nämlich so, wie er alle Probleme zu lösen pflegte: mit Geld. Er ließ diskret verbreiten, dass das germanische Seminar eine große Summe Forschungsgelder erhalte, falls man Frau Doktor habil. Eva Bernasconi berufen werde. Das Gerücht, die Bernasconi wolle ihre Professorenstelle kaufen, verbreitete sich dann rasend schnell. Die Studentenschaft protestierte, die Medien recherchierten, und das war das Ende von Evelyne Anderhubs, damals noch Eva Bernasconi, akademischer Karriere.

Aus den Dokumenten im Ordner ging nicht hervor, wie sie auf diese Katastrophe reagiert hatte. Nur dass sie eines gemacht hatte: alle Dokumente, alle Briefwechsel, E-Mails und Zeitungsausschnitte zu sammeln und in eben diesem schwarzen Ordner abzulegen. Vielleicht war es eine Form der Verarbeitung gewesen, vielleicht wollte sie einen Beweis in der Hand haben, um Jacques Leutenegger irgendwann damit zu konfrontieren.

Sie selbst sagte aus, dass sie den Ordner längstens vergessen hatte und er ihr erst jetzt wegen der Polizeiermittlung wieder eingefallen sei. Weil sie fürchten musste, der Inhalt werfe ein ungünstiges Licht auf sie und die Polizei könnte daraus ein Motiv konstruieren, habe sie sich entschlossen, den Ordner zu vernichten. Im Gegensatz zu ihrem eigenen Garten sei der von Leuteneggers von der Straße her nicht einsehbar, deshalb habe sie vorgehabt, den Ordner in diesem gigantischen Scheusal von einem Grill zu verbrennen. Das sei alles, mehr habe sie nicht zu sagen.

»Sie hätte ihn einfach in einen Müllsack stecken können«, sagte die Commissaria.

»Ich glaube, sie hatte Angst, dass wir ihren Müll durchsuchen«, sagte Marta.

»Was machen wir jetzt mit ihr?«, fragte der Staatsanwalt. »Allein aufgrund des Ordners können wir sie nicht festhalten. Sie hat zwar ein starkes Motiv, aber wir haben keinerlei Beweise. In diesem Fall wird uns nur ein Geständnis die Lösung bringen. War da nicht vorher etwas mit diesem Jazz-Musiker? Er soll pädophil sein?«

»Charlotte, die Physiotherapeutin, hat von Jacques Leutenegger gehört, dass Leonardo Bevilaqua ein Kinderschänder sei«, präzisierte Marta.

»Gut, rufen Sie ihn an, er soll herkommen. Und Frau Anderhub schicken Sie nach Hause.«

Leonardo Bevilaqua war mit dem Rennrad unterwegs gewesen und kam verschwitzt, in ein hautenges grünes Renndress gezwängt, das seine krummen Beine unvorteilhaft betonte. Entsprechend schlecht war seine Laune. Er brüllte herum, dass er es leid sei, von der Polizei schikaniert zu werden, und dass sie endlich den richtigen Täter finden sollten, statt ständig ihn zu belästigen.

Die Commissaria wartete ruhig ab, bis er sich ausgetobt hatte. Dann fragte sie in einem sachlichen Ton, der in starkem Kontrast zu Leonardos emotionalen Ausbrüchen stand: »Wir haben gehört, Jacques Leutenegger habe Sie als Kinderschänder bezeichnet, was können Sie uns dazu sagen?«

Zuerst war Leonardo sprachlos. Er starrte die Commissaria an, den Staatsanwalt, sein Blick schweifte zu Marta, und dann fing er an zu weinen. Der Ausbruch war so heftig, das Schluchzen so unbeholfen, dass man vermuten musste, Leonardo habe seit Jahren nicht mehr geweint. Als er sich wieder gefangen hatte, fragte er, wer ihnen das erzählt habe. Und bekam keine Auskunft. Er überlegte, fragte, ob es jemand aus der Physiotherapie gewesen sei, und konnte in Martas Gesicht die Antwort lesen.

»Also gut. Auch egal. Ich bin kein Kinderschänder. Und wenn dieser Großkotz gewagt hätte, mir das ins Gesicht zu sagen, dann hätte ich für nichts garantieren können.«

Damit beschuldigte er und entlastete sich gleichzeitig und schien es nicht einmal zu merken, dachte die Commissaria. Sie hielt Leonardo für viel zu impulsiv, um ein raffinierter Lügner zu sein.

»Ich bin kein Kinderschänder. Mir ist damals in New York eine ganz, ganz dumme Geschichte passiert«, sagte Leonardo und erzählte von seinem verunglückten Einsatz als Babysitter.

Weder der Staatsanwalt noch die Commissaria oder Marta konnten sich sicher sein, dass Leonardo Bevilaqua Jacques Leutenegger getötet hatte, nachdem er seine Geschichte erzählt hatte. Es konnte zwar sein, dass das absurde, glänzend-grüne Velodress ihm mehr Glaubwürdigkeit verlieh, als wenn er mit Schlips und Kragen vor ihnen gesessen hätte. Aber es war unmöglich, das Gegenteil zu beweisen, als er behauptete, nicht gewusst zu haben, dass ihn das Opfer als Kinderschänder bezeichnet hatte. Es blieb noch die Anabolika-Spur, aber eigentlicher Handel konnte ihm nicht nachgewiesen werden, und den Konsum gab er zu, bezeichnete es als Experimentierphase und sagte, davon habe er inzwischen die Finger gelassen. Es blieb ihnen nichts anderes übrig, als Leonardo zu entlassen. Er konnte nach Hause gehen oder mit seinem Radtraining weitermachen.

»Das ist so einer von den Fällen, von denen man hofft, dass man ihnen nie begegnet«, sagte der Staatsanwalt resigniert, nachdem Leonardo verschwunden war. »Keine Spuren, keine Beweise, schwache Motive. Ich muss ehrlich sagen, ich sehe langsam schwarz. Haben wir noch jemanden, der für die Tat infrage kommt? Was ist mit den Eltern der Physiotherapeutin Charlotte Kleinschmidt? Die wurden doch vom Opfer finanziell geschädigt. Haben wir die überprüft?«

Marta nickte. »Die waren die ganze Zeit in Spanien.«

»Mir reicht es für heute. Morgen fangen wir noch einmal von vorne an. Schönen Feierabend.«

Marta und die Commissaria diskutierten noch eine Weile ihre Eindrücke, suchten fieberhaft, ob sie nicht doch etwas übersehen hatten. Zum Beispiel den Mann von Evelyne Anderhub, der ihnen sekundenlang sehr verdächtig schien, bis sich Marta erinnerte, dass sie ihn von Anfang an ausgeschlossen hatten, weil er zu alt war und außerdem an einer Verletzung der Schulter litt, sodass er nicht die Kraft aufgebracht hätte, um die Tat zu begehen.

»Komm, wir machen jetzt auch Schluss«, sagte schließlich die Commissaria.

Auf dem Heimweg am See entlang, als ihre Gedanken langsam aufhörten, sich um Jacques Leutenegger zu drehen, als sie die leichte Brise von Tenero her auf dem Gesicht spürte und wahrnahm, dass die Leute um sie herum in Ferienstimmung flanierten, griff sie zu ihrem Telefon und rief Julia an. »Kommst du zum *Debarcadero* und wir suchen uns eine Bar für einen Apéro?«

»Du hast vergessen, deine Mutter anzurufen«, sagte Julia, nachdem sie auf der Terrasse des Hotels *Lago Maggiore* Weißwein bestellt hatten.

»Cazzo!«, sagte Roberta und verzog ihr Gesicht zu einer reuigen Grimasse. »Wir hatten heute so scheißviel zu tun, und es war so frustrierend. Wir kommen einfach nicht weiter. Ich hab's total vergessen.«

Der Kellner brachte den Wein und Julia prostete ihr zu. »Macht nichts, ich habe dich sehr gut vertreten.«

»Was? Du warst tatsächlich mit meiner Mutter beim Küchenbauer?«

»Ja. War ich. Und wir haben uns gut verstanden. Deine Mutter hat Geschmack.«

»Na, dann ist's ja gut. Wie auch immer. Ich bin froh, dass du mir das abnimmst, danke«, sagte Roberta und verscheuchte erneut das ungute Gefühl, das sie bei der Vorstellung beschlich, wie ihre Mutter und Julia Küchenmöbel auswählten.

58

Drei Monate später

Davide Lombardi war auf der Uferpromenade unterwegs in Richtung Minusio. Er hielt eine Flasche Wein in einer Geschenktüte in der Hand und musste sich beherrschen, dass er nicht vor lauter Nervosität in einen Laufschritt verfiel. Martas Eltern hatten ihn zum Abendessen eingeladen. Noch bevor die polizeilichen Ermittlungen im Fall Leutenegger offiziell eingestellt worden waren, hatte Marta ihr Angebot, ihm Tennis beizubringen, erneuert. Seither hatten sie nicht nur häufig miteinander Tennis gespielt, Marta hatte so oft bei ihm übernachtet, dass ihre Eltern vermuteten, es sei etwas Ernstes, und ihn kennenlernen wollten.

Nun stand er vor dem Haus und hoffte, seine Nervosität hinter der Hygienemaske verbergen zu können.

Marta hatte ihm erzählt, dass ihr Vater ein etablierter Künstler war und ihre Mutter als Juristin in einer Anwaltskanzlei arbeitete. Davìs Vater war Metzger, und seine Mutter arbeitete in einer Restaurantküche. Das Problem war nicht, dass er befürchtete, sich nicht behaupten zu können, schließlich hatte er auch einen Universitätsabschluss, es war mehr die Angst, eine ganz andere Marta anzutreffen als die bodenständige Polizistin, in die er sich verliebt hatte. Eine Marta mit irgendwelchen oberen Mittelstandsallüren oder eine Marta in der Rolle als Tochter, Marta als Vaters Liebling oder Mutters Du-kannst-mir-nie-etwas-recht-machen.

Martas Elternhaus lag direkt an der Uferpromenade, auf halbem Weg nach Tenero. Marta hatte offenbar nach ihm Ausschau gehalten und öffnete die Tür, bevor er klingeln konnte.

Am Ende war es ganz okay. Die Eltern empfingen ihn herzlich. Die Mutter fragte ihn nach seiner Familie in Italien aus, ob sie denn einverstanden seien, dass er weggezogen sei. Davì konnte dann aber bei ihr punkten, indem er sagte, dass er in die Schweiz gekommen sei, weil er in Italien keine Perspektiven habe. Der Vater war ein wenig egozentrisch und zerstreut und schien mit der Zeit das Interesse an Davì zu verlieren. Am besten gefiel ihm die Großmutter, die sich offensichtlich mit Physiotherapie auskannte und versprach, ein Probetraining bei *ICSA* zu buchen. Niemand erwähnte, dass dort vor drei Monaten jemand ums Leben gekommen war.

59

Sie hatte das Verhängnis kommen sehen. Es war wie in einem Albtraum, wenn etwas Schlimmes droht und man denkt, hoffentlich rutsche ich nicht diesen Hang hinunter, und schon gibt der Boden unter den Füßen nach und man ist auf dem Weg in die Hölle.

Julia hatte sich in der Babyfrage die Unterstützung von Robertas Mutter gesichert. Damit nicht genug. Sie würden eine größere Wohnung brauchen, und die Wohnung in Robertas Elternhaus wäre bald fertig renoviert, was läge also näher, als dort einzuziehen? Ein Baby, das sie nicht wollte, und ihre Mutter, die sich noch nie durch vornehme Zurückhaltung ausgezeichnet hatte, im gleichen Haus.

Roberta raste ungebremst auf die Hölle zu, und es gab kein Entrinnen. Sie liebte Julia, sie brauchte Julia. Sie würde alles tun, um mit ihr zusammen zu sein. Gerade jetzt brauchte sie sie, nachdem sie bei diesem Fall die Ermittlungen hatten einstellen müssen, ohne einen Täter zu finden. Der Gedanke war nicht auszuhalten, dass in Locarno jemand frei herumlief, der triumphierend mit einem Mord davongekommen war, weil sie versagt hatte.

Am Ende hatten sie sich auf die drei Hauptverdächtigen konzentriert, aber ohne Beweise waren sie auf ein Geständnis angewiesen. Niemand von den dreien hatte sich einschüchtern lassen, Reue oder ein schlechtes Gewissen gezeigt. Täter waren oft kaltschnäuzig, aber oft auch eitel und dumm. Meistens war es eine dieser Eigenschaften, woran sie scheiterten. Es war nicht auszudenken, dass sie es mit jemandem zu tun haben könnten, der so kaltschnäuzig, intelligent und beherrscht war, dass er der Polizei überlegen war. Es war nicht auszudenken – und das jagte der Commissaria noch mehr Angst ein als die Babyhölle mit ihrer Mutter im Untergeschoss –, dass diese Person noch einmal töten würde. Einfach so. Weil sie es konnte.

M

Ich bin immer noch perplex, wie einfach alles war.

Es war ganz leicht.

Ich habe von Anfang an gesagt, man wird mich nicht erwischen, und so war es auch.

Achtung: Hybris!

Ja, ich muss selbstkritisch bleiben. Ich habe nicht immer alles richtig gemacht. So weiß ich immer noch nicht, wo ich meine Hygienemaske verloren habe.

Und ich hätte nicht eingreifen, E-Mails schicken und Verwirrung stiften dürfen. Das waren alberne Mätzchen.

Aber die Versuchung war einfach zu groß. Im Nachhinein würde ich es als klassische Anfängerfehler einordnen. Aber so ist das Leben. Man macht Fehler, fällt um, steht wieder auf und macht weiter.

ENDE